Chères lectrices,

« Cet enfant que j'aime est-il réellement le mien ? » se demande Lee Garvey le héros du *Combat d'un homme* (Amours d'Aujourd'hui N° 833). Cette interrogation qui en réalité va bien au-delà des doutes d'un père angoissé, soulève une question complexe et passionnante. Comment peut-on définir la paternité ? Est-ce le simple résultat d'un test ADN ? Ou, plus justement, la mission, faite d'amour et de patience, qui consiste à éduquer, accompagner son enfant et à lui donner les armes nécessaires pour affronter sa vie d'adulte…

Parmi les titres au programme du mois d'août, un autre roman — *La revanche du bonheur* (N° 834) — apporte un éclairage enrichissant sur cette question. Enceinte d'un homme qu'elle n'aime plus, Jennifer n'attend qu'une chose de ce dernier : qu'il reconnaisse leur bébé. Mais ce que cet homme lui refuse, un autre va le lui offrir. Un homme merveilleux dont elle comprend tout de suite, avec son instinct de mère, qu'il sera le père idéal pour son enfant.

Ainsi, au fil des pages de ce livre bouleversant, vient se substituer à la notion de simple géniteur une image sensible et généreuse, celle de « père de cœur ».

Bonne lecture à toutes !

La responsable de collection

Le combat d'un homme

DANI SINCLAIR

Le combat d'un homme

HARLEQUIN

AMOURS D'AUJOURD'HUI

Cet ouvrage a été publié en langue anglaise
sous le titre :
FOR HIS DAUGHTER

Traduction française de
MICHÈLE COLLERY

HARLEQUIN®

est une marque déposée du Groupe Harlequin
et Amours d'Aujourd'hui®
est une marque déposée d'Harlequin S.A.

Photo de couverture :
© RICHARD SMITH / MASTERFILE

Toute représentation ou reproduction, par quelque procédé que ce soit, constituerait une contrefaçon sanctionnée par les articles 425 et suivants du Code pénal.
© 1999, Patricia A. Gagne. © 2003, Traduction française : Harlequin S.A.
83-85, boulevard Vincent-Auriol, 75013 PARIS — Tél. : 01 42 16 63 63
Service Lectrices — Tél. : 01 45 82 47 47
ISBN 2-280-07836-8 — ISSN 1264-0409

1.

Une envie de meurtre saisit Lee en entendant son ex-femme lui dire qu'il n'était pas question qu'il voie sa fille. Ainsi, elle était même capable de l'empêcher d'embrasser son unique enfant le jour de la fête des pères ! Elle avait vraiment une pierre à la place du cœur... Il se retint de serrer son cou de cygne entre ses mains.

— Tu n'auras pas un sou, Fay. Tiens-toi-le pour dit.

Fay souleva un de ses sourcils parfaitement épilés et eut une moue moqueuse.

— Alors, tu vas devoir renoncer à tes droits sur Meredith.

— Non !

— Oh si, dit-elle d'un ton faussement larmoyant, je te rappelle que tu as toi-même signé le contrat de divorce attestant de ton infidélité.

— J'aurais signé n'importe quoi pour que tu disparaisses de ma vie.

Par moments, il voyait double. Etait-ce les deux bières qu'il avait bues à jeun avant de venir qui lui montaient à la tête, ou cette rage qui bouillonnait en lui et qu'il essayait désespérément de contrôler ?

Fay partit d'un rire victorieux.

— C'est trop tard, maintenant, mon chéri.

Incapable d'en supporter plus, Lee lui empoigna les avant-bras en serrant les dents.

— Tu n'as que faire de la garde de Meredith. Tout ce que tu veux, c'est l'argent.

Elle le regarda de haut, ses beaux yeux verts étincelant de colère.

— Enlève tes sales pattes tout de suite, dit-elle avec mépris.

Toute sensualité avait disparu de sa voix.

Il la secoua fortement.

— Combien veux-tu ?

— Je veux tout, cria-t-elle.

— Fay ?

L'intervention de la nouvelle venue empêcha Lee de répondre. L'espace d'un moment, son ex-épouse et lui se toisèrent sur le parking du restaurant comme deux ennemis mortels prêts à s'entretuer. Puis le bon sens reprenant le dessus, il essaya de dompter sa colère et se tourna vers l'élégante silhouette qui se découpait dans l'obscurité.

— Lâche-la, lui intima Kayla Coughlin.

Derrière elle s'était massé un parterre de spectateurs.

Lee laissa retomber ses mains. Il fut pris d'un étourdissement et faillit trébucher.

— Ne te mêle pas de cela, dit-il à l'amie de Fay.

— Lâche-la.

Bien décidée à ne pas céder d'un pouce, le regard accusateur, la nouvelle venue s'adressa à son amie.

— Tout va bien, Fay ?

La belle femme rousse partit de son rire cristallin mais le timbre de sa voix cachait mal son amertume.

— Bien sûr que je vais bien. Mon cher ex-époux s'apprêtait à prendre congé, n'est-ce pas, Lee ?

Lee cligna des yeux plusieurs fois. Sa vue se brouillait de plus en plus. Il préféra tourner le dos à celle qui avait été son épouse, avec qui il avait partagé sa vie, fomenté des projets d'avenir. Il fit un immense effort pour pondérer sa voix.

— Tu le regretteras, Fay.

Son ton menaçant produisit son effet car la jeune femme sembla se troubler. Mais elle reprit aussitôt sa superbe.

— Chercherais-tu à m'effrayer, chéri ? lança-t-elle d'une voix claire.

— Prends-le comme tu voudras, répondit-il entre ses dents, même si cela me coûte jusqu'à mon dernier cent, je trouverai le moyen de prouver quelle sinistre créature tu es en réalité. Et j'obtiendrai la garde de ma fille.

La colère froide de Lee fit reculer Fay d'un pas.

— Laisse-la tranquille et fiche le camp d'ici, lui intima Kayla.

Mais Lee ne tint pas compte de ses injonctions.

— N'approche pas ! cria Fay avec un geste de défense.

Une fois de plus, elle jouait les martyres devant son public. Mais Lee n'en avait que faire. Le sentiment d'injustice qu'il éprouvait dépassait tout.

— J'obtiendrai gain de cause. Je me battrai jusqu'au bout pour récupérer ma fille, lâcha-t-il en détachant chacun de ses mots.

Ce n'étaient pas des paroles en l'air, elles traduisaient sa réelle intention. Cette femme cupide et cruelle s'était assez moquée de lui.

La tête lui tournait. Tout devenait flou. Ce dont il était sûr c'était qu'il se donnait en spectacle et que sa machiavélique ex-femme saurait en tirer profit.

Une main agrippa la manche de sa parka verte. Il baissa les yeux vers les doigts fins qui serraient l'étoffe imperméable et sentit son poing se serrer malgré lui.

— Reste en dehors de tout ceci, dit-il à Kayla.

C'était le ton dur et impitoyable dont il usait avec les criminels, mais il n'était certainement pas adapté pour s'adresser à cette petite jeune femme décidée.

— Tu as bu, Lee.

Il croisa son regard bleu et devant son expression méprisante, il ne put réprimer une sensation de honte.

— Je ne le nie pas, répondit-il distinctement, mais c'est sa faute. C'est la fête des pères et elle m'empêche de voir ma fille.

L'expression de dégoût qui glaçait le regard bleu de la jeune femme se dissipa, remplacée par une autre qu'il eut du mal à identifier. C'était de la pitié... Qu'avait-il à faire de sa pitié ?

Trop de personnes se mêlaient de leurs histoires.

Malgré sa confusion, Lee se dit que cette scène en public allait lui causer du tort.

Il se dégagea de la main délicate qui le retenait prisonnier et battit en retraite pour échapper au regard dérangeant de la jeune femme. Voilà que maintenant, en plus, il se sentait mal. Il avait la nausée... Il fallait qu'il aille aux toilettes. Il regagna le restaurant en titubant.

L'orage s'était calmé, il ne pleuvait plus. C'était déjà cela.

Mais le rire de Fay qui éclatait dans son dos le fit grincer des dents.

— Bonne fête, *chéri,* le nargua-t-elle.

Il ravala ses injures et rassembla son énergie pour contrôler sa démarche.

Puis tout devint noir.

10

Le voile épais se leva lentement devant ses yeux. Une douleur lancinante lui martelait le crâne. On avait dû lui écraser la tête dans un étau. Sa bouche et sa gorge étaient sèches, sa langue pâteuse. Il ne sentait plus ni ses bras, ni ses jambes et tout son corps pesait une tonne.

Il fallut plusieurs minutes à son cerveau pour se remettre en marche. Il se demanda où il se trouvait.

Le contact du coton doux et blanc sous son oreille lui laissa à penser qu'il était dans un lit, couché sur le côté.

Lee étendit les jambes. Le moindre mouvement lui arrachait des grimaces de douleur. Les coups résonnaient dans sa tête. Sa gorge le brûlait atrocement comme s'il avait avalé du sable.

Il avait la gueule de bois. Son organisme peu habitué à l'alcool réagissait mal. Il était en train de payer cher les deux bières qu'il avait bues.

Ses yeux s'ouvrirent avec peine et il aperçut en face de lui un mur qui ne lui rappelait rien. Chez qui était-il ?

Avec précaution, il se hissa sur un coude. Il était tout habillé. Sa chemise lui procura une sensation d'humidité poisseuse désagréable... Son bras gauche effleura une masse.

Qu'est-ce que… ?

Il n'était pas seul dans le lit !

Une sourde appréhension l'envahit. Qu'avait-il fait de sa fin de soirée ? La personne allongée à côté de lui était une femme. Comme elle ne bougeait pas, il en conclut qu'elle dormait encore. Il avait froid et il avait l'impression d'avoir de la bouillie à la place du cerveau.

Il battit des paupières pour y voir plus clair. Il devait être dans sa chambre d'hôtel.

Un grognement sortit de sa gorge. Il n'avait quand même pas été assez stupide — ou trop ivre ? — pour ramener une femme dans son lit ? Il inspira profondément. Une odeur écœurante lui souleva l'estomac. Il se rallongea et ferma les yeux, laissant passer quelques instants. Il n'arrivait pas à déglutir. Il n'avait plus de salive. Aurait-il la force de se lever pour aller boire un verre d'eau ?

Son pied bougea et sa chaussure se coinça dans la literie. Sa chaussure ? Dans quel état était-il donc lorsqu'il s'était couché pour être resté habillé et chaussé ?

Il remarqua un ronronnement permanent dans la pièce. C'était la climatisation. Apparemment, elle était à fond. La pièce était glaciale. Sa chemise mouillée lui collait à la peau. Il frissonna.

Dans son dos son ceinturon de cuir le lacérait.

Jamais il ne s'était senti aussi mal.

Il eut toutes les peines du monde à se tourner. Et ce qu'il vit lorsqu'il y parvint le laissa complètement abasourdi.

Une chevelure rousse s'étalait sur l'oreiller. Le visage de la femme était immobile. Même de profil, il identifia immédiatement le sourire qui incurvait sa bouche vermeille.

Fay ?

Lee se retrouva assis d'un seul mouvement qu'il regretta aussitôt. La douleur l'assaillit de toutes parts comme si des lances lui traversaient les os. Une boule amère remonta dans sa gorge. Il ferma les yeux pour la refouler en tentant de se rappeler ce qui avait pu se passer la veille.

Même complètement ivre, il savait qu'il n'aurait pu coucher de nouveau avec elle. La ravissante Fay était capable de tous les stratagèmes pour le soumettre à sa volonté, mais il y avait longtemps que son jeu de la séduction ne marchait plus avec lui. Il n'éprouvait plus aucun désir pour cette femme artificielle et calculatrice. Imaginer qu'il avait passé la nuit près d'elle lui donna un haut-le-cœur.

Que fabriquait-il dans cette chambre ?

Comme les bribes d'un rêve, des réminiscences lui revinrent. La fête des pères, Fay, la querelle sur le parking, les badauds qui n'en perdaient pas une miette... La dernière image dont il se souvenait était le regard accusateur de Kayla.

Lee plissa les yeux pour mieux examiner son ex-épouse, s'attendant à ce qu'elle-même le regarde. Plus d'une minute lui fut nécessaire pour comprendre que Fay ne pourrait plus jamais le voir.

Oh, mon Dieu, je l'ai tuée ! se dit-il.

Sa chemise de nuit de satin ivoire était tachée de rouge. Il comprit enfin qu'il était en train de nager dans un bain de sang.

Il roula hors du lit dans un geste brusque qui le laissa pantelant de douleur.

Concentre-toi ! Essaie de te souvenir !

L'adrénaline ramena la clarté dans son esprit. Il détestait Fay et l'aurait volontiers envoyée au diable, mais il ne l'avait pas tuée. Il était incapable de tuer qui que ce soit, fût-ce sa pire ennemie.

Il se mit debout sur ses jambes vacillantes. Si lui ne l'avait pas tuée, quelqu'un d'autre s'en était chargé. Passé les premiers effets de terreur, son pouls reprit un rythme plus régulier. Lee se laissa tomber dans le fauteuil à côté du lit et son œil expérimenté commença à inspecter la chambre.

Rien n'indiquait le passage d'une tierce personne.

Seul le ronflement de la climatisation rompait le silence. La température anormalement basse de la pièce était certainement destinée à masquer l'odeur de la mort.

Il rassembla ses esprits pour enregistrer le moindre détail.

Il y avait une douzaine de roses jaunes — les préférées de Fay — dans un vase posé sur la table de bois clair. Une bouteille de champagne à demi entamée baignait dans la glace fondue d'un seau en argent. Deux longues flûtes en cristal, l'une vide avec des traces de rouge à lèvres sur le bord, l'autre pleine aux deux tiers, étaient posées sur un plateau. Le champagne était importé de France, naturellement. Fay n'en aurait pas bu d'autre. Et la boîte de chocolats fins provenait de chez son confiseur préféré.

Il examina le corps. La vision des bleus sur son avant-bras le pétrifia. C'était lui qui les lui avait infligés — de cela il se souvenait nettement — lorsqu'il l'avait attrapée sans ménagement devant une dizaine de témoins.

Dans quel pétrin s'était-il fourré ?

Il se força à l'examiner avec détachement. Il y avait trois trous dans sa poitrine. Elle avait donc été tuée par balles. Le plus troublant était son sourire. Ce sourire moqueur, provocant, tellement séducteur qui, en d'autres temps, lui avait fait perdre la tête. La mort soudaine et brusque l'avait figé sur ses lèvres pour l'éternité.

Son cœur se serra. Il pensa à sa fille, *leur* fille, si petite, orpheline de sa mère. Comment lui annoncer la terrible nouvelle ?

D'après la raideur des membres, la mort remontait à plusieurs heures. Lee ne put réprimer un frisson de dégoût à l'idée qu'il avait passé la nuit contre un cadavre.

Il dut attendre quelques instants pour combattre l'envie de vomir qui contractait son estomac. Il se leva. Son pied droit buta dans un objet lourd qu'il expédia sous le lit. Instinctivement

14

sa main se porta à l'étui vide de son automatique... C'est son arme qu'il venait d'envoyer sous le lit.

Des sueurs froides lui glacèrent la nuque. Son corps était agité de tremblements dus autant au froid qu'à la crainte d'avoir commis le pire.

C'était difficile de réfléchir dans un tel état. Cette histoire ne tenait pas debout. Même un coma éthylique n'aurait pas fait de lui un criminel. C'était inepte de penser qu'il avait pu abattre Fay et s'effondrer endormi près de son cadavre.

L'oreiller avait été utilisé pour étouffer les coups, ce qui prouvait la préméditation, et en même temps l'incohérence du scénario. S'il avait été ivre au point d'assassiner Kay, il n'aurait pas eu la présence d'esprit d'organiser une telle mise en scène.

Les questions se bousculaient dans sa tête. Qu'avait-il fait exactement ? Qu'était-il advenu de lui après la querelle sur le parking ? Pourquoi ne se souvenait-il de rien ? Etait-il devenu le meurtrier de la mère de sa fille ?

Une nouvelle bouffée d'angoisse le submergea. Il se frotta la joue où naissait une barbe de vingt-quatre heures. Si ce n'était pas lui qui avait tué Fay, il lui restait à identifier le coupable.

Qui l'avait allongé à côté d'elle ? Etait-ce le criminel ? Ou devait-il plutôt dire *les criminels* ?

Le véritable meurtrier cherchait sans doute à lui mettre le crime sur le dos, sinon il n'aurait pas jeté l'arme sur le plancher pour faire croire qu'elle avait glissé des mains de Lee.

Un long spasme de panique secoua Lee des orteils à la racine des cheveux. Toutes les preuves étaient contre lui.

Il avança vers la porte. La chaîne de sécurité était en place, donc personne n'était sorti par là.

De lourds rideaux masquaient la baie vitrée. Il les tira. Le soleil éblouissant le fit cligner des yeux. Il lui fallut plusieurs secondes pour s'habituer à la lumière.

Il poussa une exclamation de dépit. La baie vitrée aussi était fermée de l'intérieur !

Il se rua vers la salle de bains, prit un des verres posés sur la tablette au-dessus du lavabo et le remplit d'eau fraîche qu'il but d'un trait.

Fay était morte et tout prouvait que c'était lui qui avait commis ce meurtre.

Les mains accrochées au bord du lavabo, Lee examina son visage. Le reflet que lui renvoyait le miroir l'effraya.

— Elle ne méritait pas de mourir, murmura-t-il en fixant ses yeux gris et cernés.

Il réprima son envie de rire devant l'absurde de la situation. Rire aurait ouvert une brèche vers la folie. Il n'avait jamais tué personne, même dans le cadre de son travail. Alors comment aurait-il pu tuer son ex-femme !

Et Meredith ? Comment réagirait-elle si elle apprenait que son père avait tué sa mère ? Que deviendrait la fillette s'il se retrouvait condamné pour meurtre ?

Son revolver était de toute évidence l'arme du crime et les portes fermées de l'intérieur prouvaient que personne d'autre que lui n'était entré dans la chambre.

Le petit minois de sa fille surgit devant ses yeux. Une boule se forma dans sa gorge. Il devait absolument se souvenir de ce qui s'était passé au cours de la nuit précédente !

Le sang avait imbibé un pan entier de sa chemise. Et s'il l'avait vraiment tuée ?

Lee attrapa un gant de toilette et se lava le visage à l'eau froide.

16

— Tu ne vas pas craquer, Garvey, dit-il en regardant le miroir, rappelle-toi que tu es flic et que tu as une petite fille de deux ans.

Soudain il prit conscience du fait qu'il n'avait pas la moindre idée de l'endroit où se trouvait l'enfant.

Elle était chez Kayla, bien sûr. C'était la seule personne à qui Fay pouvait avoir confié sa fille. Les deux femmes étaient unies comme les doigts de la main. Lee n'avait jamais compris ce que la douce Kayla pouvait bien trouver à Fay.

— Ressaisis-toi, mon vieux. Tu es capable de mener une enquête oui ou non ?

Il refit le tour de la pièce. La chaîne de la porte d'entrée était indéniablement en place, geste qui ne pouvait être effectué que de l'intérieur, et le loquet de la porte vitrée donnant sur le patio était bien tiré lui aussi. Si quelqu'un était sorti par là, il y avait forcément une autre personne qui avait fermé derrière lui.

Et il était le seul être vivant dans cette chambre...

Refusant de céder à la panique, Lee récupéra son arme sous le lit et la retourna dans tous les sens. Les trois balles manquantes dans le chargeur ne laissaient aucun doute : c'était bien l'arme du crime. Que ses empreintes y soient n'avait guère d'importance. Si ce n'était pas lui qui avait tiré, il était évident que le criminel avait pris soin d'effacer les siennes.

Il était dans de sales draps. Ses collègues écouteraient son histoire, constateraient l'évidence des faits et le boucleraient jusqu'au procès pour meurtre.

Même si cette épreuve lui coûtait, il retourna examiner de plus près le corps de Fay sans rien remarquer de nouveau. Tout dans son attitude laissait penser que le meurtrier avait surpris la jeune femme. Il n'y avait pas eu de lutte. Ses pau-

17

pières étaient fardées et ses lèvres peintes. Elle avait passé du vernis sur ses ongles longs et parfaitement manucurés. Son beau déshabillé de soie ivoire, les roses, le champagne, les chocolats, tous les ingrédients étaient réunis en prévision d'une soirée en amoureux. Mais qui donc était le prince charmant ?

— Pas moi, en tout cas, je ne t'aurais plus jamais touchée, même si tu m'avais promis de partager la garde de Meredith.

Des bruits à l'extérieur de la chambre le ramenèrent au présent. Par réflexe, il se mit en position défensive, les jambes pliées, le revolver braqué vers la porte qui s'entrouvrit soudain mais resta bloquée par la chaîne. Il entendit une voix s'écrier :

— C'est la femme de chambre !

Heureusement, l'espace entre la porte et le mur ne permettait à la visiteuse ni de distinguer la scène du crime, ni de voir Lee.

Il abaissa son arme, en poussant un soupir de soulagement.

— Plus tard, grommela-t-il, d'une voix qu'il ne reconnut pas lui-même.

La porte se referma et il entendit des pas s'éloigner dans l'escalier.

Haletant, Lee s'adossa au mur pour tenter de se remettre de la peur qu'il venait d'avoir. Il était temps qu'il sorte de cette chambre maudite.

Le réveil sur la table indiquait 9 heures et demie. La femme de chambre allait revenir tôt ou tard. Il estima qu'il avait environ une heure devant lui.

Ses yeux scrutèrent la chambre une nouvelle fois. Il ne pouvait pas bouger le corps, pas plus qu'il ne pouvait maquiller le crime. Soit il appelait directement la police et tentait de s'expliquer, soit il prenait ses jambes à son cou et s'évanouissait dans la nature.

Mais s'il fuyait, qu'adviendrait-il de Meredith ?

La main posée sur le téléphone, il se ravisa. Une fois passé ce coup de fil, l'enquête lui échapperait. Il se retrouverait à la merci de la police locale.

Pour la première fois, il comprit pourquoi Joe, son ancien partenaire, deux ans auparavant, avait préféré démissionner le jour où il s'était retrouvé sur le point d'être accusé d'un crime sur lequel il enquêtait depuis des mois. N'ayant aucune confiance en ses collègues et sachant pertinemment qu'ils ne feraient rien pour prouver son innocence, il avait préféré mener l'enquête seul. Et il avait réussi. Lee allait devoir suivre son exemple. Aucun policier sain d'esprit ne croirait qu'il n'était pas le meurtrier de son ex-épouse.

Lui-même n'était pas en mesure de savoir s'il était ou non le coupable.

Il regarda le corps de Fay, ses traits parfaitement sculptés, froids et durs dans la mort autant qu'ils l'étaient dans la vie.

Ses doigts se crispèrent sur son automatique.

L'ai-je tuée ?

Son regard balaya la chambre de la porte à la baie qui donnait sur le patio.

Qui d'autre l'aurait fait ?

La conclusion s'imposait d'elle-même. Il était sous l'emprise de l'alcool. Elle l'avait provoqué jusqu'à le faire sortir de ses gonds. Il l'avait ramenée ici pour la tuer, puis il était tombé ivre mort sur le lit.

Ce scénario lui donna la chair de poule. Il s'appliqua à essuyer tous les endroits de la pièce qu'il avait pu toucher.

Mais si ce n'était pas lui qui avait tué Fay, il détruisait en même temps les preuves susceptibles de le disculper.

Il retira sa chemise qu'il lava à grande eau. Le motel avait mis à disposition des sacs en plastique pour le linge sale destiné au pressing. Dans l'un d'eux, il glissa sa chemise et le gant de toilette mouillé.

Dans la penderie se trouvaient le sac à main de Fay ainsi que plusieurs vêtements suspendus à des cintres. Il se dit, étonné, que Fay n'était pas du genre à prendre autant soin de ses tenues. Et pourquoi avait-elle stocké autant de déshabillés sexy et de robes du soir dans la penderie d'une chambre qui n'était pas la sienne ?

Il écarta immédiatement l'idée qui serait venue à l'esprit de qui ne connaissait pas Fay. Lee savait qu'elle était capable de tout, mais certainement pas de se prostituer.

A part son trousseau de clés, il ne trouva rien dans son sac qui pouvait l'éclairer sur les agissements de la jeune femme. Il laissa le sac ouvert, effaça ses empreintes et à la dernière minute, ouvrit le portefeuille de Fay dont il retira les billets de banque qu'il rangea dans la poche de son jean. Personne ne croirait que le mobile du crime pouvait être le vol, mais avec le bénéfice du doute, un bon avocat tiendrait là un argument suffisant pour le faire acquitter. Il s'interrogea au sujet des bijoux. Fay ne portait que des diamants ou de l'or. Un vrai voleur les aurait dérobés. Mais l'idée de toucher son corps le répugnait.

Pourtant, il enleva les deux cheveux posés sur le drap juste à côté d'elle. Ses cheveux à lui. Il devait bien y avoir d'autres traces de sa présence dans cette chambre, mais il ne pouvait tout effacer. Au moins avait-il éliminé les plus évidentes.

Sa parka verte était accrochée au portemanteau. Il la retourna sur l'envers, beige passe-partout. Avant de l'enfiler sur son torse nu, il hésita, espérant qu'il ne restait pas de sang dans son dos. La tacher l'obligerait à la porter au pressing. Trop de personnes avaient repéré le vert vif de sa veste la veille au soir.

Il retourna dans la salle de bains et se contorsionna devant le miroir. Par mesure de précaution, il se lava le dos avec une serviette dont il se servit pour débloquer la baie vitrée qu'il fit glisser derrière lui avec plus de force qu'il n'escomptait. Il sursauta en jetant des regards inquiets autour de lui, espérant que personne ne l'avait entendu.

Il n'y avait personne à la réception. Lee aperçut un homme en train de nettoyer la piscine. Personne d'autre n'était en vue. La chaleur humide de l'extérieur contrastait avec la température extrêmement basse de la chambre. Une brume lourde planait au-dessus de la ville. L'été, le climat de Fools Point était aussi désagréable que celui de Washington.

Lee se força à marcher l'air de rien, les mains dans les poches, la tête basse comme s'il était plongé dans ses pensées, évitant de croiser des regards. Il jugea bon de rajouter une légère claudication à sa démarche, ignorant si l'homme avait fait ou non attention à lui la veille. Quiconque le décrirait par la suite parlerait simplement d'un homme en veste beige qui boitait légèrement.

Son sang battait ses tempes lorsqu'il atteignit la partie opposée du bâtiment. Le soleil inondait le parking d'une lumière aveuglante. La chaleur était écrasante et il transpirait sous sa parka. Il aperçut le coupé rouge de Fay mais remarqua que sa propre voiture n'était pas là. Le meurtrier était-il parti avec ?

La chambre de Lee était située de l'autre côté du bâtiment en L, ce qui l'obligeait à traverser tout le parking pour la rejoindre. Celle-ci n'avait pas de patio. La fenêtre de derrière donnait sur les bois et des champs qui s'étalaient à perte de vue.

Il gagna le couloir, où le chariot de la femme de chambre stationnait à trois portes de la sienne. Il mit sa clé dans la serrure et entra dans la pièce étouffante. Le thermostat de l'air conditionné devait être réglé sur 40°, à moins qu'il ne soit hors service.

Au premier coup d'œil, il comprit que le ménage avait déjà été fait. La tension dans ses épaules et sa nuque augmenta. En voyant le lit intact et les draps impeccables, l'employée avait constaté que personne n'avait dormi là la nuit précédente. Dans la salle de bains, elle avait changé les serviettes qu'il avait utilisées la veille et vidé la poubelle où il avait jeté un papier d'emballage de biscuits.

Lee tourna le bouton de la climatisation et soupira d'aise lorsque l'air frais souffla dans la chambre. Il retira son pantalon. Le sang avait coulé dans son dos et souillé jusqu'à son caleçon. Il lava soigneusement les deux vêtements qui rejoignirent le gant, la serviette et la chemise dans le sac en plastique.

Malgré sa conviction intime qu'il était incapable de tuer, le doute le tenaillait toujours. S'il avait vraiment assassiné Fay, il était un homme fini. C'était tout son monde, toutes ses valeurs qui s'effondraient, et le pire était qu'il allait perdre sa fille.

Tout en se torturant l'esprit, il posa les clés de Fay et les siennes sur le rebord du lavabo et entra dans la douche.

La fraîcheur de l'eau sur son visage et sur son corps l'aida à remettre ses idées en place. S'il choisissait de rester, c'était pour se battre et prouver son innocence, à condition bien sûr qu'elle soit fondée.

Le plus urgent était d'éliminer les indices flagrants, ses vêtements pleins de sang et son revolver qu'il allait commencer par démonter avant de s'en débarrasser pièce par pièce.

Ensuite il appellerait un bon avocat, au cas où…

Puis il filerait récupérer sa fille.

L'image du visage rieur de Meredith remplaça une minute tous ses tourments. Avec ses boucles rousses et ses grands yeux verts, elle était le portrait craché de sa mère, ce qui n'empêchait pas Lee d'en être fou. Elle était trop petite pour être égoïste et cupide comme elle.

S'il optait pour la fuite, elle devrait le suivre… Et il imaginait déjà le genre de vie qu'il lui offrirait alors. Impossible pour elle d'avoir une scolarité régulière et de créer des amitiés durables. Peut-être devraient-ils emprunter une fausse identité, vivre en permanence dans le mensonge.

Il se sentit mieux après s'être douché, rasé et avoir enfilé des vêtements propres. Deux comprimés d'aspirine atténuèrent un peu sa migraine. Il démonta son arme et enfouit les pièces détachées dans les poches de son jean. Son pistolet de secours était resté dans sa voiture qu'il avait dû laisser garée devant le restaurant.

Lee acheva de s'habiller sans hâte en s'imposant calme et pondération.

Sa voiture n'étant pas sur place, il se voyait contraint d'emprunter celle de Fay, ce qui n'était pas sans risques, mais il n'avait guère le choix.

En d'autres circonstances, se mettre au volant du véhicule tape-à-l'œil de son ex-femme l'aurait fait éclater de rire.

Il s'empara du sac en plastique et sortit de la pièce. La femme de chambre sortit au même moment trois portes plus loin mais pas une fois elle ne regarda dans sa direction. Elle disparut de nouveau dans une chambre tandis qu'il se dirigeait vers la voiture de Fay.

A aucun moment, Lee n'eut la sensation d'être remarqué. Après avoir mis le contact, il attendit quelques instants avant de démarrer pour vérifier si le départ de cette voiture clinquante attirait l'attention. Il n'y eut aucune réaction. Le temps que la femme de chambre remarque qu'il y avait un problème et qu'elle fasse ouvrir la porte bloquée par la chaîne, il aurait fait ce qu'il avait à faire. Il avait au moins une heure devant lui avant que la police ne se lance à sa recherche.

La voiture ne prit vraiment de la vitesse qu'après la sortie de Fools Point.

Il y avait peu de circulation sur la nationale 270. Lee roula jusqu'à une aire de repos qui dominait la vallée. Aucun autre véhicule n'y était stationné à cette heure de la matinée. Il se gara et descendit de voiture avec l'intention de creuser un trou dans les sous-bois en contrebas de la chaussée pour y enterrer les vêtements, mais un sac en papier brun qui dépassait de la poubelle lui donna une autre idée. A l'intérieur du sac l'odeur d'une couche pour bébé le fit grimacer.

Cette couche sale tombait à pic. Il roula ses vêtements dans la terre fraîche, les en imprégna et les glissa dans le sac poubelle avec la couche malodorante. Qui s'aventurerait à fouiller ce contenu peu engageant ? Et si cela arrivait, quel intérêt trouverait-on à regarder de plus près ces vêtements maculés de boue ? De plus, il était trop loin du lieu du crime pour que la police ait l'idée de venir chercher des indices ici.

Restait le risque qu'on ait remarqué la voiture de Fay sur ce parking.

Il roula le sac du motel en boule, le jeta dans une autre poubelle et se hâta vers la voiture.

Une vingtaine de kilomètres plus loin, il tourna sur une petite route qui s'enfonçait dans la campagne. C'était une région marécageuse qui n'était pas habitée. Le barillet de son revolver disparut dans les eaux troubles d'un marais.

Lee effectua le tour du grand lac, Trouble Lake, qui portait bien son nom. Il quitta la route pour un sentier. Il n'y avait toujours personne en vue. Il jeta le cylindre de son arme dans l'eau vaseuse du lac.

Puis il revint vers la ville en essayant de trouver un parcours plus discret. A part l'unique route, un seul chemin traversait l'épaisse forêt. Il n'était pas balisé et une pancarte indiquait qu'il menait vers des terrains de camping. Avisant l'état du terrain plein d'ornières, surtout après les pluies diluviennes des jours derniers, Lee décida de rester sur la route et fila vers la ville.

Il n'y avait que deux rues dans Fools Point, Main Street et Perry Road. Il était difficile de passer inaperçu en traversant le centre-ville, mais il n'y avait pas d'autre moyen de gagner Jones Lane où se trouvait la maison de Fay. Lee se courba le plus possible derrière le volant en roulant doucement, mais son cœur battait à lui rompre les côtes tant il redoutait de croiser un piéton ou un autre automobiliste un peu curieux.

Arrivé en plein centre de la ville, il aperçut un feu tricolore, le premier depuis des kilomètres. Par manque de chance, il passa au rouge. Lee balaya la chaussée vide du regard, puis il remonta vers la colline que dominait le restaurant où ils avaient dîné la veille.

Sa Corvette bleue était garée en évidence devant l'établissement. Voilà qui ne jouait pas en sa faveur et lui laissait peu de chance pour son alibi. Sa voiture était restée stationnée là, bien en vue, toute la nuit, et on l'avait forcément remarquée.

Il tourna juste après le restaurant, passa devant l'église et se retrouva dans les beaux quartiers de la ville.

Quelques années auparavant, Fay avait hérité d'une grande maison victorienne qu'elle avait tenté de revendre par l'intermédiaire de Kayla qui possédait une agence immobilière. Lee s'engagea dans l'allée déserte et rangea la voiture sous le toit du garage.

Il essuya ses empreintes et laissa les clés de contact en place. Avec un peu de chance, il y aurait bien un imbécile pour se laisser tenter et voler la voiture.

Il partit à pied à travers le parc, coupant par les allées qui circulaient entre les villas cossues, et longea l'arrière des magasins qui donnaient sur Main Street, s'arrêta devant un container de détritus situé derrière le cinéma et y jeta l'étui de son arme. Il remonta l'allée qui débouchait sur Main Street et traversa devant la banque.

Creek Street démarrait au coin de la banque. Kayla Coughlin vivait dans une jolie maison en pierres de taille. Son bureau et son agence occupaient le rez-de-chaussée et son appartement était à l'étage.

Lee observa la façade gris clair agrémentée de balcons bordés de fer forgé noir. Avant de traverser la rue, il se demanda ce qu'il ferait si sa fille ne se trouvait pas chez Kayla. La jeune femme pourrait au moins le renseigner. Ce serait certainement difficile de lui arracher la vérité. Kayla ne lui avait jamais manifesté beaucoup de sympathie, mais une fois ou deux, il avait cru surprendre une lueur dans son regard expressif et c'était cette petite lumière qui l'autorisait à espérer que cette femme lui accorderait assez de confiance pour lui indiquer où était sa fille.

Par chance, la porte du rez-de-chaussée n'était pas fermée à clé. Lee monta l'élégant escalier en colimaçon et frappa à la porte de chez Kayla. Une odeur de cookies au chocolat embaumait le palier. La jeune femme ouvrit quelques secondes plus tard. Avant même d'avoir vu son visiteur, elle lança :

— Voilà ta maman. Va vite te laver les mains. Tu es en retard.

Puis elle avisa Lee et resta muette de stupeur.

— Je ne savais pas que j'étais attendu, dit ce dernier.

La surprise fit place à la colère sur le visage de la jeune femme.

— Que fais-tu ici ? Où est Fay ?

Sa question le prit au dépourvu. Il n'avait pas l'intention de lui dire la vérité à ce sujet. Comme il se taisait, elle le regarda d'un air suspicieux.

— Je viens chercher Meredith, finit-il par annoncer.

— Certainement pas.

Elle essaya de refermer la porte, mais il fut plus rapide qu'elle. Il se glissa à l'intérieur de son appartement.

— J'apprécie ton hospitalité.

Elle lâcha la porte en le fustigeant de ses yeux bleus.

— Sors d'ici !

— Pas sans Meredith.

— Non !

— Papa ! Papa !

La fillette courut à travers la pièce pour venir se jeter dans ses bras. Kayla et le reste du monde cessèrent alors d'exister. Lee posa le genou à terre et serra ses bras autour du petit corps tout chaud de sa fille qu'il souleva au-dessus de sa tête avant de la dévorer de baisers.

Meredith hurlait de joie, entourant la nuque de son père de ses bras potelés. Lee surprit le regard interrogateur de Kayla posé sur eux.

— Montre-moi où sont ses affaires. Nous partons, dit-il.

— Tu ne l'emmèneras nulle part.

L'expression de Kayla semblait déterminée, mais il sentit qu'au fond, elle n'était pas aussi sûre d'elle.

— Tu ne m'en empêcheras pas, dit-il doucement.

— Fay me l'a confiée.

— C'est ma fille. Aucun jugement n'a encore été rendu et rien ne m'interdit de la voir ni de l'emmener où bon me semble. C'est Fay qui crée les problèmes et qui ne respecte pas la loi. Elle a décidé de me retirer ma fille avant même la décision du tribunal.

— Fay est la mère de Meredith. Elle avait tout à fait le droit d'éloigner sa fille d'un environnement aussi hostile que celui d'une grande métropole.

— C'est pour cette raison que tu es venue t'installer ici ? demanda-t-il doucement, tu trouves que Washington est une ville hostile ?

— On ne l'appelle pas la capitale du crime pour rien.

— C'est en train de s'arranger, dit-il.

— Bon, de toute façon, je n'ai pas à me justifier.

Lee souleva les boucles rousses de sa fille, soulagé de ne pas avoir à poursuivre sur ce sujet.

— Non, effectivement. Donne-moi juste ses affaires et je file.

Kayla se mordit la lèvre supérieure d'un air indécis. Lee sentit la moutarde lui monter au nez.

— Tu vas t'enfuir avec elle ?

Elle eut l'air aussi surprise que lui par les paroles qu'elle venait de lâcher.

C'est vrai que l'idée l'avait de nouveau effleuré dès l'instant où il avait tenu sa fille dans ses bras. Mais en la voyant ainsi, barbouillée de chocolat dans le coquet appartement de Kayla, il avait mesuré les conséquences d'un tel acte. Quel modèle un père en fuite pouvait-il offrir à sa fille ?

Meredith méritait mieux que cette vie dissolue.

— Je veux juste l'emmener dans le parc, Meredith adore faire de la balançoire.

— Oh oui ! De la balançoire, papa ! acquiesça l'enfant en sautant de joie.

— Entendu, ma belle, si c'est pour la balançoire. Va vite te laver les mains et la figure, O.K. ?

— O.K.

Le beau regard bleu de Kayla se posa sur lui, attentif et sérieux, toujours un peu sur ses gardes. Lee sentit que s'il ne tenait pas parole, plus jamais elle ne lui accorderait sa confiance. Après l'avoir jaugé un moment, elle fit un signe de tête en direction du couloir.

— La salle de bains est à gauche. Tu peux l'accompagner si tu veux. Il y a des serviettes propres sur l'étagère.

Soulagé qu'elle consente à coopérer, Lee obtempéra sans commentaire. Le sang lui battait les tempes. Le brouillard était en train de se dissiper dans sa tête et son cerveau se livrait à un étrange calcul. Chaque moment passé avec sa fille était autant de temps perdu pour son enquête. Et si la police l'arrêtait, il n'aurait plus jamais l'occasion de retourner au parc avec elle...

Ils chahutèrent dans la salle de bains en se lançant des gouttes d'eau. Les fous rires de sa fille étaient irrésistibles. Combien de cœurs briserait-elle plus tard ?

— Où est Fay ?

Kayla se tenait sur le pas de la porte de la salle de bains. Ses cheveux châtain clair flottaient librement sur ses épaules. Récemment, elle s'était fait couper la frange, ce qui accentuait encore la vivacité de son regard. Sa beauté n'avait rien à voir avec celle de Fay, elle était plus discrète et méritait qu'on s'y attarde. Ses traits délicats et la douceur de son visage attendrissaient Lee et il trouvait très troublant ces légères traces de farine qui poudraient son visage.

— A vrai dire, elle ne m'a pas fait de confidences sur son planning, répliqua-t-il.

— Ne te moque pas de moi. Elle devait venir chercher Meredith à 9 heures ce matin.

— Tu l'as déjà vue arriver à l'heure ?

— Et si elle arrive entre-temps, comment expliquerai-je l'absence de la petite ?

— Eh bien, tu lui diras que nous sommes en train de faire la fête des pères avec un jour de retard, dit-il avec agacement.

Il souleva Meredith de la table sur laquelle il l'avait perchée pour lacer ses chaussures.

— Allez, ma puce, allons voir si nous trouvons des balançoires.

— Je vous accompagne, annonça Kayla.

Un sourcil de Lee se haussa, mais très rapidement il décida de profiter de l'occasion pour demander à Kayla des informations sur ce qui s'était passé la veille au soir au moment de son départ.

— As-tu l'intention de venir avec ton tablier ? l'interrogea-t-il.

Ce fut au tour de Kayla de manifester son étonnement. Apparemment, elle ne s'attendait pas à ce qu'il accepte aussi facilement. Décidément, c'était la journée des surprises.

— Et Fay ? s'enquit-elle.

— Quoi, Fay ?

— Je ne peux pas sortir sans la prévenir.

Lee haussa une épaule d'un air faussement détaché.

30

— Appelle-la.

— J'ai essayé plusieurs fois. Elle n'est pas chez elle.

— Ecoute, Kayla. Ou tu viens, ou tu ne viens pas, mais, en tout cas, il est hors de question que j'attende ici pour me chamailler avec mon ex-épouse. Meredith et moi allons au parc près de l'école. Que décides-tu ?

Il ne fallut pas plus d'une seconde à la jeune femme pour dénouer son tablier.

— Laisse-moi le temps de prendre mes clés.

— Bien. Profites-en pour retirer les traces de farine sur tes joues.

Kayla s'essuya le visage avec son tablier qu'elle posa sur la table. Elle évita de croiser son regard jusqu'à ce qu'ils soient dehors.

— Où est ta voiture ?

— Je l'ai laissée au restaurant.

— Pourquoi ?

— Je n'étais pas en état de prendre le volant hier soir.

— Tu veux dire que tu as fait le chemin à pied ?

— Les transports en commun se font rares à Fools Point, peut-être parce que nous sommes en été. C'est vrai que j'aurais pu t'appeler pour venir me chercher.

— Tu préfères marcher ou tu veux qu'on prenne ma voiture ? demanda-t-elle.

— Marchons un peu, à moins que tu ne supportes pas la chaleur ?

— Je pense surtout à Meredith.

— As-tu un siège enfant ?

— Non.

— Dans ce cas, allons-y à pied, nous en avons pour quinze minutes.

Kayla hocha la tête. Elle semblait mal à l'aise. Lee pensa qu'elle commençait peut-être à s'inquiéter pour son amie. Mais le babillage de Meredith le sortit de ses réflexions. La façon dont la fillette avait glissé sa petite main chaude dans la sienne lui brisa le cœur.

Plus que jamais, il espéra n'être pas celui qui avait tué sa mère.

2.

Kayla ne se sentait pas très fière d'elle d'avoir cédé aussi facilement à Lee. Fay ne lui pardonnerait pas sa lâcheté. Mais au moins, en les accompagnant, elle ne laissait pas Meredith seule avec son père.

Le soleil était déjà haut. Il n'y avait aucun nuage dans le ciel limpide. Au moment où ils parvenaient devant le bois par lequel Kayla et elle avaient l'habitude de couper, la fillette tira son père par la main, mais celui-ci hésita.

— Elle a raison, c'est plus court que de passer par Main Street.

Il hocha la tête, réglant ses longues enjambées sur les petits pas de sa fille. Kayla se dit que le comportement de Lee était étrange. Il semblait nerveux, sur ses gardes. Il inspecta le bosquet d'un air soupçonneux.

— Tu ne risques rien, ici, tu sais, nous ne sommes pas dans une grande ville. A Fools Point il n'y a pas un criminel caché derrière chaque arbre.

Lee fronça les sourcils sans répondre au sarcasme de la jeune femme. Il se laissa guider par la fillette à travers les buissons et les arbustes du petit parc.

Kayla les suivait sans quitter Lee des yeux. Elle n'était pas du genre à regarder les hommes, mais elle devait bien s'avouer que la démarche féline de Lee ne la laissait pas indifférente. Son amie se plaignait de la grossièreté de Lee mais elle-même n'avait jamais eu l'occasion de vérifier ses accusations. N'empêche qu'il était policier, et elle était bien placée pour savoir que la délicatesse n'était pas la qualité première des policiers.

Pourtant, en voyant ensemble le père et la fille, Kayla avait du mal à reconnaître l'homme brutal que lui avait dépeint Fay. Meredith ne semblait pas le moins du monde effrayée par son père. C'était plutôt le contraire. Elle ne le lâchait pas d'une semelle, cramponnée à sa main ou à son pan de chemise qu'il portait de manière décontractée par-dessus son ceinturon. Kayla n'entendait pas ce qu'il répondait aux bavardages incessants de sa fille car il parlait à voix basse, mais chaque fois, celle-ci partait d'un rire joyeux qui faisait plaisir à voir.

Autant de tendresse la ramenait des années en arrière, au souvenir de son propre père. Elle sentit une boule se former dans sa gorge.

Kayla refoula son amertume et préféra concentrer son attention sur Lee. Elle le trouvait décidément très différent ce matin. Il semblait vivre ce précieux moment avec sa fille avec une intensité touchante.

Lee avait toujours produit un effet étrange sur Kayla. En sa présence, elle perdait ses moyens, se sentait rougir, avait du mal à trouver ses mots. Elle avait mis son malaise sur le compte de son métier de policier qu'elle détestait, mais était-ce l'unique raison ?

Kayla préféra ne pas trop approfondir la question.

— Je ne mords pas, tu sais.

Elle sursauta, surprise par les inflexions chaudes de cette voix qui s'adressait à elle et non pas à Meredith qui courait en direction du parc de jeux.

— Que dis-tu ?

Les lèvres de Lee s'incurvèrent sur un sourire ambigu.

— Je dis que je ne mords pas. J'aurais dû te le dire dès le début où nous nous sommes connus, toi et moi.

Il avait prononcé ces deux derniers mots en abaissant la voix, ce qui provoqua chez la jeune femme un frisson involontaire. Pourquoi tentait-il toujours de la provoquer ? Elle savait parfaitement qu'il le faisait exprès, et elle refusait de se laisser séduire par l'ex-mari de son amie.

— Cela n'aurait pas changé grand-chose, répondit-elle sèchement.

Meredith se retourna vers Kayla avec de grands yeux anxieux. Gênée, Kayla la rassura d'un sourire.

— Tu préfères aller aux balançoires ou jouer dans le sable ? demanda-t-elle à l'enfant.

— Les balançoires !

Meredith repartit en trottinant d'un pied sur l'autre. Kayla surprit le regard déçu de Lee posé sur elle. Elle regretta l'âpreté de son ton. Cette habitude de le rabrouer était devenue systématique avec les années.

Meredith se rua vers l'aire de jeux envahie de jeunes enfants. Lee plissa les yeux pour mieux observer cette partie du parc. Ses précautions excessives commençaient à exaspérer Kayla. L'excès de zèle du policier était disproportionné par rapport à cette petite ville. Elle réprima un commentaire acerbe pour éviter de gâcher ce moment avec sa fille.

— Je suis désolée de t'avoir si mal répondu, s'excusa-t-elle.

— Tu m'as toujours traité comme un pestiféré, dit-il avec calme.

Kayla ne sut que répondre à ce qui n'était que la vérité.

— Je ne te connais pas très bien.

— Non, effectivement.

Lee suivit sa fille, laissant Kayla à l'effet que produisaient ces simples mots. Qu'elle ait pu le heurter ne l'avait jamais effleurée. Elle avait toujours brandi son animosité comme un bouclier et non comme une arme.

Kayla prit place sur un banc vide en se demandant de quelle nature étaient à ce moment précis ses sentiments à propos de Lee Garvey. Etait-ce de la culpabilité ? De la sympathie ? En tout cas, elle se sentait dans le même état que si elle avait maltraité un jeune chien.

Cette pensée lui arracha un sourire. Lee était plutôt de la race des panthères, avec son déhanchement sensuel et cette assurance supérieure de prédateur.

Décidément, son imagination vagabondait bien étrangement aujourd'hui. Lee était un homme, tout simplement, un homme extrêmement séduisant, avec un sourire ravageur et des yeux gris à l'expression changeante, qui pouvait passer d'une froideur glaciale à la plus grande douceur.

Cette nouvelle pensée, comme de nombreuses autres depuis qu'il avait franchi le seuil de sa porte, lui déplut fortement. Elle refusait de trouver du charme à Lee, tout comme elle se défendait de le découvrir vulnérable. Mais de le voir rire et jouer avec sa fille faisait tomber des barrières qu'elle avait crues inébranlables.

Fay avait menti sur son mari, et Kayla s'en était plus ou moins doutée. Leur mariage avait été un véritable fiasco, certes, mais si le couple s'était rapidement livré une guerre sans pitié, Lee aimait sa fille plus que tout au monde.

Trois jeunes mères de famille qui surveillaient leurs bambins sur le toboggan ne lâchaient pas Lee des yeux. L'une d'elles croisa le regard de Kayla et lui adressa un signe de tête. Elle répondit à son geste mais ne les rejoignit pas comme elle le faisait souvent.

Elle continuait à observer Lee, ne pouvant s'empêcher de comparer la scène du parking et celle qui se déroulait maintenant. Evidemment, Lee avait bu la veille au soir. C'était pour cette raison qu'elle avait cru bon d'intervenir.

En y réfléchissant à deux fois, elle s'avoua que la véritable raison de son irruption dans leur altercation venait de ses suspicions envers Fay. N'avait-elle pas soupçonné son amie d'avoir organisé tout ce remue-ménage exprès, devant des témoins ?

Qu'avait donc Fay derrière la tête pour adopter une telle conduite ? Qu'espérait-elle obtenir de Lee ?

Son amitié avec Fay ne la rendait pas dupe pour autant. Elle connaissait ses travers, même si elle ne s'autorisait pas à la juger.

Fay n'était pas une mère très attentionnée. Alors qu'elle n'exerçait aucune profession, sa fille était la plupart du temps confiée à des baby-sitters. Et quand elle daignait lui consacrer un peu de son temps, elle ne manifestait aucune tendresse, aucune écoute. Elle s'impatientait dès que l'enfant lui demandait quelque chose alors que Meredith était une enfant adorable, câline, obéissante, et très facile à élever. Kayla avait maintes et maintes fois tenté d'aborder le sujet avec son amie, mais celle-ci avait toujours coupé court à la conversation.

Kayla ne doutait pas que Fay veuille garder Meredith uniquement pour se venger de son mari, même si c'était elle qui avait demandé le divorce.

A présent, Lee et Meredith jouaient dans le bac à sable. Lee ne tarda pas à être entouré d'enfants. Il faisait penser à un gentil géant parmi des elfes, creusant, érigeant des murailles de château en échafaudant des plans d'attaque.

Quand le bac à sable ne fut plus qu'une citadelle infranchissable, il se retira en s'essuyant les mains sur son pantalon afin de laisser plus de place aux enfants. Il se tourna vers elle et son sourire s'effaça. Il avait l'air préoccupé. L'avait-elle vexé à ce point ?

Spontanément, la jeune femme se leva du banc et avança vers lui. Elle était incapable de savoir ce qu'elle allait lui dire mais son regard sombre l'avait bouleversée.

— C'était une bonne idée, lui dit-elle d'un ton faussement joyeux.

Mais le cœur n'y était pas.

— En tout cas, Meredith s'amuse bien !

Il hocha la tête pensivement, regardant sa fille jouer avec un petit garçon.

— Je suis désolée, ajouta-t-elle.

Il tourna la tête vers elle et planta ses yeux dans les siens.

— De quoi ?

— Fay n'aurait pas dû l'éloigner de toi.

Un voile tomba sur ses yeux gris.

— Non.

— Pourquoi a-t-elle fait cela ?

Lee inclina la tête sur le côté.

— Pourquoi ne lui as-tu jamais posé la question ?

— Parce que c'est à toi que je le demande.

Après un moment de silence, il se retourna vers sa fille. Kayla en déduisit qu'il ne répondrait pas à sa question. Elle venait de lui donner une chance de se défendre des accusations injustes de son ex-femme, mais il ne semblait pas décidé à saisir la perche qu'elle lui tendait.

— Et si je te demandais de me raconter ce qui s'est passé hier soir après mon départ ?

Il s'était exprimé tellement doucement qu'au début elle avait cru que ce n'était pas à elle qu'il s'adressait. Il gardait les yeux sur sa fille, comme s'il préférait effacer ce mauvais souvenir. Cette pensée émut la jeune femme qui en eut presque les larmes aux yeux.

— Il ne s'est rien passé, s'empressa-t-elle de répondre, Fay m'a demandé d'aller chercher Meredith chez la baby-sitter et de l'emmener chez moi pour la nuit.

— Elle fait cela souvent ?

Kayla se mordit la lèvre supérieure, visiblement en proie à un débat intérieur. Au même instant, Meredith chercha son père des yeux, d'un air inquiet. Quand elle le trouva, un sourire illumina son visage. Elle agita sa petite main. Son père lui répondit en souriant.

Kayla se décida.

— Une ou deux fois par semaine, confirma-t-elle, parfois plus souvent.

— S'occupait-elle bien d'elle, Kayla ?

La jeune femme sentit la panique la gagner. Il utilisait le passé. Avait-il l'intention de fuir avec la petite ?

— Ces temps-ci, je dois reconnaître que j'ai Meredith plus souvent qu'elle, avoua-t-elle.

— Cela ne me surprend pas. Je constate que ma fille t'aime énormément. Tu es une véritable mère pour elle.

Ce compliment inattendu fit plaisir à la jeune femme.

— C'est une petite fille merveilleuse.

— Oui.

Il se planta face à elle en la regardant droit dans les yeux.

— Qui étaient tous ces gens qui ont assisté à notre dispute sur le parking hier soir ?

Sa question la surprit. Craignait-il que cette scène lui coûte la garde de Meredith ?

— Je ne sais pas. Nous avions dîné en compagnie de Jason et Elizabeth Ruckles — ce sont les propriétaires du motel où tu as pris une chambre. A un moment, Fay est allée aux toilettes en nous disant de partir devant car elle avait un coup de fil à donner.

— C'est probablement lorsqu'elle a remarqué ma présence au bar.

Kayla approuva silencieusement.

— Je suis restée jusqu'à ce que nous ayons payé l'addition, ensuite les Ruckles et moi sommes sortis avec le maire et le Dr Martin, mais je ne sais plus qui d'autre se trouvait sur le parking. Pourquoi veux-tu savoir cela ?

Le regard de Lee était sombre. Il semblait préoccupé. Une fois de plus, Kayla se surprit à détailler les traits de son visage, la largeur de ses épaules musclées, tout en se rappelant toutes les histoires de Fay à propos de sa violence.

Ce n'était pas parce qu'elle venait de découvrir qu'il était tendre avec sa fille qu'il l'était avec les femmes. Il devait bien lui arriver de perdre son sang-froid. Elle n'oubliait pas la lueur de haine qu'elle avait vue dans ses yeux la veille.

Pourtant, il s'était contenté d'élever la voix, et n'avait eu aucun geste brutal.

En fait, jusqu'à hier soir elle ne l'avait jamais vu en colère. En général, il donnait l'image d'un homme décontracté qui pratiquait volontiers un humour assez léger dont d'ailleurs elle avait fait les frais bien souvent.

— J'aimerais juste savoir devant combien de personnes je me suis donné en spectacle, dit-il. La façon dont je me suis conduit hier soir était ridicule, je n'ai pas l'habitude de boire, et j'ai…

Elle posa la main sur le bras nu de Lee.

— Tu étais énervé.

— Oui.

Il regarda sa main et Kayla la retira immédiatement.

— N'aie pas peur de me toucher, Kayla.

— Mais, je n'ai pas peur.

Il lui prit la main, pressa sa paume contre la sienne et la caressa. La jeune femme en éprouva un délicieux frisson mais elle n'en montra rien.

— Chercherais-tu à m'attendrir ? demanda-t-elle simplement.

— T'attendrir ? Dans quel but ?

— Je ne sais pas, moi, pour me séduire peut-être.

Cette fois, il ne put s'empêcher de rire et de petites flammes se mirent à danser dans ses yeux gris.

— Cela te plairait ?

— Bien sûr que non.

Elle dégagea sa main d'une façon maladroite, ne sachant plus où la mettre. Finalement, elle la glissa dans la poche de son pantalon.

— Tu vois quelqu'un en ce moment ?

— Je suis agent immobilier. Je vois du monde tous les jours.

— Tu sais très bien de quoi je parle. Une femme attirante comme toi devrait avoir un homme dans sa vie.

Il la trouvait attirante ?

— Tu te proposes pour combler le vide ?

La question sortit de sa bouche dans un souffle et dénuée du sarcasme qu'elle avait voulu y mettre.

Les yeux de Lee brillèrent de malice. Une petite fossette apparut sur une de ses joues.

— Oublie ce que je t'ai dit !

Mais il secoua la tête.

— C'est enregistré. Remettons ce sujet à plus tard. Revenons plutôt à Fay. Sais-tu si elle a un amant ?

Sa question la ramena brutalement sur terre. Elle s'était monté la tête pour rien. Le seul sujet qui intéressait Lee était si Fay avait ou non un amant. Aimait-il toujours son ex-femme ?

— Tu ferais mieux de lui poser la question à elle plutôt qu'à moi, rétorqua-t-elle.

Un pli amer déforma la bouche de Lee.

— Plutôt mourir que trahir, n'est-ce pas ?

— Je ne vois pas ce qu'il y a de mal à cela.

— Aucun, tu as raison.

Quel était le sens de tout ceci ? Pourquoi semblait-il si morose tout à coup ?

— Ecoute, si tu veux savoir ce qui s'est passé hier soir, interroge les Ruckles. Je suis partie juste après toi. J'étais fatiguée et je voulais passer prendre Meredith le plus tôt possible pour la ramener chez moi.

— Tu parles comme si tu étais sa mère.

Kayla n'allait pas dire le contraire. Elle s'était profondément attachée à la fillette, d'autant que celle-ci était délaissée ces derniers temps.

— Désolé, dit-il, je te mets dans une position inconfortable, tu es si différente d'elle. Comment avez-vous pu devenir amies ?

C'était un sujet délicat et Kayla préférait éviter d'aborder son passé avec lui.

— Nous fréquentions la même école.

— Ici, à Fools Point ?

— Oui.

Il se détourna de façon subite. La jeune femme comprit qu'il cherchait à se rapprocher du toboggan où Meredith et ses amis attendaient en file indienne. Kayla le suivit, en quête d'un nouveau sujet de conversation.

— Tu aimes ton métier de policier ? demanda-t-elle finalement.

— Tu me poses cette question comme si je chassais les papillons alors que mon travail consiste à enfermer des criminels derrière des barreaux.

Il fit un pas de côté pour avoir une meilleure vue sur sa fille qui gravissait les marches du toboggan. Ce mouvement le rapprocha davantage de la jeune femme.

Kayla aurait préféré continuer à garder ses distances envers lui, mais c'était plus difficile depuis qu'elle avait l'impression de mieux le connaître. Et leur conversation lui avait révélé un être à la fois sensible et intelligent. Et puis, il y avait son sourire qui le rajeunissait de dix ans, comme en cet instant où il admirait fièrement sa fille, qui, parvenue en haut du toboggan, commençait à glisser en hurlant de plaisir.

Avant qu'elle arrive en bas, Lee se précipita pour la recevoir dans ses bras.

— Encore ! cria-t-elle dès que ses pieds touchèrent le sol.

— D'accord, ma chérie. Retourne dans la file. Mais c'est la dernière fois, après nous irons acheter une glace, O.K. ?

L'enfant hocha la tête vigoureusement avant de repartir en courant. Lee rejoignit la jeune femme.

— Tu vas lui couper l'appétit avant l'heure du déjeuner, protesta Kayla.

— Davantage qu'avec des cookies au chocolat ? la taquina-t-il.

La jeune femme n'avait jamais douté de son charme, mais elle ne pensait pas qu'il pourrait un jour s'exercer sur elle. Pourtant, il était vrai qu'elle ne lui en avait jamais laissé la chance.

La prudence lui dictait de maintenir entre eux une distance respectable afin de ne pas succomber à la délicate fragrance de son after-shave ou de son odeur naturelle, masculine, virile, dangereuse.

Lee lui prit le coude pour l'aider à enjamber une racine d'arbre.

Ce simple contact physique sur sa peau nue la mit dans tous ses états. Elle ne put s'empêcher d'imaginer ses grandes mains chaudes caressant son corps tout entier.

— Tu… tu peux me lâcher maintenant, dit-elle.

L'air lui manquait comme s'il était resté bloqué quelque part au fond de ses poumons.

Il la lâcha et alla vérifier rapidement où était passée Meredith. Rassuré, il revint vers Kayla qui l'attendait et reprit son bras.

— J'ai dit que tu pouvais me lâcher.

— Désolé, il se trouve que j'adore te tenir.

Lee fit délibérément pianoter ses doigts sur son bras. Elle crut qu'elle allait hurler tant l'excitation devenait douloureuse.

Il avait bien compris son embarras et il en jouait. Kayla ne pouvait plus détacher son regard du sien. Aucun homme ne l'avait jamais fixée avec une telle impudence. C'était comme s'il était doté du pouvoir de mettre son âme à nu.

44

— Tu…

Il patienta, mais elle était incapable de se souvenir de ce qu'elle voulait dire.

— Je… ?

— Tu ne devrais pas te moquer de moi, dit-elle.

— Qu'est-ce qui te fait penser que je me moque de toi ?

— Eh bien…

La chaleur lui enflammait les joues. Elle se sentait ridicule et aurait donné n'importe quoi pour s'arracher à cette situation scabreuse.

Au frémissement de son bras, il la dévisagea avec gravité.

— Pourquoi as-tu peur de moi, Kayla ?

— Mais je n'ai pas peur de toi.

Ils savaient autant l'un que l'autre qu'elle mentait.

Elle suivit son regard en direction du toboggan. Accroupie, Meredith s'extasiait devant deux écureuils qui grignotaient des pignons entre leurs pattes avant. Les doigts de Lee remontèrent vers son visage, ils effleurèrent sa joue aussi légèrement que l'aurait fait une plume. C'était un geste amoureux, alors qu'il n'y avait rien entre eux. Jamais il n'y aurait rien entre eux...

Kayla fit un effort pour se reprendre.

— Je ne comprends pas où tu veux en venir.

— A cause de ce que je suis en train de faire ?

— Tu le sais très bien.

Lee réfléchit un instant. Il semblait sur ses gardes même si une lueur séductrice continuait à animer son regard.

— Il y a toujours eu une attirance entre nous, Kayla, tu le sais parfaitement. N'est-ce pas la raison pour laquelle tu sors tes griffes dès que je t'approche ?

— C'est faux ! explosa-t-elle, effrayée par sa clairvoyance, tu as rêvé. Tu cherches à me provoquer.

L'index de Lee traça la courbe de sa joue, descendant lentement sous son menton puis le long de sa gorge qui palpitait comme celle d'un oiseau captif. La respiration suspendue, Kayla ne bougeait plus, paralysée sous sa main qui se dirigeait vers l'encolure de son chemisier, mais elle s'immobilisa tout simplement sur son épaule.

— Ne sois pas aussi agressive, Kayla, tu aggraves ton cas. La meilleure défense c'est l'attaque. Pourquoi nies-tu l'évidence ?

— L'évidence ? Quelle évidence ?

— Tu es exactement dans les mêmes dispositions que moi.

— Les mêmes dispositions que toi ? De quoi parles-tu ?

Ses paroles sonnaient faux. Elle venait de passer plus d'une demi-heure à le contempler, à rêver devant sa carrure et à s'enivrer de son parfum.

Il souleva son menton pour l'obliger à le regarder bien en face.

— Allons, Kayla.

Désarmée, la jeune femme le regarda se pencher vers elle. Son dos et son cou se crispèrent. Aucun son ne put sortir de sa bouche pour lui intimer d'arrêter.

Mais elle n'avait pas envie qu'il arrête.

Elle se souvenait du jour où Fay lui avait présenté Lee. Elle s'était demandé quel goût pouvaient avoir les lèvres de cet homme.

— Non, maman, je ne veux pas rentrer à la maison !

Le cri les ramena sur terre. Lee relâcha immédiatement l'épaule de Kayla et tourna la tête vers les autres jeunes femmes qui rassemblaient leurs enfants pour rentrer déjeu-

46

ner. Les écureuils grimpèrent en haut d'un pin et Meredith retourna au toboggan qu'elle gravit lentement. L'aire de jeux se vida.

Lee avança vers le toboggan pour parler à sa fille.

Bouleversée, Kayla s'éloigna en prenant garde à ne pas se prendre les pieds dans les racines.

Là, devant la propre fille de Lee et Fay, ils avaient failli s'embrasser !

— Papa ! Regarde !

— Je te regarde, ma chérie, vas-y ! Mais c'est la dernière fois. Promis ?

— Promis, papa.

La fillette effectua sa dernière glissade couvée des yeux par son père qui la recueillit dans ses bras.

Il reposa la fillette sur ses pieds et s'accroupit pour essuyer le sable de ses genoux.

— Prête pour la glace ?

— Oh, oui, papa.

En se relevant, il lui prit la main et se tourna vers la jeune femme avec un regard neutre, comme s'il ne s'était rien passé. Regrettait-il son écart de conduite ? Une part d'elle espérait que non. Ah, si seulement il n'avait pas été l'ex-mari de Fay !

Un coup sec claqua dans son dos en même temps qu'un jet de poussière jaillissait aux pieds de Lee. Eberluée, Kayla chercha à comprendre.

Lee souleva Meredith dans ses bras et d'une main saisit Kayla par l'épaule.

— Qu'est-ce que... ?

— Quelqu'un nous tire dessus, cria-t-il.

Il poussa la jeune femme derrière l'énorme pin à côté d'eux et se plaqua sur elle en protégeant sa fille de son menton.

A l'intérieur du tronc de l'arbre, il y eut comme une déflagration. Des morceaux d'écorce réduits en poussière explosèrent autour des épaules de Lee.

Kayla prit seulement conscience que le son provenait d'une arme et que les coups leur étaient destinés.

— Accroupissez-vous et ne bougez pas d'ici !

Il posa sa fille à terre. Celle-ci combattit pour rester dans ses bras, mais Kayla la serra contre elle. Lee bondit à travers les arbres en zigzaguant. Kayla le suivit des yeux en maintenant fermement la fillette contre elle.

D'autres détonations retentirent. Kayla aperçut plusieurs fois des éclats de bois jaillir au fur et à mesure des déplacements de Lee. Quelqu'un essayait de le tuer.

Lee se maudissait pour son imprudence. Il aurait dû se méfier davantage. Après la découverte du corps de Fay ce matin et l'horrible mise en scène — car à présent il avait la preuve que c'en était une —, il ne trouvait rien de mieux qu'emmener Meredith et Kayla en promenade comme si de rien n'était.

Et en plus il était sorti sans arme !

Les coups cessèrent dès qu'il plongea dans les buissons épais de la bordure opposée du parc où il avait laissé Kayla et sa fille. Il avait réussi à localiser le tireur et comptait le rejoindre à travers les sous-bois sans se faire repérer.

Au bruit et à la portée de l'arme, le policier en déduisit que l'arme utilisée était une 22 long rifle. Même si c'était une carabine peu puissante, il valait mieux ne pas se trouver dans sa trajectoire.

Le cœur battant, il avança doucement en longeant la clairière. De sa position, il gardait un œil sur Kayla et Meredith qui ne bougeaient pas. Il était évident que c'était lui qui était visé, ce qui n'empêchait pas qu'elles auraient pu être tuées.

Le policier tendit l'oreille. Rien ne bougeait. La clairière était plongée dans un silence menaçant. Même les oiseaux s'étaient tus. Le tireur était-il parti ou attendait-il que Lee sorte à découvert ? Il pouvait tout comme lui tourner dans le parc à sa recherche. Un frisson le traversa à l'idée qu'il pouvait s'en prendre à Meredith et Kayla.

Tout à coup, Kayla, qui portait Meredith dans ses bras, s'élança de derrière l'arbre. Elle courait du mieux qu'elle pouvait en direction de l'école. Lee étouffa un juron : c'était beaucoup trop loin. Il quitta les sous-bois et se retrouva au milieu de la clairière. Aucun coup de feu ne partit.

Lee s'exposa volontairement le temps de permettre à Kayla de gagner un point hors de portée de la carabine. Heureusement pour lui, les coups de feu avaient cessé.

La jeune femme fit volte-face dès qu'elle entendit les pas qui couraient derrière elle. Son expression se radoucit lorsqu'elle reconnut Lee.

— Tu… tu n'as rien ?

— Non, pourquoi n'es-tu pas restée où je vous ai laissées ?

Son ton autoritaire la fit tressaillir.

— Je n'arrivais plus à retenir Meredith.

— Papa ! Je veux papa !

Il nicha sa fille au creux de ses bras en enveloppant sa tête dans sa grande main. Il luttait contre les larmes.

— N'aie pas peur, tout va bien, je suis là.

Meredith se calma immédiatement. Elle prit son pouce et demanda, des sanglots dans la voix :

— Et ma glace ?

Il écarquilla les yeux et échangea avec Kayla un regard de soulagement par-dessus la tête de Meredith. Sa fille n'avait pas pris conscience de l'ampleur du danger.

— Le centre commercial est juste au coin de la rue, dit Kayla, et il y a le poste de police aussi. L'inspecteur Hepplewhite devrait s'y trouver à cette heure-ci.

Lee sentit son estomac se nouer. Le temps pressait, lui imposant un choix crucial : se jeter dans la gueule du loup et se battre ou fuir, pour toujours.

Ils traversèrent la rue. Lee hésita plusieurs fois, résistant à l'envie de passer son chemin et de s'éclipser avec sa fille. Une fois entré dans le poste de police, il n'aurait plus d'autre choix que prendre un bon avocat. D'une minute à l'autre, le corps de Kayla allait être découvert, si ce n'était pas déjà fait. A partir de cet instant la trappe se refermerait.

Kayla courait presque à son côté pour ne pas se laisser distancer. Ces coups tirés contre lui donnaient une nouvelle tournure à l'affaire. La seule personne qui aurait été capable de vouloir sa mort à Fools Point était Fay et Fay était morte.

— Quand allons-nous acheter ma glace, papa ? demanda Meredith.

— Dans deux minutes, ma chérie, répondit Kayla à sa place.

Il précéda Kayla à l'intérieur du bâtiment en brique. Le bureau de réception était vide et il réalisa qu'ils n'avaient pas croisé âme qui vive depuis qu'ils avaient quitté le parc.

— Il n'y a personne nulle part. Il y a eu une déclaration de guerre ou quoi ?

— Il est midi, expliqua Kayla.

— Fools Point s'arrête de vivre à midi ?

— La plupart des gens sont partis déjeuner. Nous ne sommes pas dans la capitale, Lee…

Il n'eut pas le temps de faire un commentaire que la jeune femme poussait la porte avec l'inscription : «Police».

— Kayla, comment vas-tu ?

Une belle jeune femme avec des cheveux noirs en bataille était en train de planter sa fourchette dans une barquette en plastique contenant une salade composée.

— Quelqu'un nous a tiré dessus dans le parc, Carolyn, où est l'inspecteur Hepplewhite ?

Les yeux de la jeune fille s'agrandirent sous l'effet de la stupeur. Elle ne portait pas d'uniforme, ce qui laissa supposer à Lee qu'elle était standardiste ou hôtesse. Effectivement, elle se tourna vers la radio posée sur son bureau.

— John et Thad ont été appelés. Qui était-ce ?

— Nous ne l'avons pas vu. Lee a failli être tué.

Lee posa sa fille au sol et chercha son insigne.

— Lee Garvey, dit-il à la jeune femme, vous pouvez noter qu'il s'agissait d'une 22 long rifle. Il a tiré du nord-est de la clairière où se situe l'aire de jeux.

La dénommée Caroline examina son insigne.

Une voix nasillarde émana du récepteur. La jeune femme transmit immédiatement les informations fournies par Lee.

— Oui, chef, répondit-elle à la voix.

— Kayla Coughlin est ici avec Meredith et...

Elle leva les yeux vers Lee.

— Son père ? interrogea-t-elle.

Lee opina de la tête.

— Lee Garvey, dit-elle dans le micro, il m'a montré sa plaque. C'est un policier de Washington D.C.

— Qu'ils m'attendent au poste, intima la voix, appelle Derek pour qu'il rentre. J'envoie Thad inspecter le parc

51

immédiatement. Je ne peux pas bouger d'où je suis pour le moment.

— Entendu, chef.

— Vous n'avez que trois policiers ? s'étonna Lee à l'adresse de Kayla.

— Quatre. Derek et Ron travaillent le soir en alternance et Thad et le chef, durant la journée.

Meredith tira le pantalon de son père.

— On s'en va, papa ?

— Ma chérie, nous attendons le retour du chef de la police.

— Mais... ma glace ?

Lee résista à l'envie de la prendre dans ses bras. Il s'accroupit devant elle.

— Un peu de patience. Je te promets que nous irons après, d'accord ?

— D'accord, dit la petite voix.

Meredith se consola en enfilant son petit pouce crasseux dans sa bouche. Il hésita à le lui retirer, mais au lieu de cela il se leva sous le regard ému des deux femmes.

— Y a-t-il un marchand de glaces près d'ici ? demanda-t-il.

Meredith retira le pouce de sa bouche, le visage plein d'espoir.

— Juste en face, de l'autre côté de la rue, dit Kayla.

— Tu peux y accompagner Meredith pendant que j'attends le retour du chef ?

Kayla fronça les sourcils et redressa les épaules.

— Je préfère attendre avec toi.

Lee faillit lui demander la raison de son refus, mais se ravisa immédiatement en prenant conscience qu'elle tremblait comme une feuille.

52

Il l'attira contre lui. Elle n'opposa aucune résistance.

Carolyn sembla inquiète.

— Pensez-vous que ce tueur vous ait suivis jusqu'ici ?

— Non, la rassura Lee, je lui ai offert une occasion en or de me toucher avant de quitter le parc. S'il avait été encore là, il ne m'aurait pas loupé. Je suis presque certain qu'il est parti avant nous.

— Je suis désolée, je ne sais pas ce qui m'arrive, dit Kayla en essayant de s'écarter, je n'ai pas l'habitude de me mettre dans des états pareils.

— Tu as la réaction normale de quelqu'un sur qui on vient de tirer.

— Sur toi aussi, et je ne te vois pas trembler.

— Je suis policier. J'en ai vu d'autres.

La jeune femme ne parut pas pour autant rassurée.

— Je sais pourtant que je ne risque rien. Nous sommes au poste de police, ajouta-t-elle, comme pour se convaincre elle-même.

Elle demeura silencieuse quelques secondes, en faisant des efforts visibles pour calmer sa respiration.

— Je vais aller lui acheter sa glace, dit-elle.

Lee posa ses deux mains sur ses épaules.

— Nous irons ensemble plus tard, Meredith peut attendre, n'est-ce pas, ma chérie ?

La fillette serra sa jambe de ses petits bras, l'air vraiment mécontente.

— Ecoutez, intervint Carolyn, si vous êtes certains que vous ne risquez plus rien, sortez tous les trois acheter cette glace. Si vous n'êtes pas revenus avant le retour de John, je lui expliquerai où vous êtes.

— Merci, dit Lee.

Il prit sa fille par la main.

— Allons-y.

Le sourire de gratitude de Meredith lui serra le cœur. D'une minute à l'autre, ils allaient apprendre la mort de Fay et la petite avait failli être tuée. Quelle que fût la raison de ces crimes, il était clair que la principale victime était la fillette. Une boule de haine se forma dans sa gorge. S'il mettait la main sur cet assassin, il passerait un mauvais quart d'heure.

Avant de s'éloigner du bâtiment où siégeait le poste de police, Kayla inspecta la rue vide du regard.

— Comment as-tu deviné que cela allait arriver ? demanda-t-elle.

— Quoi ?

— Ces coups de feu. Dès que nous sommes sortis de chez moi, tu te comportais exactement comme si tu t'attendais à une agression.

Lee se mordit la lèvre, étonné d'avoir été aussi transparent. Pouvait-il révéler à la jeune femme qu'effectivement il sentait une menace peser sur lui depuis la découverte macabre du matin ? Mais c'était la rencontre avec la police locale qu'il appréhendait, pas celle d'un tueur anonyme armé d'une carabine.

— Déformation professionnelle, Kayla, c'est un réflexe de me méfier dès que j'arrive dans un lieu inconnu. Mais si j'avais soupçonné qu'un cinglé guettait notre arrivée, jamais je ne vous aurais emmenées dans ce satané parc.

— Tu crois que ce criminel t'a suivi depuis Washington ?

— Non. Les dernières enquêtes que j'ai menées ont abouti à la mise aux arrêts des coupables qui sont enfermés à double tour sous haute surveillance.

54

— Et si néanmoins l'un d'eux avait réussi à s'échapper ?

Lee secoua négativement la tête.

— Impossible. On m'aurait averti. De plus, un gangster professionnel aurait utilisé une arme autrement plus performante qu'une 22 long rifle.

Il ne comprenait pas lequel, mais il savait que cette tentative de meurtre avait un lien avec la mort de Fay. Cet incident avait au moins l'avantage de le rassurer sur lui-même. Qu'il ne fût pas le meurtrier changeait tout.

Mais ceci n'expliquait pas comment une tierce personne avait pu l'enfermer de l'intérieur de la chambre du motel avec le corps.

Il se massa le front pour tenter de dissiper cette fichue migraine qui ne le lâchait pas.

L'air conditionné de la galerie commerciale lui procura un immense bien-être. Ils longèrent un supermarché sans clients malgré les étals couverts de marchandises de toutes sortes, des produits de beauté jusqu'à des fruits et légumes frais, soigneusement emballés sous des films en plastique. Plus loin devant une immense baie vitrée, des gens mangeaient leur glace ou buvaient un café perchés sur de hauts tabourets devant des tables rondes en acier. Une fontaine dernier cri présentait plusieurs sortes de soda. Leurs conversations couvraient la musique de western qui fusait d'une vieille radio posée sur le Frigidaire derrière le bar.

Quatre paires d'yeux les suivirent lorsque Meredith courut vers un tabouret libre.

— Tiens, bonjour, Merry, dit la dame la plus âgée, qu'est-ce que cette petite mignonne vient faire par ici ?

La fillette rit de bon cœur, visiblement heureuse du compliment de la dame. Du charabia qu'elle lui adressa se

55

distingua nettement le mot « balançoire » et la dame sourit en levant les yeux vers les deux adultes. Son regard s'attarda sur Lee avec intérêt, puis se tourna vers Kayla.

— Encore en train de jouer les nounous ?

Lee remarqua l'air pincé de la vieille dame.

— Je vous présente Lee Garvey, le père de Meredith, dit Kayla. Lee, voici Mildred Kitteridge, la propriétaire du centre commercial.

— Madame.

Les pupilles noisette le toisèrent rapidement. Lee eut le sentiment qu'ils avaient enregistré chaque détail de son visage. Elle eût fait un témoin redoutable. Il était certain qu'elle aurait été en mesure de fournir jusqu'à la couleur de ses chaussettes.

Son regard incisif revint vers Kayla.

— Corny était en train de me raconter qu'il y avait eu un drame du côté de Bide Awhile.

Mildred désigna de la tête un homme vêtu d'un uniforme de la poste qui dégustait sa glace au caramel.

Lee jeta un coup d'œil à l'homme. Les mots de la vieille dame l'avaient glacé d'effroi. Ils avaient retrouvé Fay.

— Le chef Hepplewhite est sur place avec Thad. Ils attendent le médecin, poursuivit Mildred.

Elle regarda de nouveau Lee.

— Vous êtes au courant ?

Lee s'appliqua à ne pas ciller sous son regard interrogateur. Il avait le sentiment que cette femme était capable de détecter le mensonge.

— Nous arrivons du parc situé derrière l'école, dit-il pour donner le change, quelqu'un a tenté de nous tuer.

— Pardon ?

Tous les yeux se tournèrent vers eux. Kayla acquiesça d'un signe de tête.

— Meredith jouait au toboggan lorsque quelqu'un a ouvert le feu sur nous.

— Moi je veux une glace, rappela Meredith.

Un sourire détendit le visage parcheminé de la septuagénaire. Le temps qui avait ridé sa peau et noué les articulations de ses mains n'avait pas entamé l'intelligence de son regard.

— Au chocolat ?

La question s'adressait à lui, même si Meredith le devança d'un signe de tête approbateur.

— Une seule boule, dit Kayla.

Mais la femme attendait que Lee confirmât. Cet acte tout simple lui rendit la dame plus sympathique encore. Qui sur cette terre lui avait jamais demandé son avis en ce qui concernait sa fille ?

— Nous ferions mieux de nous presser, suggéra-t-il, le chef a envoyé quelqu'un pour prendre notre déposition.

Mildred hocha la tête.

— Une glace pour vous aussi, Kayla ?

— Oui, pourquoi pas ?

— Avez-vous vu le tireur ? demanda le postier.

— Non, mais j'ai pu identifier l'arme, une 22 long rifle, répondit Lee.

— C'est peut-être le fils Williams qui visait des oiseaux, dit un homme en costume.

— Dans le parc ? demanda Lee, sceptique.

— Le gosse n'a pas toute sa tête. Il est capable de tout.

— On ne tue pas des gens avec une 22 long rifle, reprit le postier Corny, tout juste des écureuils.

— En tout cas, c'était bien Lee qui était visé et il l'a raté de justesse, protesta Kayla.

Etait-elle en train de le défendre ? se demanda le policier.

— Cornelius, tu ferais mieux de rentrer ou Bianca va te faire tâter du rouleau à pâtisserie, l'avertit Mildred.

Elle enveloppa le cornet de Meredith d'une serviette en papier et lui tendit sa glace.

— Moi aussi je vais y aller, dit le troisième homme resté silencieux jusqu'à présent, viens, Corny, allons aux nouvelles. Peut-être que c'est le même qui a fait le coup à Bide Awhile ?

Derrière le comptoir, Mildred préparait une glace plus grosse pour Kayla.

— Marge, appela-t-elle, pourrais-tu prévenir ma fille et son mari qui sont au magasin de pêche et chasse pour les prévenir de ce qui se passe ? Je veux m'assurer que les portes de derrière sont bien fermées à clé.

La femme qui essuyait les verres au bar disparut sans un mot. Lee remarqua que le magasin dont parlait Mildred se trouvait juste sur la droite du glacier. Apparemment, on pouvait passer d'un commerce à l'autre sans avoir à ressortir.

— Sage précaution, dit-il à Mildred, même s'il s'agit d'un jeune qui s'amuse à faire peur aux gens.

— C'est ce que tu crois ? demanda Kayla, tu penses que le fils Williams pourrait être le tireur ?

Lee haussa les épaules.

— Je n'ai aucune idée sur la question, je ne connais pas ce Williams.

Il se demanda s'il avait le temps de rejoindre sa voiture sur le parking du restaurant pour y prendre son pistolet de secours.

Mildred tendit un cornet géant à Lee.

— Je pense que John ne va pas tarder à rentrer de Bide Awhile.

— Mildred a raison, dit Kayla.

Lee chercha de quoi régler dans son portefeuille.

— Deux dollars soixante-quinze, dit Mildred, je fais cadeau de la glace à la petite.

— Merci, dit Lee.

— C'est gentil, Mildred, renchérit Kayla.

Le policier tendit un billet de cinq dollars.

— Je n'ai plus de monnaie.

— Ce n'est pas grave, je repasserai récupérer ma monnaie.

La vieille femme scruta son visage.

— Vous êtes le bienvenu, mais vous me réglerez une autre fois.

— Non, non, je reviendrai, insista-t-il avec un clin d'œil à la dame.

Il poussa Meredith et Kayla vers la sortie.

— Qu'est-ce que tout ce manège ? demanda Kayla.

— Quel manège ?

— Entre Mildred et toi.

— J'ai eu le coup de foudre.

— Apparemment c'est réciproque.

Lee regarda son cône de glace trop juste pour le nombre de boules de glace.

— C'est une femme de goût, ce n'est pas comme d'autres personnes que je ne nommerai pas.

— Kayla ! appela Carolyn à travers la rue vide, John est toujours retenu là-bas. Il dit que M. Garvey et toi pouvez ramener Meredith chez toi et l'y attendre.

— Très bien. Fay doit commencer à s'inquiéter. Elle devait passer chercher Meredith ce matin.

— Je peux confirmer que vous rentrez tous les trois chez toi ?

— Oui, oui, pas de problème, promit Lee en ignorant les martèlements d'angoisse de son cœur.

Kayla se mordit la lèvre, une lueur d'appréhension au fond des yeux. Elle devait craindre qu'une autre scène entre Fay et Lee n'ait lieu sous les yeux de Meredith. Hélas, il ne pouvait pas lui dire que plus jamais il n'y aurait de scènes entre son ex-femme et lui.

Ils mangèrent leurs glaces en silence tout en cheminant tranquillement devant les vitrines qui longeaient Main Street. La mémoire ne lui était toujours pas revenue sur ses derniers agissements de la veille et sa migraine persistait. Lee aurait aimé pouvoir se concentrer. Il était toujours aussi indécis sur le comportement à adopter. Par moments, il avait envie de prendre ses jambes à son cou pour fuir loin d'ici. Mais la raison l'emportait.

La ville semblait anormalement calme. C'était vrai qu'il était habitué au trafic de la grande ville. Mais vu les circonstances, cette tranquillité semblait suspecte.

En arrivant devant la porte de chez elle, il s'aperçut que Kayla était aussi tendue que lui. Sa main tremblait lorsqu'elle tourna la clé dans la serrure.

Soudain elle s'arrêta.

— Que se passe-t-il ? demanda-t-il avec calme pour la rassurer.

— La porte est ouverte alors que je suis sûre de l'avoir fermée à clé avant de sortir, tu te souviens ?

3.

Kayla était blême. Elle déglutit avec difficulté.

— Je suis certaine d'avoir fermé à clé.

— Je te crois. As-tu tes clés de voiture sur ton trousseau ?

— Oui.

— Alors emmène Meredith dans ta voiture et retourne au poste de police.

— Je refuse de te laisser seul ici.

— Et moi je refuse de vous exposer à un nouveau danger.

Elle regarda l'enfant qui léchait sa glace avec délices sans prêter attention à ce qui se passait autour d'elle.

— Viens avec nous, dit Kayla.

La jeune femme lui mit son trousseau de clés dans les mains. Elle revoyait l'horrible scène du parc.

— Kayla, je suis policier. Je ne vais pas me disputer avec toi. Prends ma fille et partez d'ici.

Le père tendre et rieur avait disparu, remplacé par le policier autoritaire et implacable. Elle savait qu'il ne servait à rien de discuter. Elle lui reprit les clés avec un regard effaré.

— Tu joues avec le feu, maugréa-t-elle entre ses dents.

Il n'était pas armé alors qu'elle était certaine que la personne qui se trouvait à l'intérieur, elle, l'était.

Meredith leva les yeux et réalisa que son père avait disparu.

— Papa ?

Kayla prit la main collante de la fillette dans la sienne.

— Papa nous rejoindra plus tard. Viens, ma chérie, nous allons faire une petite promenade en voiture, d'accord ?

La fillette la suivit de mauvaise grâce.

Dans la rue elle croisa Mary Lou, la voisine, qui revenait de sa boîte aux lettres.

— Bonjour, Kayla.

— Bonjour, Mary Lou, dit-elle distraitement.

La vieille dame prit appui sur sa canne et se pencha vers Meredith.

— Bonjour, petite demoiselle.

Soudain, pendant que Mary Lou leur parlait, la lumière se fit dans l'esprit de Kayla. Alors qu'ils étaient sortis, Fay avait dû monter chercher Meredith et c'était elle qui se trouvait chez elle. Son amie connaissait l'endroit où elle cachait sa clé.

Elle porta la main à son front moite. Comment n'y avait-elle pas pensé plus tôt ?

— Kayla, comme tu es pâle. Il y a un problème, mon petit ?

— Oui.

Kayla avait laissé Lee et Fay ensemble chez elle avec son salon pour champ de bataille !

— Puis-je vous confier Meredith quelques minutes ? J'ai oublié quelque chose chez moi.

— Bien sûr, tu veux bien, Merry ?

Meredith sourit en tendant fièrement son cornet.

— J'ai une glace.

— Je vois cela. Tu as déjà déjeuné ?

— Non, c'est à cause de son père, il ne peut rien lui refuser, expliqua Kayla. Je monte, Mary Lou.

— Oui, oui, ne t'inquiète pas. Prends ton temps. Je suis contente de rester un moment avec ce bout de chou.

— Bout de chou, répéta la fillette en riant.

Au moment où elle allait gravir l'escalier, Kayla s'immobilisa et fit marche arrière. Et si ce n'était pas Fay qui se trouvait chez elle ?

— Mary Lou, si vous entendez des coups de feu, faites entrer Meredith chez vous et appelez la police, O.K. ?

— Des coups de feu ?

Kayla ne prit pas le temps de fournir plus amples explications. Elle laissa sur place la vieille dame stupéfaite et gravit son escalier quatre à quatre. Plusieurs idées horribles lui passaient par la tête. Et si c'était Fay qui avait tenté de tuer Lee, ce matin au parc ?

Elle en était au point d'espérer que c'était bien un cambrioleur qui s'était introduit chez elle. Lee saurait mieux maîtriser un gangster armé que Fay sur le sentier de la guerre.

Mais qui aurait pu tendre un guet-apens à Lee dans cette cage d'escalier ? La porte du bas était effectivement ouverte mais elle n'avait pas été forcée. Il n'avait pas eu la présence d'esprit de demander à Kayla si d'autres personnes possédaient un double de ses clés.

Arrivé à l'étage, il hésita, l'oreille tendue. Un murmure à peine audible lui parvint de derrière la porte. Apparemment, il y avait plus d'une personne. Des rires feutrés, de la musique.

L'intrus avait-il allumé la télévision ?

Jamais Lee ne s'était senti aussi démuni. Par réflexe, sa main toucha en vain son étui vide. Si au moins il avait eu son pistolet de secours ! Il se reprocha de ne pas être retourné à sa voiture avant de venir. S'il avait eu la conscience tranquille, il serait redescendu appeler du renfort, mais il était en trop mauvaise posture pour attirer l'attention sur lui.

Sa main tourna la poignée de la porte. Heureusement, les charnières étaient parfaitement huilées. Il se plaqua contre le mur du hall et glissa un œil par l'entrebâillement de la porte. L'écran de télévision lançait des flashes bleus et blancs soutenus par des commentaires endiablés dans le salon vide.

Il s'accroupit en poussant la porte et s'introduisit dans la pièce.

En progressant, il chercha un ustensile pouvant lui servir d'arme de fortune, mais Kayla n'était pas le genre de personne à collectionner les bibelots. A part des livres ou des disques, rien ne traînait sur les meubles ou les étagères.

Le salon communiquait avec une petite salle à manger, vide elle aussi.

Ce matin, quand il avait accompagné Meredith dans la salle de bains, il s'était intéressé à l'agencement de l'appartement, et il avait le souvenir que les deux pièces qui flanquaient la salle de bains étaient des chambres.

Des bruits de tiroirs qu'on ouvrait et refermait attirèrent son attention dans la première. Comme des pas se rapprochaient, il se réfugia derrière la porte du couloir lorsqu'un grand homme brun sortit d'une chambre pour entrer dans l'autre en marmonnant.

L'homme n'était pas armé, en tout cas il n'avait rien dans les mains. Mais Lee pensa qu'il pouvait tout aussi bien cacher un pistolet dans sa ceinture.

Armé ou pas, sa carrure d'athlète donnait à réfléchir. Même en l'attaquant par surprise, Lee savait qu'il aurait du mal à avoir le dessus.

Le policier longea le couloir, dos au mur, en prenant garde à ne pas décrocher les tableaux. Il s'arrêta devant la porte ouverte. L'homme était accroupi face à la bibliothèque. Son T-shirt qui moulait les muscles de son dos et son jean étroit ne révélaient aucune forme d'arme à feu. Ou alors il la portait sur son ventre.

C'était le moment ou jamais. Si Lee se jetait sur lui de tout son poids pendant qu'il était dans cette position, l'homme serait déséquilibré. Mais le plancher craqua à l'instant où Lee prenait appui pour son élan. Dans un même mouvement, l'homme se leva comme un ressort en pivotant sur lui-même. Il tenait un énorme dictionnaire à la main. Sous l'effet de la surprise, il lâcha le livre qui vola vers le mur. Lee bondit vers l'homme qui, plus rapide que lui, fonça tête la première dans l'estomac de Lee. Ce dernier bascula en arrière et l'inconnu profita de la situation pour asséner un bon coup de poing dans le plexus de Lee. La lutte s'annonçait rude ; l'homme puissant, rapide et précis, était visiblement habitué à faire usage de ses poings.

En réponse, Lee lui envoya son poing dans la mâchoire, mais son adversaire l'atteignit d'un nouveau direct qui lui coupa le souffle. Il tituba jusqu'au lit. Une poigne d'acier le souleva par le col de son T-shirt et un couteau se pointa sur sa gorge.

— Alex ! Lâche-le ! Cessez immédiatement de vous battre tous les deux.

Le couteau se replia en un clin d'œil et l'étranger se redressa en se tournant vers le pas de la porte où se tenait Kayla.

Lee ne se sentait pas très fier de lui. Pour un officier de police, il venait de donner une piètre image de son efficacité.

L'homme devait avoir le même âge que lui, mais c'était une montagne de muscles. Il recula en se massant la joue à l'endroit où Lee l'avait frappé. Son air belliqueux laissait penser que, si Kayla ne l'avait pas arrêté, il aurait bien poursuivi la rixe.

Par quel hasard cette brute faisait-elle partie des relations de la jeune femme ?

— Tu connais ce type ? demanda calmement l'homme.

— Bien sûr que je le connais ! Lee, comment vas-tu ? Tu ne l'as pas blessé, j'espère ? demanda-t-elle à l'autre.

— Je l'ai à peine touché.

Lee n'aurait pas pu se montrer aussi affirmatif. Le policier venait tout juste de reprendre son souffle, mais il avait été atteint dans son orgueil. Kayla n'avait pas eu le temps de voir la lame du couteau contre sa carotide, mais il était certain que, sans l'intervention de la jeune femme, il serait en train de baigner dans son sang.

Il se redressa lentement en essayant de ne pas se tenir l'estomac.

— Je suppose que vous avez le droit de fouiller dans sa chambre ?

— Autant que toi de fouiner dans sa maison.

— Ah non ! Vous n'allez pas recommencer. Lee, voici mon frère, Alex. Alex, je te présente le mari de Fay — enfin... l'ex-mari, Lee Garvey.

— Ton frère ? demanda Lee, interdit.

Autant que Lee, le dénommé Alex sembla tomber des nues.

— Le flic ?

Le ton belliqueux de sa question en disait beaucoup. Lee en déduisit que cet Alex avait l'habitude d'avoir affaire à la police.

— J'ignorais que tu avais un frère, dit-il à Kayla sans se laisser impressionner par l'hostilité d'Alex. Et je te signale qu'il était dans ta chambre.

— De quoi te mêles-tu ? demanda Alex, j'étais en train de chercher un livre que j'ai oublié ici.

— Dans les tiroirs de sa commode ?

Alex ne broncha pas.

— Ce doit être un bouquin passionnant.

— Je te le prêterai quand je l'aurai lu.

Leurs sarcasmes n'amusaient pas du tout Kayla.

— Arrêtez ! Qu'avez-vous tous les deux à la fin ?

— Que fabrique-t-il ici ? demanda Alex.

— Il est passé voir Meredith. Justement, nous…

— Où est Meredith ? demanda Lee, soudain conscient de l'absence de sa fille.

— En bas. Je l'ai laissée avec Mary Lou Strongmore, ma voisine.

Le sang de Lee ne fit qu'un tour. Il repassa en quatrième vitesse devant Kayla. Comment avait-elle pu laisser sa fille à une inconnue ?

— Attends, Lee !

— Tu n'aurais jamais dû la quitter, grommela-t-il par-dessus son épaule en filant vers la porte.

— Mais il n'y a pas de problème. Meredith connaît bien Mary Lou.

Elle peut-être mais *lui*, non.

— Une minute, Garvey !

Il ne répondit pas. Fay était morte. Peut-être l'avait-il tuée. Il n'était toujours sûr de rien. Mais quelqu'un lui avait tiré dessus et celui qui voulait l'atteindre pouvait tout aussi bien s'en prendre à sa fille.

Il franchit la porte d'entrée et dévala l'escalier. Alex cria derrière lui.

— Les flics te cherchent, Garvey.

Kayla saisit le bras de son frère pour l'empêcher de se lancer à la poursuite de Lee.

— Laisse-le partir, Alex. Il sait que la police veut parler avec lui.

Alex hésita.

— Il t'a dit ce qui était arrivé ?

— Il n'a pas eu besoin, j'étais présente.

La mâchoire de son frère se durcit sous l'effet du choc.

— Que veux-tu dire ? Tu étais là-bas, toi aussi ? demanda-t-il d'une voix rauque.

Le cœur de Kayla commença à battre lourdement dans sa poitrine. Jamais elle n'avait lu cette expression sur le visage de son frère.

— Tout va bien. Lee nous a protégées. J'étais avec la petite, dit-elle rapidement, il nous a poussées à l'abri derrière un arbre et a attiré l'attention du tireur pour nous couvrir.

— De quoi parles-tu ?

Ses mains agrippèrent les épaules de Kayla avec une brutalité soudaine.

— Je te parle de la fusillade dans le parc il y a moins d'une demi-heure.

— Parce qu'il y en a eu une autre ?

— Arrête, tu me fais mal.

Alex sembla revenir sur terre et la relâcha. Il passa une main lasse sur son visage, mais elle remarqua que son autre main était crispée sur son ceinturon.

— Excuse-moi, Kayla. Raconte-moi ce qui est arrivé.

Il avait l'air contrit mais son ton restait inflexible.

Kayla frissonna. Elle frotta ses avant-bras. Quelque chose ne tournait pas rond.

Comme elle, Alex détestait les policiers et, de plus, elle le soupçonnait d'avoir un faible pour Fay. Lee avait le double désavantage d'être policier et de représenter un rival potentiel.

Fay n'avait jamais caché sa fascination pour Alex du jour où elle l'avait vu bardé de cuir entrer dans la ville sur une des énormes motos qu'il affectionnait tant. Avec ses allures de mauvais garçon au cœur tendre, Alex avait un succès fou auprès de certaines femmes attirées par les hommes aux manières rudes. Celles d'Alex dépassaient parfois les limites. Après la mort de leur père, il avait donné du fil à retordre aux autorités.

A dix-huit ans, il s'était engagé dans l'armée et n'était jamais revenu, même pas pour l'enterrement de leur mère.

Il disait être sur un autre continent au moment de son décès. Il avait juste appelé pour vérifier que Kayla n'avait besoin de rien. De temps en temps, il appelait sa sœur ou il lui envoyait une vague carte postale pour son anniversaire ou à Noël. Parfois, il joignait un cadeau comme la bague qu'elle portait.

Alex ne donnait jamais de détails concernant son travail et la façon dont il gagnait sa vie. Kayla savait qu'il avait fini par quitter l'armée, mais quand elle abordait le sujet de ses activités, il noyait le poisson avec une telle désinvolture que la jeune femme renonçait à l'interroger, redoutant d'apprendre la vérité.

Deux mois auparavant, Alex était revenu au pays sans crier gare. Avec ses cheveux longs et ses joues mal rasées, elle ne l'avait d'abord pas reconnu. Sa tenue négligée laissait à penser qu'il était indifférent à ce que les autres pouvaient penser de lui.

La seule personne avec qui il était détendu c'était elle. En sa présence, il redevenait le frère qu'elle avait connu autrefois.

Il avait trouvé un petit appartement dans la banlieue de la ville, à Frederick, mais elle ne le voyait pas souvent. En général il l'appelait avant de lui rendre visite. Elle ne se souvenait pas lui avoir confié où elle cachait le double de ses clés.

Un jour, elle l'avait vu à Frederick traîner avec une bande de jeunes gens aux allures suspectes. Avait-il recommencé à faire des mauvais coups ?

Cependant, quoi qu'il fît, c'était son frère et elle l'aimait comme il était. Alex n'aurait pas fait de mal à une mouche... En tout cas, il ne lui en avait jamais fait à elle.

— Kayla ? Dis-moi ce qui s'est passé.

Gagnée par une incontrôlable nervosité, elle lui raconta l'incident du parc de façon désordonnée. Ses pensées partaient dans tous les sens. Elle eut soudain une pensée absurde. Et si c'était Alex qui leur avait tiré dessus ? Non, c'était impossible... Elle n'allait pas se mettre à avoir peur de son propre frère !

Mais elle ne pouvait s'empêcher de souhaiter le retour de Lee.

— Cela n'a pas de sens, marmonna Alex quand elle eut terminé.

— Je sais. Cornelius pense que c'est peut-être le fils Williams qui tirait sur des écureuils ou des oiseaux.

Alex fit non de la tête en se mordant l'intérieur des joues.

— En tout cas, les balles visaient bien Lee. Il a failli être touché à plusieurs reprises.

Alex frotta longuement ses joues mal rasées en fixant pensivement un point loin devant lui. Son commentaire précédent revint à l'esprit de la jeune femme.

— Tu parlais d'autre chose qui s'était passé...

— Oui, c'était la raison de ma venue. Je ne voulais pas que tu apprennes la nouvelle par la rumeur.

— La nouvelle ?

Alex tourna la tête vers la porte ouverte. Lee venait de réapparaître tellement silencieusement qu'elle ne l'avait pas entendu monter l'escalier. Kayla en ressentit un profond soulagement mais pour peu de temps. L'expression de Lee était encore plus tendue que celle de son frère.

— Ce qui s'est passé à Bide Awhile ?

— Ah oui, c'est vrai, dit Kayla, Mildred a parlé d'un drame qui avait eu lieu là-bas, mais j'étais tellement choquée que je n'y ai pas prêté attention. Le chef Hepplewhite est sur place. C'est pour cela qu'il nous a priés de rentrer l'attendre ici.

Alex s'adressait à sa sœur sans lâcher Lee des yeux.

— Et elle ne vous a pas précisé de quoi il s'agissait ?

— Non.

Alex se retourna vers elle et la regarda tristement. Une boule d'angoisse se forma dans l'estomac de Kayla.

— Quoi, Alex ? Qu'est-ce qu'il y a ? Parle à la fin !

— Fay est morte, Kayla.

— Que dis-tu ? Nous avons dîné ensemble hier soir. Tu te souviens ? Tu étais là toi aussi. Je t'ai vu assis à une table dans le fond.

Alex ne répondit pas.

Elle chercha désespérément le regard de Lee. Mais aucune émotion ne se lisait dans ses yeux. Son visage était de marbre.

Il savait ! Il savait en venant ici ce matin que Fay était morte.

Une violente nausée s'empara d'elle.

— Comment... Comment est-ce arrivé ? bredouilla-t-elle.

— La femme de chambre du motel a retrouvé son corps dans une chambre. Elle a été tuée de plusieurs coups de revolver dans la poitrine. Le meurtrier s'est servi d'un oreiller pour étouffer le bruit.

Fay était morte ?

Lee ferma les yeux. Un nerf près de sa bouche sauta comme la corde d'un arc trop tendue. Quand elles s'ouvrirent, ses paupières dévoilèrent un regard désemparé mais qui ne manifestait aucune surprise.

— Tu le savais !

Lee secoua la tête en signe de dénégation.

— Tu savais que Fay était morte !

Il avança dans la pièce.

— Comment aurais-je pu le savoir, Kayla ? J'étais avec toi. Mais je me doutais qu'il y avait un problème. Même si la ponctualité n'est pas son fort, je trouvais ce retard étrange. Elle aurait dû être là depuis longtemps.

En même temps qu'il parlait, Lee ressentait un profond dégoût de lui-même.

— Ecarte-toi d'elle, Garvey. Cela va, Kayla ?

Elle plongea son regard dans celui de son frère et sentit les larmes brûler le fond de sa gorge. Non, elle n'allait pas bien. Elle ne serait plus jamais bien.

Fay ne pouvait pas être morte... Meredith !

— Lee, où est Meredith, pourquoi n'est-elle pas avec toi ?

72

— Mme Strongmore est en train de la faire déjeuner. Je n'ai pas voulu l'interrompre, alors je lui ai dit que tu irais la chercher dans un petit moment.

— Nous devons lui parler, Lee. Elle est si petite. Elle ne comprendra pas.

La douleur déforma les traits du père de la fillette. Ses mains se crispèrent.

— Je sais.

Kayla pivota vers son frère.

— Qui l'a tuée, Alex ?

— Demande-le-lui, répondit son frère en désignant Lee de la tête.

L'insinuation était claire. Choquée, elle se tourna vers l'un, puis vers l'autre. L'attitude de Lee avait changé. Il s'était planté devant son frère dans une posture de défi. Kayla s'interposa entre les deux hommes.

— Lee est incapable de tuer qui que ce soit.

— Merci, répondit simplement Lee.

— D'autre part, il était avec moi.

La mâchoire d'Alex frémit. Il ouvrit la bouche et la referma aussitôt.

— Toute la nuit ? demanda-t-il d'un ton ironique.

— Bien sûr que…

— A quelle heure est-ce arrivé ? intervint Lee.

Il avança près de la jeune femme et entoura ses épaules d'un geste protecteur. Elle faillit protester mais se ravisa. Elle craignait l'expression féroce de son frère et le bras de Lee la rassurait.

— Retire tes pattes de sur ma sœur.

— Arrête, Alex, lui ordonna-t-elle, pourquoi te conduis-tu de cette façon ? Qu'est-ce qui te prend ?

— Pourquoi ne poses-tu pas la question à Garvey ?

— C'est à toi que je le demande !

Sa colère venait combler le vide que la nouvelle de la mort de son amie avait provoqué. Leur comportement de gamins en de telles circonstances frisait l'indécence.

— Kayla, Fay a été abattue à bout portant par quelqu'un qu'elle connaissait. Elle attendait un amant. Mais elle est tombée dans un traquenard, dit Alex.

Kayla n'était pas plus étonnée que cela. Fay avait un amant. Elle devait même en avoir plusieurs. Ne s'était-elle pas même demandé si Alex n'en faisait pas partie ?

— Je ne vois pas pourquoi je serais au courant, commenta Lee, les histoires de cœur de Fay ne me concernent en rien.

— Que tu dis, insista le frère de Kayla.

Lee était de plus en plus tendu. Il décida d'inverser les rôles.

— Et toi ? Qui t'a mis au courant de ce meurtre ?

— J'étais dans le coin ce matin, j'ai surpris des conversations.

Ces paroles donnèrent la chair de poule à Kayla. Que faisait son frère près du motel le matin même ?

Alex se tourna vers sa sœur.

— J'ai trouvé bizarre que ton ami ne me braque pas son automatique sous le nez tout à l'heure dans la chambre.

Il tourna son regard de pierre vers le policier.

— Pourquoi ne l'as-tu pas fait d'ailleurs ?

— C'était une erreur, répondit Lee entre ses dents, je n'imaginais pas que tu serais armé, sinon je me serais préparé.

— Quoi, Alex était armé ? De quoi parles-tu ? cria Kayla.

— Hepplewhite dit que Fay a été tuée avec un 9 mm, ce n'est pas ce que vous utilisez, vous, à Washington ?

— Intéressant. Tu m'as l'air bien au courant. Aurais-tu l'intention de t'engager dans la police, Alex ?

En d'autres circonstances, leur affrontement eût été comique.

— Assez !

La jeune femme se libéra du bras de Lee.

— Vous êtes odieux. Fay est morte et vous êtes là, prêts à vous battre comme des chiffonniers. Moi je n'ai rien contre, mais dans ce cas, faites-le dehors, je n'ai pas les moyens de m'offrir d'autres meubles.

Alex baissait la tête d'un air penaud.

— Désolé.

— Pas autant que moi. Je viens de perdre une amie.

L'émotion qui lui nouait la gorge l'empêcha d'en dire davantage. Elle se tourna vers Lee en essayant de ravaler ses larmes et sa colère.

— Et ta fille vient de perdre sa mère. En as-tu seulement conscience ?

Une lueur indéfinissable brilla dans ses yeux gris, puis s'éteignit.

— Bien plus que tu ne peux imaginer.

Le poids de ses mots pesa lourdement dans la pièce silencieuse. L'espace d'une longue seconde, plus personne ne bougea. Soudain, le carillon de la cuisine rompit le silence.

— Je ferais mieux de partir, annonça Alex, cela va aller, sœurette ?

— Tout va bien se passer, répondit Lee.

La jeune femme le foudroya du regard.

— Je suis assez grande pour répondre.

Alex se dirigea vers la porte.

— Il faudra que je te parle, Kayla.

— Reste dans les parages, dit Lee. Mon petit doigt me dit que la police locale tiendra à t'écouter autant que moi.

Alex ne répondit rien. Il disparut dans la cage d'escalier sans plus de commentaire.

Kayla était sous le choc. Elle avait du mal à réaliser que Fay était morte, assassinée. Meredith n'avait plus de maman. Et le comportement d'Alex était si étrange…

— Je suis désolée. Tu vas bien ? demanda Lee.

— Non.

Le mot s'étrangla dans sa gorge. Elle refusait de pleurer devant cet homme. Un homme que Fay prétendait détester et craindre.

— Excuse-moi.

Elle rassembla le peu de forces qui lui restaient pour ne pas chanceler en gagnant la salle de bains.

Lee la suivit du regard, bouleversé par son chagrin. Fay avait eu beau être un monstre, Kayla la considérait comme son amie. Il comprenait l'immense attachement que Fay vouait à Kayla. Kayla était une femme généreuse et loyale qui aimait sans compter, et c'est probablement elle qui souffrirait le plus de la mort de Fay.

Le policier hésita à la suivre pour la soutenir. Il ne savait pas quels mots prononcer ni quelle attitude adopter pour la consoler. Les accusations d'Alex n'étaient que la stricte vérité. C'était bien les balles de son 9 mm qui avaient tué Fay, et Lee avait beau retourner la situation dans tous les sens, il ne voyait pas qui d'autre avait pu s'enfermer dans cette chambre. En procédant par élimination, il en arrivait toujours à la même conclusion : il devait être l'assassin de son ex-femme.

Mais il y avait eu ces coups de feu dans le parc... De plus, le fait qu'Alex en savait autant sur le meurtre était plutôt troublant.

A moins que lui aussi n'ait été enfermé dans la chambre ?

Comment pouvait-il être au courant d'autant de détails sinon ? Jamais la brigade de police d'une toute petite ville ne permettait au public d'approcher le lieu d'un crime. Et aucun policier quel qu'il soit ne serait allé confier des informations confidentielles à un civil. Comment Alex avait-il entendu parler de l'oreiller et du calibre de l'arme ?

Il se massa la base du cou à l'endroit où Alex avait pointé son couteau. Et si c'était lui qui avait tué Fay ?

Si seulement il recouvrait la mémoire sur ce qui s'était passé après son départ du parking !

Lee sursauta en entendant une portière claquer dans la rue. Il se précipita à la fenêtre et étouffa un juron. Une voiture de police était garée devant la maison et un policier se dirigeait vers la porte d'entrée.

Ce cher Alex lui avait rendu un fier service. Il avait fragilisé sa situation déjà précaire. La police allait le questionner sur l'endroit où il avait passé la nuit et sur la disparition de son arme de service.

Et Lee n'était pas en mesure de leur fournir des réponses claires.

Il ne pouvait même pas compter sur la solidarité de sa corporation. La police locale ne le connaissait ni d'Eve ni d'Adam, et personne ne se donnerait la peine de chercher un autre suspect.

Le policier courut vers la cuisine. La porte arrière donnait sur un escalier de service. Il dévala les marches, le cœur battant. Il n'avait jamais été de ce côté de la barrière et il

77

détestait ce sentiment de bête traquée. A partir de maintenant, il comprendrait mieux ce que ressent un homme obligé de fuir.

Peut-être n'aurait-il plus jamais l'occasion de poursuivre quiconque ? Peut-être était-ce la fin de sa carrière ?

Lee longea le côté de la maison. La voiture de police était vide.

Il revint vers la porte d'entrée et s'assura que le policier était bien monté puis il alla sonner chez Mme Strongmore. Il allait récupérer Meredith et disparaître. La Pennsylvanie ou l'ouest de la Virginie se trouvaient à moins d'une heure de route.

Mary Lou Strongmore habitait au rez-de-chaussée. Il la vit par la fenêtre de la cuisine en train de s'activer devant son évier. Quand elle entendit la sonnette, elle se pencha et sourit en le reconnaissant. Elle lui fit un signe et s'essuya les mains.

Dès que la porte s'ouvrit, il s'engouffra chez elle.

— Entrez, dit la vieille femme, vous avez fait vite, mais je crains que Merry n'ait été plus rapide encore. Elle s'est endormie devant un dessin animé. Elle est adorable, elle me rappelle ma petite-fille Clarissa.

Lee la devança dans le salon. Sa fille était allongée sur un épais tapis à bouclettes rose vif, son petit poing fermé contre sa joue ronde. Un plaid en lainage la couvrait et un gros chat roux sommeillait à côté d'elle comme s'il montait la garde. Leur entrée dans le salon n'éveilla pas Meredith, mais le chat cligna ses yeux jaunes d'un air de reproche.

En regardant sa fille, Lee sentit son estomac se contracter. Il ne pouvait pas lui imposer cela. Elle était trop petite. Comment l'entraîner dans cette fuite effrénée ? Il résista à l'envie de se baisser pour la serrer une dernière fois dans ses bras.

— Madame Strongmore…

L'émotion altérait sa voix.

— Madame Strongmore… il y a un problème… un autre.

Quand il était venu la première fois chercher sa fille, il lui avait raconté les coups de feu au parc. Dès qu'il commença à parler, le visage sympathique de la vieille dame se plissa d'inquiétude. Les deux paumes appuyées sur le pommeau de sa canne, elle l'écouta avec attention.

— Je dois vous demander une immense faveur. Je sais que j'abuse de votre hospitalité. Vous ne me connaissez même pas, mais je viens d'apprendre… ce n'est pas facile à dire. Fay a été assassinée ce matin au Bide Awhile.

Elle posa sur sa bouche sa main fine aux veines bleues sous sa peau transparente.

— Si cela ne vous dérange pas, je vous laisse Meredith encore un moment. Je suis trop bouleversé, comme vous pouvez le comprendre.

Son cerveau tournait à toute vitesse pour trouver les mots justes qui pourraient à la fois rassurer et convaincre la dame de garder la fillette sans éveiller ses soupçons.

— Je dois retourner au poste pour parler avec la police. Kayla est sens dessus dessous. Fay et elle étaient des amies proches. Le chef de la police ne va pas tarder à venir l'interroger et je préférerais tenir Meredith éloignée de tout ce tumulte durant un moment.

— Aucun problème, Merry peut rester ici tout le temps nécessaire. Oh, mon Dieu, quel malheur ! Comme c'est triste !

— Oui, c'est bien triste.

Fay ne méritait pas qu'il s'apitoie sur son sort, mais il aurait tout donné pour qu'elle soit encore en vie, même pour l'entendre le maudire ou l'humilier.

— Fay et moi n'étions plus très proches, nous étions plutôt à couteaux tirés, mais c'était la mère de Meredith…

Il hésita, sachant que le temps lui était compté.

— Je dois vous laisser. Si vous n'y voyez pas d'inconvénients…

— Bien sûr, bien sûr. Allez aider la police. Cette petite est en bonnes mains avec moi, ne vous inquiétez pas.

Lee ne put s'empêcher de déposer un baiser sur son front ridé. Elle sentait la lavande comme sa grand-mère.

— Merci.

Derrière elle, par la fenêtre, il vit passer l'uniforme du policier qui regagnait sa voiture. Il attendit que celle-ci démarre pour prendre congé.

Mary Lou le raccompagna à la porte d'un pas alerte malgré sa canne. Il lui adressa un signe de la main alors qu'il traversait la rue en direction du parc. A peine avait-il tourné l'angle de la rue qu'il s'arrêta. Le chemin qui partait dans les bois devait longer les parkings derrière les boutiques de Main Street. Il n'avait guère l'intention de se faire remarquer au centre-ville.

Il n'y avait personne alentour. Rien ne bougeait sur l'aire de stationnement où étaient garés une dizaine de véhicules parmi lesquels il se faufila jusqu'à l'allée qui longeait Main Street. En arrivant sur le trottoir, il ralentit. Courir aurait attiré l'attention. Il n'avait qu'une idée en tête : regagner sa voiture pour y récupérer son arme de secours. L'étui vide à sa ceinture était trop suspect et il ne voulait plus courir le risque de se trouver nez à nez avec le tireur si lui-même n'était pas armé.

80

Après tout, il était dans son bon droit. Qui pourrait reprocher à un policier de vouloir récupérer son pistolet ?

Lee profita des allées pour accélérer le pas. La seule fausse note depuis ce matin était son départ précipité de l'appartement de Kayla par l'escalier de service alors que la voiture de police était garée devant la porte. Mais en se donnant la peine d'y penser, il trouverait bien une excuse plausible.

Le compte à rebours était commencé. Chaque minute devenait précieuse. Il traversa Perry Road et gravit la rampe qui menait au parking du restaurant. L'établissement devait ouvrir pour le déjeuner car sa voiture n'était plus seule à être garée devant. Par contre, elle n'était visiblement pas passée inaperçue. Lee contourna les autres véhicules et s'arrêta net. Deux hommes regardaient à l'intérieur de sa voiture par la vitre côté conducteur. Le plus âgé des deux sursauta en l'entendant arriver. Lee crut vaguement l'avoir déjà croisé.

— C'est votre voiture ?

Il se demanda pourquoi l'homme lui posait la question. Mais il ne montra aucune surprise et avança le plus naturellement du monde.

— Oui. Il y a un problème ?

— On dirait.

L'homme était âgé d'environ une quarantaine d'années et portait un élégant costume taillé sur mesure qui mettait en valeur son superbe bronzage.

A son côté se tenait un jeune homme malingre de seize ans au plus. Il portait un jean très large et un T-shirt noir avec le nom d'un groupe de rock and roll brodé au niveau du torse. L'excitation qui faisait briller ses yeux dans son visage piqué d'acné juvénile se transforma en frayeur dès qu'il aperçut Lee.

— Je n'y suis pour rien, dit-il précipitamment. Je l'ai trouvée dans cet état et tout de suite je suis allé le dire à M. Collins.

Ainsi l'homme était Jake Collins, le propriétaire du restaurant. Lee se souvint que l'un des clients du bar avait parlé de lui la veille au soir. D'après ce qu'il avait retenu, Collins était nouveau en ville et il venait juste d'acquérir le restaurant.

— Du calme, Matt, dit Collins, personne ne t'a accusé.

Lee les rejoignit et examina sa voiture. La vitre, côté conducteur, avait été brisée en mille morceaux éparpillés sur la banquette et le trottoir. L'autoradio avait été arraché sans ménagement. Son sac contenant son équipement de sport qui était posé sur la banquette du passager avait disparu également.

— Un vol ? marmonna-t-il.

Ou du moins avait-on voulu le faire croire... Lee eut l'intuition que son arme de secours ne se trouvait plus dans sa cachette sous le siège.

— Cela m'en a tout l'air, répondit Collins, si j'étais vous je ne toucherais à rien avant l'arrivée de la police.

Lee opina de la tête tandis qu'il ouvrait la portière du passager. Il l'ouvrit en prenant soin de ne pas effacer les éventuelles empreintes.

— Vos policiers ont du pain sur la planche aujourd'hui, on dirait.

Il en profita pour sortir son badge en se demandant combien de temps encore il pourrait l'utiliser.

— Ah, vous êtes policier ? dit l'adolescent d'une voix hésitante.

— District de Colombie, répondit Lee au garçon qui se tortillait bizarrement.

Lee s'accroupit à côté de la voiture et glissa la main sous le siège avant. Le pistolet n'y était plus.

Collins dévisagea le policier.

— La voiture est là depuis hier soir.

— Je sais, j'avais trop bu pour conduire.

Le jeune écarquilla les yeux. Collins fronça les sourcils.

— Il faudra que j'en parle à mon personnel. Ils ne doivent pas servir les clients au-delà des limites autorisées.

— Ils n'y sont pour rien. Je n'ai bu que deux bières, mais je ne supporte pas l'alcool. Je ne bois jamais.

Collins réfléchit un instant.

— Vous voulez entrer pour téléphoner ?

Lee secoua négativement la tête.

— Le poste de police est juste en bas. Je vais y aller directement. Je peux laisser ma voiture ici ?

— Pas de problème.

— De toute façon, il n'y a plus rien à voler.

Il inclina la tête de côté.

— Je reviendrai plus tard. Merci pour le compte rendu, Matt.

Le garçon fit un bond. Sa pomme d'Adam fit deux allées et venues dans son cou maigre et il détourna la tête en battant des cils. Mais Lee remarqua qu'il avait rougi. Matt n'avait peut-être pas vandalisé la voiture lui-même, mais Lee aurait mis sa main à couper qu'il connaissait le coupable.

Il faudrait qu'il revienne pour en parler avec lui. Ce garçon ne répondrait jamais à ses questions en présence de Jake Collins.

Lee était indécis. Aller au poste de police revenait à se livrer, et ne pas déposer plainte c'était avouer qu'il n'avait pas la conscience tranquille.

Le policier s'éloigna en sentant les deux paires d'yeux braquées sur lui.

Lee mentait. Il savait que Fay était morte. Elle l'avait lu dans ses yeux avant qu'il ne les ferme.

Et Alex ? Quel jeu trouble jouait son frère ? Son attitude protectrice ne collait pas après toutes ces années d'indifférence.

Mais c'était Meredith qui tracassait surtout Kayla. Fay n'avait jamais été très présente auprès de la fillette mais c'était sa mère. L'enfant allait terriblement souffrir. Comment se remettrait-elle d'un tel traumatisme ?

Kayla s'était attachée à Meredith autant que s'il s'agissait de sa propre fille. Maintenant qu'elle avait perdu sa mère, Lee allait l'emmener avec lui à Washington et elle ne la reverrait plus jamais.

— Kayla ?

La voix grave du chef Hepplewhite la ramena sur terre. Elle sortit de la salle de bains. Le policier se tenait dans le hall d'entrée, une main posée sur le colt qu'il portait à la ceinture.

— Désolée, je ne vous avais pas entendu entrer.

— Votre porte était grande ouverte.

— Mon frère a oublié de la fermer.

— Alex était ici ?

— Vous l'avez manqué de peu.

Le policier ne bougeait pas de l'entrée. Il regardait du côté des chambres.

— Où est Garvey ?

— Je… il n'est pas ici ?

— Non.

Il avait répondu d'une voix neutre. De nouveau, l'angoisse tenailla la jeune femme.

— Lee ? appela-t-elle en vain avant de conclure : il a dû suivre Alex.

— Cela vous ennuie si je jette un coup d'œil ?

A son froncement de sourcils, elle comprit qu'il fouillerait l'appartement de toute façon.

— Allez-y.

Elle croisa les bras bien serrés pour cacher le tremblement de ses mains pendant qu'il inspectait son appartement, non seulement les deux chambres, mais aussi la salle de bains. Pensait-il qu'elle lui cachait la vérité ? Elle vivait un cauchemar. Lee était parti alors qu'il avait promis d'attendre la police.

— Depuis combien de temps est-il parti, Kayla ?

— Je ne sais pas. Je n'étais dans la salle de bains que depuis quelques minutes. Je ne me sentais pas bien.

— Savez-vous ce qui est arrivé à Bide Awhile ?

— Alex me l'a dit. Est-ce que Fay est vraiment morte ?

Les plis autour des yeux du policier s'adoucirent.

— Je le crains. Attendez-moi ici pendant que je vérifie si Garvey est sorti. Avez-vous l'habitude de laisser la porte de derrière ouverte ?

Elle secoua la tête. Lee avait dû sortir par là. Mais pourquoi ?

Le policier revint quelques minutes plus tard, l'air mécontent.

— Il n'est pas dehors. Vous n'avez pas une idée de l'endroit où il a pu aller ?

— Non. Si, attendez ! Il a dû aller chercher Meredith qui est chez les Strongmore. Je suis certaine qu'il y est. Mary Lou faisait déjeuner la petite et Lee lui a dit que nous retournerions la chercher plus tard. Voulez-vous que j'appelle ?

L'officier repoussa le bord de son chapeau.

— J'irai en sortant d'ici. Parlez-moi de ces coups de feu, dans le parc ce matin.

— Nous étions tous les trois en train de nous promener. Il était près de midi. Tout le monde avait quitté le terrain de jeux où jouent les enfants…

Il écouta son récit sans l'interrompre.

— Et vous êtes certaine que c'était Garvey la cible ?

— Sûre et certaine. Vous pensez que c'est la même personne qui a tué Fay ?

Cette fois, le policier repoussa le chapeau sur le sommet de sa tête.

— Kayla, je ne sais plus que penser. Je dois absolument parler avec Garvey.

— Il va revenir. Pourquoi ne me laissez-vous pas appeler Mary Lou ?

— J'y vais moi-même de ce pas. Ne bougez pas d'ici, O.K. ?

— Puis-je descendre dans mon bureau voir si j'ai des messages ?

— Oui, mais restez bien éloignée des fenêtres.

— Vous pensez que le tueur risque de venir ici ?

— Non, mais tant que je ne sais pas ce qui s'est réellement passé, je vous recommande la plus grande prudence, d'accord ?

Elle avait la gorge sèche en le suivant dans l'escalier. Elle le regarda traverser la rue. Ses doigts glacés ouvrirent son bureau. Par la fenêtre, elle vit l'officier parler avec Mary Lou. Son cœur fit un bond quand elle prit conscience qu'il revenait seul deux minutes plus tard. Lee n'était donc pas allé chercher Meredith ?

Elle sortit de son bureau et se précipita vers la porte d'entrée. L'officier parlait dans sa radio. Malgré son air peu avenant, elle le rejoignit.

— Où est Lee ?

— Kayla, restez à l'intérieur. Il a dit à Mary Lou qu'il me cherchait.

La jeune femme soupira de soulagement.

— Bon, j'attends ici.

— Parfait. Et si jamais il revient, ne le laissez pas entrer. Appelez-moi immédiatement, entendu ? Au revoir.

— Au… au revoir.

« Ne le laissez pas entrer ? »

Pourquoi le policier lui donnait-il une telle consigne ?

Etait-ce parce qu'il pensait que Lee avait tué Fay ?

Alex était-il impliqué, lui aussi ? N'était-ce pas la question qui la taraudait déjà lorsqu'elle était dans la salle de bains ?

Elle revit la scène de la veille au soir sur le parking, se remémora la façon dont Lee s'était conduit avec Meredith le matin même. Dire qu'il savait ! Il savait que Fay était morte avant qu'Alex n'ait prononcé les terribles paroles.

Alex avait prétendu que Fay avait été tuée par une arme identique à celle utilisée par la police du district. Lee n'avait pas son revolver sur lui. S'il l'avait eu, il l'aurait utilisé dans le parc.

Kayla s'effondra dans un des fauteuils de son bureau. Lee avait profité du moment où elle avait le dos tourné pour disparaître...

Une pensée insoutenable s'imposait à elle : Fay avait poussé son ex-mari à bout la veille au soir, et il l'avait tuée dans un assaut de rage, exactement comme Fay l'avait toujours prédit.

Kayla resta assise un long moment, hébétée, les yeux dans le vague, en train d'imaginer les pires scénarios jusqu'à ce qu'un son au-dessus de sa tête la fasse se redresser sur son siège.

Elle retint sa respiration, écouta les bruits de pas qui approchaient... Il y avait quelqu'un dans son appartement.

Son pouls s'accéléra. Elle n'avait pas refermé derrière le chef de la police. Pourtant, si quelqu'un était entré par la porte de devant, elle l'aurait vu. A moins qu'il ne soit passé par l'escalier de service, et le seul qui savait que la porte de derrière était ouverte était Hepplewhite.

Son sang ne fit qu'un tour.

Et Lee Garvey...

Elle se leva d'un bond et regarda dehors. Aucune voiture n'était garée ni dans la rue, ni dans l'allée.

Vers où se dirigeaient les pas ? Tous ses nerfs étaient tendus pour saisir le moindre bruit, mais en haut le silence était complet. Après d'interminables minutes, elle se demanda si elle n'avait pas rêvé.

« S'il revient ne le laissez pas entrer... »

— Lee ne reviendra pas, murmura-t-elle en regardant le plafond, pas s'il a tué Fay.

Mais s'il ne l'avait pas tuée ?

Peut-être n'avait-elle rien entendu, après tout ? La maison était vieille, elle craquait de partout.

« ...Appelez-moi immédiatement. »

— Pour quoi dire ? dit-elle à haute voix, que je suis là en plein jour à trembler comme une feuille parce que j'ai entendu une souris ?

Elle tourna le verrou de la porte d'entrée en poussant un ouf de soulagement. Au prochain bruit suspect, elle se promit d'appeler la police.

— Il y a quelqu'un là-haut ?

Le son de sa propre voix la calma.

Elle se détourna et poussa un hurlement à réveiller un mort. Une silhouette se tenait devant la fenêtre à moins d'un mètre d'elle.

4.

— Kayla !

Lee eut bien du mal à maîtriser la jeune femme qui se débattait dans tous les sens. Il la plaqua contre le mur en essayant d'éviter ses coups de pied et de genou.

— Quelle mouche te pique ?

Elle cessa de se débattre et rejeta la tête en arrière en le défiant du regard.

— Et toi ? Qu'est-ce qui te prend de m'effrayer de cette façon ?

La colère de ses paroles ne masquait en rien l'effroi qui emplissait son regard.

Lee laissa retomber ses mains mais ne recula pas, de façon à ne pas la laisser s'enfuir avant qu'il n'ait eu le temps de s'expliquer.

— Je suis désolé.

— Alors écarte-toi, j'ai besoin d'air.

Sa voix était moins dure mais elle le fixait avec une froideur qui le fit frémir.

— Je ne voulais pas te faire peur, dit-il doucement.

Leurs visages étaient très près l'un de l'autre. L'atmosphère soudain se chargea d'électricité. Les sens de Lee s'enflammèrent au contact de ses seins qui se pressaient contre lui. Son parfum léger lui fit presque oublier les battements affolés de son cœur qu'il percevait contre son propre torse.

— Tu as peur de *moi*, Kayla ?

— Non, cria-t-elle.

— Bon.

Il dégagea les cheveux du visage de la jeune femme. Erreur fatale. Ses cheveux étaient si soyeux sous ses doigts qu'il ne put s'empêcher de les laisser s'y attarder.

Il recula d'un pas en regrettant ce geste déplacé. Il regarda la jeune femme reprendre sa respiration et balayer sa frange d'une main rageuse. Mais ce fut surtout son air dégoûté qui le mortifia.

Il comprenait sa réaction, mais sa pulsion avait été incontrôlable. Depuis très longtemps, il éprouvait un violent désir pour l'amie de son ex-femme et ce contact physique rapproché lui avait fait perdre tout contrôle de lui-même. Il avait de la chance que la jeune femme ne se fût pas mise à hurler ou qu'elle n'ait pas cherché à se ruer vers la porte.

— Je suis désolé, répéta-t-il, je suis monté chez toi et tu n'y étais pas. Ta voiture était toujours dans l'allée, alors j'en ai déduit que tu étais ici.

— Est-ce que cela t'arrive de frapper aux portes ?

Son air dédaigneux cachait mal son manque d'assurance. Qu'avait-elle donc de particulier pour l'émouvoir autant ? Il connaissait quantité de femmes célibataires, très jolies, très séduisantes, mais aucune ne produisait sur lui cet effet. Etait-ce justement parce qu'elle ne faisait rien pour le séduire ?

— J'en déduis que la police est déjà passée et repartie ? demanda-t-il d'un ton qu'il voulait dégagé.

— N'est-ce pas pour cela que tu es revenu ?

92

Lee se passa la main dans la nuque. Sa migraine était revenue à l'assaut. Il se massa le haut du nez pour tenter de dissiper la douleur.

— C'est toi qui l'as tuée, Lee ?

La question lui fit l'effet d'un coup de poignard. Il marcha vers la fenêtre et examina longtemps la rue déserte.

— J'ai l'impression que tu ne mesures pas les risques que tu prends en posant cette question, Kayla, mais j'avoue que tu es courageuse de me la poser.

— Est-ce que tu l'as fait ?

Il ferma les yeux pour les ouvrir aussitôt. Il refusait de se souvenir du corps sans vie de Fay.

— Si c'était le cas, je ne serais pas assez stupide pour l'avouer.

Lee quitta la fenêtre et traversa la pièce pour venir se camper devant les étagères remplies de dossiers.

A une certaine époque, la jeune femme travaillait pour une des plus importantes agences de biens immobiliers de l'Etat et elle se débrouillait si bien qu'elle avait fini par s'installer à son compte.

— Ce n'est pas une réponse.

Elle n'allait pas le laisser s'en tirer aussi facilement.

Lee se tourna pour affronter son regard.

— Qu'en penses-tu ?

La jeune femme se détacha du mur et avança prudemment dans la pièce comme si elle marchait sur des œufs.

— Honnêtement je ne sais pas. Le chef Hepplewhite m'a interdit de te laisser entrer et m'a ordonné de l'appeler si tu revenais.

Lee soupira, même si cette nouvelle ne le surprenait pas.

— Vas-y, appelle-le, le téléphone est là.

Les yeux de la jeune femme se détournèrent vers le combiné avant de revenir sur Lee.

— Que me feras-tu si je le prends ?

Lee ferma les yeux, espérant calmer les battements du sang à ses tempes.

— Vas-y, essaie, nous verrons bien ce qui se passe.

— Très drôle.

Il ouvrit les yeux.

— La situation n'a rien de comique. As-tu de l'aspirine ?

D'autres questions se pressaient aux lèvres de Kayla, mais elle se mordit la lèvre et marcha vers son bureau, les nerfs en pelote. Il la regarda sans rien dire, mais, au lieu de prendre le téléphone, elle ouvrit un tiroir pour en sortir un tube de comprimés.

— Quand as-tu mangé pour la dernière fois ?

Bonne question. Il était incapable de s'en souvenir.

— A part la glace de ce matin et un sandwich hier après-midi quand j'ai réservé ma chambre au motel...

— Rien d'étonnant à ce que tu aies mal à la tête dans ce cas. Suis-moi, je vais te préparer quelque chose.

Il lui attrapa le bras, celui qui tenait le tube de comprimés. Elle le regarda avec de grands yeux effarés.

— Dis-moi un peu ce que tu as derrière la tête, Kayla.

Elle n'essaya pas de se libérer mais le scruta intensément.

— As-tu *tué* Fay, oui ou non ?

Sa voix douce lui fit mal, parce qu'il semblait évident qu'elle l'en croyait capable. Il prit le tube de comprimés et relâcha son bras.

— Je n'en sais rien moi-même.

94

Les mots tombèrent dans le silence. Il était étonné d'avoir énoncé à voix haute ce qui l'obsédait depuis une dizaine d'heures. Il disparut dans la cuisine attenante à son bureau.

Il n'y avait qu'un seul verre retourné sur la paillasse de son évier en inox. Il le prit, le rinça, le remplit d'eau et avala les comprimés l'un après l'autre en les accompagnant d'une gorgée d'eau.

— Réponds à ma question, reprit Kayla.

Elle se tenait sur le pas de la porte. Son apparence fragile contrastait avec son air déterminé. Un des comprimés se coinça dans sa gorge et il dut boire le contenu du verre pour le faire descendre. Kayla attendait patiemment, une main posée sur l'encadrement de la porte.

— Qu'a dit le chef de la police ? demanda-t-il.

— Rien. Il voulait te parler.

Il hocha la tête d'un air narquois.

— Oui, j'imagine.

— Il m'a interrogée à propos des coups de feu au parc, puis il est allé te chercher chez les Strongmore. Il est revenu pour me dire qu'il ne t'avait pas trouvé.

Lee fit un sourire qui ressemblait à une grimace.

— Nous nous sommes ratés de peu.

— Ce n'est pas drôle. Et Meredith ?

— Elle dormait quand je suis retourné la chercher. Je n'ai pas eu le cœur de la réveiller. Je l'ai confiée à Mary Lou qui accepte de la garder quelques heures de plus. D'ici là, j'espère que j'aurai avancé dans mes recherches.

— Qu'entends-tu par « Je n'en sais rien moi-même ».

Lee posa le verre sur le bord de l'évier et inspira profondément. Il était exténué. S'il s'était allongé, il se serait endormi sur-le-champ.

— Tu as été témoin de notre dispute sur le parking. Tu sais que j'avais bu. Je me souviens très bien de ton regard, c'était le même que maintenant.

Il leva la main pour l'empêcher d'intervenir.

— La dernière chose dont je me souviens c'est que j'avais besoin de m'asperger d'eau fraîche, sinon j'allais m'évanouir sur place. Ensuite, je ne me souviens plus de rien jusqu'au moment où je me suis réveillé ce matin à côté du cadavre de Fay.

Son estomac vide se souleva sous l'effet de l'aspirine.

Kayla secoua la tête avec incrédulité.

— Mon Dieu ! dit-elle dans un souffle.

Ses cheveux brillaient dans la lumière du soleil qui baignait la pièce.

— Si c'est tout ce que tu as comme arguments pour te défendre, c'est bien maigre, Lee.

Le doute était revenu dans ses beaux yeux, même si elle faisait de visibles efforts pour le croire. Lee aurait du fil à retordre pour la convaincre, sachant que lui-même n'était sûr de rien.

— Tu as raison, dit-il. Malheureusement, c'est la stricte vérité. Tu veux bien me préparer un sandwich avant d'appeler la police, sinon ce cachet d'aspirine va me rester sur l'estomac ?

Kayla hésita si longtemps qu'il finit par dire en haussant les épaules.

— Aucune importance. Réponds juste à deux questions avant que je m'en aille.

— C'est pour cette raison que tu es revenu ? Pour me poser des questions ?

— Oui.

96

Les joues de la jeune femme s'étaient teintées de rose. A quoi s'attendait-elle ?

— Tu aurais préféré que je te mente ?

— Par conscience professionnelle ? ironisa-t-elle.

— Oui.

— Tu préfères mener ton enquête tout seul ?

— En effet, même si la tâche s'annonce rude.

— Tu ne vas pas te rendre à la police ?

— Peut-être que si, mais je suis le suspect numéro un, Kayla. Je n'ai plus rien à perdre. La police de la ville va enquêter, mais pas de façon aussi approfondie que je le ferai moi-même. Ma seule chance de m'en sortir est de découvrir ce qui s'est réellement passé hier soir.

— Allons là-haut, dit-elle soudain.

Lee cessa de se masser les tempes et sonda le visage de la jeune femme.

— Pourquoi ?

— Il faut que tu manges.

— Pourquoi ne téléphones-tu pas ?

Elle évita de croiser son regard. Même si elle n'avait aucune sympathie pour le policier qu'il était, elle était parfaitement consciente du magnétisme qu'il exerçait sur elle.

— Le chef Hepplewhite peut revenir d'une minute à l'autre. En attendant...

Elle le regarda droit dans les yeux.

— J'aimerais que toi aussi tu répondes à deux questions. Donnant, donnant. Je réponds aux tiennes, tu réponds aux miennes.

Il admira son courage. Bien que les apparences soient contre lui, elle décidait de lui faire confiance.

— Marché conclu.

— Parfait. J'ai des filets de dinde et du pain de seigle, cela te va ?

— Tu es en train de prendre un gros risque, Kayla, se sentit-il obligé de faire remarquer.

— Pourquoi, tu n'aimes pas la dinde ?

Etonnamment, Lee se surprit à sourire.

— Ne t'inquiète pas, j'aime la dinde.

Les joues de la jeune femme s'enflammèrent mais elle ne baissa pas les yeux.

— Je n'étais pas inquiète. Tu n'as aucune raison de me tuer. *Je* n'étais pas mariée avec toi.

Elle se dirigea vers la porte sans attendre sa réponse et s'écarta pour lui laisser le passage avant de refermer la porte.

— Encore quelque chose, par simple curiosité. Comment as-tu fait pour entrer ?

— La porte de derrière était ouverte.

— Là haut, oui, je sais. Je parle de celle d'en bas.

— Elle était ouverte également.

L'espace d'une minute, elle resta immobile en se mordant pensivement les lèvres. Le cœur de Lee recommença à battre très fort.

— Ton frère a une clé de ton bureau ?

— Hum, je n'en suis pas sûre. Je ne crois pas.

— Es-tu certaine que cette porte était fermée à clé ?

— Je la vérifie tous les soirs même si je ne l'ouvre jamais.

— Peut-être que je ferais mieux d'entrer jeter un coup d'œil là-dedans.

D'autorité il lui prit les clés des mains. Les doigts de la jeune femme étaient glacés malgré la chaleur.

— Je suppose qu'il est inutile de te demander d'attendre ici.

— Plutôt. De toutes façons, je suis les consignes du chef. Il m'a vivement conseillé de ne pas me montrer aux fenêtres.

— Bon, je suis rassuré sur le fait qu'il ait pris au sérieux les coups de feu de ce matin.

Avec les arbres et les épais buissons qui cernaient l'arrière de la maison, cette directive prenait tout son sens. La nuit tombée, n'importe qui embusqué ici pouvait s'introduire chez Kayla autant par les portes que par les fenêtres sans que personne le remarque.

— Peut-être devrais-tu avoir une solide discussion avec ton cher frère afin de vérifier exactement quelles clés sont en sa possession. Cette serrure est intacte ou alors nous avons affaire à un véritable professionnel du cambriolage. En tout cas, se hâta-t-il d'ajouter, reste derrière moi pendant que je jette un coup d'œil dans l'autre pièce, O.K. ?

— Je t'attends dans la cuisine.

A part un stock d'enseignes vertes, rouges et blanches portant le nom de la jeune femme et des cartons remplis de classeurs, les deux pièces, dépourvues de meubles, étaient vides. Il en allait de même pour la salle de bains et les toilettes.

Kayla ne l'avait pas attendu dans la cuisine comme prévu. Il la retrouva penchée sur son bureau, les sourcils froncés.

— Il y a un problème ?

— On a fouillé mon bureau. Rien ne manque mais toutes mes affaires ont été déplacées.

— Tu gardes de l'argent ici ?

— Pas du tout.

— Alex a dû chercher ici avant de monter fouiller tes chambres. Tu le crois vraiment inoffensif ?

Elle planta les poings sur ses hanches.

— Pourquoi cette hostilité vis-à-vis d'Alex ?

— Ton frère n'est pas un enfant de chœur, Kayla.

Elle tiqua, mais revint à la charge.

— En tout cas, ce n'est pas lui que la police veut entendre à propos du meurtre de Fay.

Elle avait visé juste !

— Pas pour le moment.

Il leva la main.

— Kayla, dans quinze minutes je lève le camp. Es-tu toujours disposée à me donner à manger ou pas ?

Malgré son mécontentement évident, elle se leva et sortit sans ajouter un mot. La raideur de son dos n'empêcha pas Lee de remarquer le balancement gracieux de ses hanches tandis qu'elle montait l'escalier qui menait à son appartement.

Là-haut, elle s'activa en silence dans la cuisine avec une redoutable efficacité, en prenant garde à ne pas le frôler alors qu'il tentait vainement de l'aider.

— Tiens, si tu veux te rendre utile, évide cette pomme.

— Montre-moi comment on s'y prend. Qu'est-ce que c'est que cet engin ?

Elle lui prit l'appareil des mains.

— C'est un vide-pomme. Peux-tu simplement t'asseoir et me laisser terminer ?

Lee s'assit, penaud. C'était plus intéressant de la regarder travailler. Il n'était pas habitué à ce qu'une femme s'occupe de lui. Sa mère avait toujours revendiqué l'égalité des sexes dans la cuisine, alors que sa sœur, comme Fay, aimait se faire servir.

Kayla le fascinait. Jamais il ne comprendrait comment une jeune femme aussi discrète et calme avait pu se lier d'amitié avec une personne aussi superficielle et tyrannique que Fay.

Ce qu'il ne comprenait pas non plus c'était pourquoi elle avait toujours cherché à l'éviter. Bien sûr, il aimait la taquiner, mais Kayla n'était pas femme à se formaliser. En général son humour lui valait un certain succès auprès des femmes. Kayla était bien la seule à lui résister. En fait, il pensait que c'était Fay qui lui avait monté la tête contre lui.

— Pourquoi me détestes-tu, Kayla ?

Sans répondre, elle posa un plateau devant lui. Une bonne odeur de cookies au chocolat — la même qui planait ce matin — lui mit l'eau à la bouche. Il réalisa qu'il était affamé.

— Vas-y, commence. Que veux-tu comme boisson ? Lait, jus d'orange ou thé glacé ?

Lee mordit dans le volumineux sandwich.

— Du lait. Je te rappelle un de tes petits amis qui s'est mal comporté ? insista-t-il.

Elle remplit deux verres et s'assit en face de lui de l'autre côté de la table.

— C'est une des questions que tu voulais me poser ? Cela fait déjà sept minutes que tu es là, tu sais ?

Elle avait réponse à tout et le don d'éluder les questions qui l'embarrassaient.

— Bon, va pour aujourd'hui, mais j'aimerais bien revenir sur ce sujet un de ces jours.

— Tu as surtout besoin de satisfaire ton ego. Ce qu'il y a entre nous n'est rien d'autre qu'une sorte de… d'antagonisme.

Mais elle rougit violemment sous son regard scrutateur.

— Mens-toi à toi-même si tu veux, Kayla. Tous les deux savons que c'est faux. Quand toute cette histoire sera terminée, je te le prouverai. Changeons de conversation, où puis-je trouver ton frère ?

Kayla reposa le morceau de carotte qu'elle mordillait sur le bord de son assiette.

— Pourquoi ?

Lee mordit une autre bouchée de sandwich avant de répondre.

— Une question contre une autre, c'est notre accord, tu te souviens ?

— Je ne veux plus te parler de mon frère.

— Si, si, a-t-il eu souvent affaire à la justice ?

Elle voulut se lever. Il la retint par la main.

— Pose une autre question.

Lee serra ses doigts dans les siens.

— J'ai besoin d'informations, Kayla. Je suis dans de sales draps si je n'élucide pas rapidement ce qui s'est passé. Je t'énumère les faits : Fay a été assassinée. Mon arme a disparu. Je n'ai pas d'alibi pour la nuit dernière et je ne me souviens de rien. A part moi, selon toi, qui aurait pu tuer Fay ?

Un frisson de terreur les parcourut tous les deux.

— Tu sous-entends que mon frère pourrait être le meurtrier ?

— Non, Kayla, je ne sous-entends rien du tout. J'ai besoin de savoir, c'est tout. Si je l'ai tuée…

Il haussa les épaules.

— Fay ne méritait pas cela, dit Kayla à voix basse.

Lee n'aurait pas été aussi catégorique. Combien de fois avait-il rêvé de tordre le cou à son ex-femme ?

— Tu étais fou furieux, hier soir, j'ai cru que tu allais la frapper.

— J'étais hors de moi et j'étais ivre. Je ne le cache pas. Si elle avait été étranglée, je me serais rendu aux autorités sans discuter, mais tirer froidement sur quelqu'un, ce n'est pas mon genre.

En tout cas, il espérait ne pas en être arrivé là.

— Et ton frère en sait un peu trop sur les circonstances du crime.

Les yeux de Kayla s'emplirent d'anxiété. Il tapota gentiment sa main.

— Ou alors votre chef de police a la langue bien pendue.

— C'est plutôt le contraire ! C'est un ours.

— Donc, il n'aurait pas laissé un civil pénétrer sur les lieux et divulguer des détails aussi précis que le calibre des balles. Même un débutant ne le ferait pas. Comment ton frère aurait-il pu être au courant s'il n'était pas dans la chambre ?

— Tu n'as pas le droit de l'accuser sans certitude.

— Je ne l'accuse pas. Je désire simplement savoir d'où proviennent ses sources.

— Peut-être que la femme de chambre l'a renseigné sur ce qu'elle avait vu. Alex sait… s'y prendre avec les femmes.

— Oui, je vois. Mais peu de femmes de chambre sont capables d'identifier le calibre d'une balle, et encore moins que ce sont les policiers de Washington qui les utilisent.

— Et ton arme ? Où est-elle ?

— Mes *deux* armes ont disparu. Pendant que tu étais dans ta salle de bains tout à l'heure, je suis retourné à ma voiture chercher mon pistolet de secours qui était caché sous mon siège. Quelqu'un était passé avant moi.

— Ce n'est pas Alex.

— Comment peux-tu l'affirmer ?

Les doigts de la jeune femme jouaient nerveusement avec sa serviette.

— Alex est incapable de tuer quelqu'un.

— Alors rien ne m'empêche de le lui demander.

— Vous allez vous disputer, ou vous battre.

Un sourire effleura les lèvres de Lee.

— Pas tant que je ne suis pas armé. Une bagarre par jour me suffit.

— Il n'a pas dû te faire bien mal.

— Parles-en à mes pauvres côtes. Ton frère a un sacré crochet du droit. Et en plus il est équipé d'un couteau à cran d'arrêt. Tu n'as pas pu le voir d'où tu étais mais ce n'était pas un couteau de scout.

Au lieu de défendre son frère, Kayla se mordilla le bout de la lèvre.

— Alex était-il l'amant de Fay, Kayla ?

Une expression gênée passa sur les traits de la jeune femme.

— C'est bien ce que je pensais, dit Lee.

— Je n'ai rien dit !

La main de Kayla se posa sur la sienne. Ses ongles étaient courts et sans vernis mais roses et parfaitement limés. Il sentit une petite callosité sur sa paume.

— J'ignore s'ils étaient amants. Il avait tapé dans l'œil de Fay, c'est tout ce que je peux dire.

— Connaissant Fay, elle devait trouver ses revenus un peu faibles.

— Tu parles d'elle comme si elle était une personne intéressée uniquement pas l'argent.

Décidément, soit l'amitié aveuglait Kayla, soit elle ne voyait le mal nulle part.

— J'ai été marié avec elle, ne l'oublie pas. Je sais exactement qui était Fay. Ce qui l'attirait en priorité chez un homme c'était son compte en banque. Mais peu importe. Ce que je veux savoir, c'est qui étaient ses ennemis. Si j'avais une liste, ce serait déjà un bon début.

— Elle n'avait pas…

— Kayla...

Il emprisonna sa main et caressa doucement ses doigts.

— N'essaie pas de me faire croire qu'elle n'avait pas d'ennemis. Cette femme avait le don de déclencher l'hostilité.

— Tu n'es pas gentil. Elle n'était pas aussi mauvaise que tu veux le faire croire, Lee.

— Heureux de l'entendre.

— J'y tiens. Je connais une autre face de Fay. C'est la seule qui m'a aidée dans une période difficile où je n'avais personne sur qui compter.

— Que lui as-tu donné en échange ?

— Rien. Absolument rien.

La colère enflamma les yeux de la jeune femme.

— Quoi que tu penses, elle a été gentille avec moi sans rien attendre en retour.

Le carillon sonna dans la cuisine.

— Tes quinze minutes sont écoulées, Lee.

Lee n'avait pas la moindre idée de ce qui avait uni les deux femmes et il aurait bien aimé en savoir plus, mais la police pouvait surgir d'une minute à l'autre. Il termina son sandwich et prit un cookie. Sa migraine commençait à se calmer sous l'effet de l'aspirine, à moins que ce ne soit grâce à la nourriture.

— Tu as raison.

Il posa sa serviette à côté de son assiette.

— Viens, nous parlerons dans la voiture.

Kayla roula des yeux surpris.

— Je ne vais nulle part.

— Dans ce cas, donne-moi l'adresse de ton frère.

— N'y compte pas.

Devant son air obstiné, Lee comprit qu'il ne servirait à rien d'insister.

— Oriente-moi vers quelqu'un d'autre, alors. Je m'arrangerai avec Alex plus tard.

— Je n'ai aucune idée là-dessus.

— Tu disais que les Ruckles dînaient avec vous hier soir. Tu as aussi mentionné la présence du maire. Qui d'autre a assisté à mon départ ?

— Je ne sais pas, dit-elle d'un air bougon, je ne me souviens plus.

— Fais un effort.

— Lee, je ne sais pas, protesta-t-elle. La moitié de la ville était là. Jake Collins a ouvert son restaurant la semaine dernière. Les gens sont curieux. Ils affichent complet tous les soirs et hier c'était la fête des pères.

— O.K., je vais commencer par aller voir le maire.

— Il doit être à son bureau à cette heure-ci. Tu veux aller lui parler là-bas ?

— C'est certainement le seul endroit où la police n'ira pas me chercher.

Retourner à l'hôtel était hors de question dorénavant, ce qui signifiait qu'il devrait attendre pour voir les Ruckles. Quant au jeune Matt, il le verrait plutôt à l'heure du dîner lorsque le personnel serait aux fourneaux.

— Tu viens ? demanda-t-il en se levant.

— Je te répète que je n'irai nulle part.

L'expression étrange de ses yeux le stoppa net.

— Que mijotes-tu, Kayla ?

Elle rougit violemment. Lee comprit qu'elle était décidée à appeler la police dès qu'il serait parti. La moutarde lui monta au nez.

— Tu crois que je l'ai tuée, n'est-ce pas ?

— Tu dis toi-même que tu ne te souviens de rien.

Lee tapa du plat des mains sur la table.

— Ton frère a dit que la chambre avait été préparée pour recevoir un amant. Tu n'imagines pas que j'aurais pu avoir envie de la toucher de nouveau ?

Kayla frissonna en devinant le dégoût contenu dans ces propos.

— Tu aurais pu jouer la comédie uniquement pour récupérer la garde de Meredith.

— Tu as raison, je suis capable de n'importe quoi pour ma fille, mais la dernière chose qui intéressait Fay chez moi c'était bien le sexe. Je ne l'ai plus touchée depuis le soir où Meredith a été conçue, si tu veux savoir.

Kayla battit des paupières, gênée par cet aveu.

Lee fit un geste de la main et traversa la pièce à grandes enjambées en marmonnant de rage.

Désemparée, la jeune femme resta assise, écoutant son cœur battre ses côtes à tout rompre. Elle l'entendit continuer à parler tout seul dans la pièce à côté, certainement pour ne pas exploser devant autant d'incompréhension.

Un violent sentiment de culpabilité assaillit Kayla. Elle se mettait à sa place. Si Lee était vraiment innocent, elle imaginait dans quelle impasse il se trouvait. Il était seul. Si elle ne l'aidait pas, personne d'autre ne le ferait.

Mue par une impulsion, elle se leva et le rejoignit dans le salon. Elle le trouva debout devant la baie vitrée, les mâchoires contractées, le regard fixe.

— Lee.

Il ne détourna même pas la tête. Elle suivit son regard en direction d'une voiture de police du comté arrêtée devant la maison des Strongmore. Il y avait aussi une berline noire garée juste derrière et une grande jeune femme brune qui emmenait dans ses bras la petite Meredith qui se débattait de toutes ses forces en criant « je veux papa ».

— Qui est cette femme ? demanda Kayla d'une voix blanche.

Mary Lou Strongmore, impuissante, assistait à la scène de son pas de porte. Un policier lui parlait mais elle semblait ne pas l'entendre.

— Lee ? Interviens ! Arrête cette femme.

L'expression sur le visage de Lee était insupportable. Kayla bondit vers la porte d'entrée, mais il la retint par le bras.

— C'est une assistante sociale, grommela-t-il, elle ne fait que son travail, elle obéit aux ordres de la police.

— Ils n'ont pas le droit. Meredith ne connaît pas ces gens. Elle ne peut pas comprendre.

Les cris et les protestations de la fillette lui déchiraient le cœur.

— Où vont-ils l'emmener ?

Les larmes aux yeux et les poings serrés, Lee assistait, impuissant, à l'enlèvement de sa fille par les autorités.

— Attends-moi ici, Lee, j'y vais. Je vais la prendre avec moi. C'est moi qui en avais la garde. Elle restera avec moi jusqu'à ce que tout soit réglé.

— Cela ne marchera pas, Kayla, à ce point de la situation ils ne la confieront qu'à un parent.

— Mais…

— Mes parents habitent en Floride, ma sœur au Texas, je vais les appeler.

— Lee…

Il la fixa avec un regard vide. Le changement fut radical. Le père tendre et doux avait pris le masque de la haine.

— Tu viens avec moi.

Cette fois, c'était un ordre.

La berline noire effectua une marche arrière dans l'allée. Ils entendaient encore les hurlements de Meredith. Kayla pensa que ses cris la hanteraient toute sa vie. Le chef de la police monta dans sa voiture.

— Je n'ai plus de temps à perdre, poursuivit Lee d'un ton inflexible et monotone qui donnait la chair de poule, nous allons sortir, tu vas te mettre au volant de ta voiture et conduire.

— Sinon ?

— Il n'y a pas d'alternative.

Kayla savait qu'elle aurait dû avoir peur, mais comme Lee sa colère l'emportait sur tous les autres sentiments. Voir une fillette effrayée enlevée de force par la police pour être confiée à des étrangers était un spectacle insoutenable et révoltant. Rien que pour cette raison, elle se sentait solidaire de Lee.

Si Lee avait assassiné Fay, il n'en était pas moins le père de Meredith. Il méritait qu'on lui laisse une chance de prouver son innocence. Cette chance qu'on avait refusée au propre père de Kayla.

La jeune femme regarda la voiture de police s'éloigner.

Les hurlements de Meredith résonnaient jusqu'au fond de son âme.

— Nous pouvons y aller à présent, dit-elle.

Une expression de surprise passa dans les yeux de Lee mais s'évanouit aussitôt et son visage retrouva son masque dur et impénétrable.

— Sortons par-derrière.

Elle fit un écart rapide par la cuisine pour récupérer son sac qu'elle fouilla pour retrouver ses clés de voiture. Tout en courant derrière Lee, elle lui tendit son trousseau, mais il secoua négativement la tête.

— C'est toi qui conduis.

— Où allons-nous ?

Elle était prête à l'aider mais pas aux dépens de son frère. Il était hors de question qu'elle le mène chez Alex.

— Chez Fay.

Soulagée, elle hocha la tête.

— J'ai un double de ses clés dans mon sac.

— Parfait, nous n'aurons pas à fracturer la porte.

Il se glissa devant le siège du passager en cachant sa tête sous le tableau de bord. Kayla recula dans l'allée. Mary Lou bondit sur son balcon en agitant les bras et Kayla lui répondit d'un geste qu'elle revenait tout de suite. Elle s'en voulut de ne pas s'arrêter pour lui fournir plus amples explications, mais si elle voulait aider Lee, il n'y avait plus de temps à perdre.

Heureusement, ils ne croisèrent aucune voiture entre la maison de Kayla et celle de Fay.

— Je me gare devant chez Fay ?

— Non. Ralentis quand tu passes. Je veux d'abord m'assurer que la police n'y est pas. Si la voie est libre, gare-toi quelques maisons plus loin et nous y retournerons à pied.

— Et si la police nous surprend une fois à l'intérieur ?

— Nous dirons que nous sommes venus chercher des vêtements pour Meredith.

— Alors que le chef m'a demandé de le prévenir si tu réapparaissais ?

— C'était une sommation ou un conseil ?

La jeune femme réfléchit.

— Un conseil plutôt. Il a dit qu'il voulait te parler.

— Ne t'inquiète pas. Pour l'instant, je ne suis pas sous mandat d'arrêt, donc pas considéré comme étant en fuite. A part Alex, personne ne m'a encore officiellement annoncé la mort de Fay.

La jeune femme hocha docilement la tête, peu convaincue, mais elle décida de faire confiance à leur bonne étoile. Pour le moment la chance était de leur côté. La contre-allée devant chez Fay était déserte. Mais Lee semblait préoccupé.

— Il y a un problème ?

Il lui jeta un regard étrange, sans répondre. Kayla n'insista pas. Elle rangea la voiture près du carrefour et descendit derrière Lee.

— Mais pourquoi venir ici ?

— Parce que tu refuses de me conduire chez ton frère.

Il inspecta minutieusement les maisons du voisinage.

— Qu'espères-tu découvrir ?

— Des indices qui me mettront sur la piste de la personne qu'elle attendait hier soir. Nous n'avons que quelques minutes. Je suis étonné que personne ne soit déjà là.

— Fay inscrivait les dates et les heures de ses rendez-vous chez le médecin ou le coiffeur sur le calendrier, mais tout ce qui est strictement personnel n'y figure pas.

— Je sais, je me souviens. Jamais elle ne notait aucun rendez-vous lorsque nous vivions ensemble. Nous devrions commencer par sa chambre.

Kayla sortit la clé et ils entrèrent sans hésiter en se hâtant de refermer la porte. A l'intérieur régnait une chaleur pesante. Une odeur de moisi planait dans l'atmosphère. Le courant d'air chassa des moutons qui roulèrent sur le plancher poussiéreux.

— Referme à clé, intima Lee.

Il avait déjà gravi la moitié de l'escalier. Avant de gagner la chambre de Fay, il ne put s'empêcher d'ouvrir la porte de celle de sa fille pour y jeter un coup d'œil. Kayla le vit se rembrunir. Une grande tristesse assombrit son regard. Il referma la porte sans commentaire.

— Kayla, appela-t-il en atteignant la chambre de Fay, y a-t-il des gants quelque part ? Il serait préférable qu'on ne retrouve pas mes empreintes ici.

— Oui, elle a des gants de plastique dans la cuisine. Tu les veux ?

— Oui.

Elle en retrouva plusieurs paquets dans le placard à balais et pendant qu'elle en ouvrait un, elle vérifia le calendrier accroché au mur. Le seul rendez-vous noté était celui avec les Ruckles pour le dîner de la veille.

Dans la chambre, elle retrouva Lee en train d'examiner attentivement le petit carnet d'adresses personnel de Fay. Il s'était servi d'un mouchoir pour ouvrir le tiroir de sa table de chevet.

— Qu'as-tu trouvé ? demanda-t-elle, inquiète.

Elle redoutait que le nom et l'adresse d'Alex pussent y figurer.

— Rien, à part une liste de numéros de téléphone. Elle n'a pas pris la peine de marquer les noms et les adresses des gens correspondants. Dommage. As-tu trouvé des gants ?

— Les voici. A mon avis ils vont être justes pour toi.

— Je vais me débrouiller.

En voyant ses grandes mains se faufiler dans le latex, elle ne put s'empêcher de se demander si ces mains étaient celles d'un tueur. Elle sentait que non, mais jusqu'à quel point pouvait-elle se fier à son intuition ? Peut-être refusait-elle simplement l'idée que Lee fût un assassin ? Depuis le matin son opinion avait changé sur lui. Le mari de Fay était devenu le père de Meredith. C'était ce dernier qu'elle voulait croire.

Tout en se reprochant l'orientation de ses pensées, Kayla enfila une paire de gants et ouvrit le tiroir supérieur de la commode.

112

— Kayla ? demanda Lee au bout d'un moment, qui est Barney ?

— Un personnage de dessin animé, un dinosaure mauve qui...

Elle s'interrompit en le voyant tenir à la main une chemise en carton contenant des documents.

— Qu'est-ce que c'est ?

— Des lettres d'amour d'un dénommé Barney.

— Montre.

— Regarde mais ne touche à rien. Je ne veux pas brouiller les empreintes qui s'y trouvent.

Elle commença à lire par-dessus son épaule mais s'arrêta rapidement.

— Ce ne sont pas des lettres d'amour. C'est... c'est de la pornographie.

Lee se força à sourire.

— Jamais je n'aurais pensé à comparer les seins de Fay à des...

— Arrête, je t'en prie.

— Oui, ce n'est pas très joli. Il y en a une pile du même acabit dans le tiroir. Regarde la signature.

— Non, c'est ignoble.

Mais elle, son regard tomba sur les dernières lignes au bas de la page.

— Ton humble serpent ?

— Je crois qu'il voulait dire serviteur. Il a dû se tromper.

Lee haussa les épaules, rangea soigneusement les notes dans le magazine qu'il replaça où il l'avait trouvé.

— Alors qui connais-tu du nom de Barney ?

— Barney Trowbridge. Mais c'est impossible qu'il s'agisse de lui.

113

Le policier inclina légèrement la tête de côté en attente d'une explication.

— Il est… comment dire, on peut le qualifier à la fois de directeur adjoint et d'homme de main du Bide Awhile. Fay n'avait rien à faire avec un homme comme lui.

— Pour quelqu'un qui se prétend être sa meilleure amie, tu sembles ne pas bien connaître mon ex-femme.

Kayla lui jeta un regard furibond.

— Je n'ai jamais prétendu être la meilleure amie de Fay. C'est toi qui le dis.

— Désolé. J'aurais dû dire sa *seule* amie.

La colère enflamma les joues de la jeune femme.

— Fay était entourée d'amis.

— Des hommes, oui, mais pas des femmes.

— Tu as l'esprit vraiment mal tourné.

Lee eut un geste expéditif.

— Changeons de sujet. Parle-moi de ce Trowbridge.

— Que dire ? Il est… un peu fort, pas très intelligent et peu sociable.

— Tu as une manière bien à toi de décrire les gens. Qu'entends-tu par fort ? Gros, gras, grand… ?

— Il est plus grand que toi et il doit bien peser dans les cent kilos. Il a…

— Une grosse tignasse noire. Un jean baggy, des bras poilus et des sourcils qui se rejoignent ?

Kayla ne put s'empêcher de rire.

— Tu l'as rencontré ?

— C'est lui qui m'a accueilli au motel hier soir et il nettoyait la piscine derrière la chambre de Fay ce matin. Tu as raison, il n'est pas très communicatif.

— Non, acquiesça-t-elle. Tu crois qu'il l'a tuée ?

— Je ne sais pas, mais c'est une première piste.

— Lee, j'aimerais que tu aies raison… mais bon, si tu l'as vu, tu dois comprendre que jamais Fay n'aurait pu avoir une liaison avec cet homme. Il est vraiment stupide.

— Ce n'était pas l'intelligence qui intéressait Fay.

— Ne sois pas grossier.

— Je suis lucide.

— Je ne l'imagine pas une seconde amoureuse de Barney.

— Qui te parle d'amour ? Tu as lu les lettres comme moi.

Il rangea les documents dans le tiroir de la table de nuit.

— Cela ne prouve rien. C'est lui qui a écrit ces horreurs, pas elle.

— En tout cas, elle y accordait de l'intérêt pour les conserver aussi religieusement.

— C'était pour lui faire plaisir.

— Il semble connaître parfaitement son anatomie.

— Que veux-tu dire ?

— Tu n'as pas lu ?

Kayla le regarda avec méfiance.

— Non, dis-moi.

— Il décrit sa tache de naissance.

La jeune femme ferma la bouche et rougit violemment.

— Je constate que tu sais à quelle marque je fais allusion.

— Elle me l'a montrée une fois lorsque nous étions à la piscine.

— Tu penses que c'est dans les mêmes circonstances qu'elle l'a montrée à ce Barney ?

Kayla retourna vers la commode. Elle avait honte pour Fay. Comment son amie avait-elle pu accepter d'être touchée ou même regardée par un être aussi vulgaire que Barney Trowbridge ?

Elle ouvrit le coffret à bijoux. Cette intrusion dans la vie de son amie la mettait de plus en plus mal à l'aise. Elle se sentait dans la peau d'une voleuse. Au-dessus les colliers, bracelets et bagues entassés pêle-mêle, trônait un médaillon ciselé en argent massif.

— Quel bazar ! s'exclama Lee en ouvrant le tiroir de la deuxième table de nuit.

Kayla débloqua le fermoir du médaillon. Son cœur fit un bond avant de battre à toute vitesse. Le portrait de son frère venait de surgir devant ses yeux, la fixant du fond du médaillon qu'elle referma aussitôt.

— Tu as trouvé quelque chose ? demanda-t-elle en essayant de masquer son agitation.

— Rien. Je vais voir du côté du dressing. Et toi ?

Elle referma sa main bien serrée sur le médaillon, en détournant les yeux.

— Rien du tout.

— Ah oui ? Laisse-moi un peu vérifier quelle sorte de « rien du tout » te rend aussi pâle.

Il s'avança vers elle.

— Non, non, rien, c'est seulement un…

La main de Lee fondit sur la bouche de la jeune femme. Il tendit l'oreille comme s'il avait repéré un bruit suspect.

— Quelqu'un vient de briser une vitre dans le salon, murmura-t-il si bas qu'elle l'entendit à peine.

Il retira sa main.

— La police ? demanda-t-elle.

Lee glissa silencieusement jusqu'à la fenêtre et regarda dehors.

Il haussa les épaules. Kayla savait que du deuxième étage il n'existait pas d'issue pour fuir à moins de nouer des draps et de les accrocher à la fenêtre.

Ils étaient pris au piège.

5.

— Hé ! Vous ! Qu'est-ce que vous faites là ?

Une voix de femme résonna claire et nette à travers la fenêtre fermée. Sa question s'acheva sur un hurlement et des coups de feu, dont l'un atteignit le toit juste au-dessus de la fenêtre où se trouvait Lee.

— Qu'est-ce que… ?

Sans lui laisser le temps de terminer sa question, Lee pivota et envoya Kayla contre le mur du fond, la protégeant de son propre corps. Il attendit que le silence revienne.

— Baisse-toi ! Et ne bouge pas d'ici.

Il se rua dans l'escalier, ne ralentissant qu'à l'approche de la cuisine. Sachant qu'en général les policiers ne s'amusaient pas à tirer sur les voisines trop curieuses, il en déduisit que celui qui s'était introduit dans la maison n'était pas resté bien tranquille à l'attendre.

Il avait vu juste. Il y avait un trou dans la porte vitrée et des morceaux de verre sur le sol. La chaîne de sécurité qui bloquait l'entrée pendait le long de la porte endommagée.

Lee aperçut une silhouette qui disparaissait entre les arbres du jardin derrière la maison.

— Kayla !

La jeune femme buta contre lui au moment où il allait sortir. Il jura. Le visage de Kayla était pâle et ses yeux agrandis par la peur.

— Cela t'arrive de faire ce qu'on te dit ? demanda-t-il avec exaspération.

— Non.

— Si j'avais été armé, j'aurais peut-être tiré sur toi.

— Et vice versa. Qui a tiré ?

Lee soupira.

— Je ne sais pas. Il n'a pas pris le temps de se présenter. Ne nous attardons pas dans les parages. Avec ce coup de feu, la police sera ici dans cinq minutes.

Il la poussa vers la porte d'entrée.

— Mais où est passé celui qui a tiré ?

— Il s'est enfui derrière les arbres.

— Tu ne le poursuis pas ?

— J'allais le faire lorsque tu m'as coupé la route.

Il retira ses gants.

— C'est peut-être la personne qui a tué Fay ? dit Kayla.

— Bien vu. Retire tes gants et partons d'ici.

— Mais pourquoi ne cherches-tu pas à l'attraper ? Il est encore temps. Il n'a pas pu aller bien loin.

Il lui prit le bras en résistant à l'envie de la secouer. Cette femme avait-elle donc une cervelle d'oiseau ?

— Je te dis qu'il est trop tard. La voisine doit être en train d'appeler la police et au cas où cela te serait sorti de la tête, je te rappelle qu'il est armé, moi non.

— Oh !

— Oui, oh !

Il allait lui retirer ses gants mais elle s'écarta en le foudroyant du regard.

— Je m'en occupe.

— Très bien.

Il lui tendit les siens.

— Range-les dans ton sac et filons. Mais reste naturelle. Nous devons nous comporter comme si de rien n'était. Nous n'avons rien à nous reprocher.

La jeune femme étouffa une nouvelle protestation mais fit comme il demandait.

Sur le trottoir, il lui reprit le bras. Kayla tenta de se dégager, mais la poigne de Lee la fit renoncer.

— Du calme, dit-il entre ses dents, une des voisines vient de se garer le long de l'allée. Fais-lui ton plus beau sourire et n'hésite pas à entamer la conversation.

— Sur quel sujet ?

La pâleur extrême de son visage finit par alerter Lee.

— Si tu tombes dans les pommes, tu ne me rendras pas service.

Un éclair jaillit dans les yeux bleus.

— Si tu veux que je tienne debout, commence par me lâcher le bras.

La voisine soulevait le hayon de son coffre. Elle n'avait toujours pas pris conscience de leur présence.

— Non, dit-il.

La femme souleva deux sacs d'emplettes et tourna la tête en leur direction. Lee cessa de marcher, prit le visage de Kayla entre ses mains et embrassa ses lèvres irrésistibles.

Ce qui était censé être une étreinte destinée à mêler leurs silhouettes afin de brouiller les pistes devint secondaire dès l'instant où ses lèvres touchèrent les siennes. La bouche de la jeune femme s'était entrouverte avec une douceur infinie. Alors que leurs langues jouaient ensemble et que leurs respirations se confondaient en soupirs, Kayla était très calme,

complètement immobile, la tête légèrement en arrière, inno-
cemment offerte au baiser de Lee.

Les sens de Lee s'embrasèrent. Le temps de quelques
battements de cœur désordonnés, elle lui répondit avec la
même fougue. Puis elle se raidit. Elle voulut reculer, mais
d'un bras, Lee l'enlaça par la taille et la serra contre lui.

Pour n'importe quel passant, ils n'étaient que des amants
échangeant un baiser passionné. Il la relâcha et la jeune
femme chancela. Croyant qu'elle allait tomber, il la retint
fermement.

— Mais tu me fais mal !

— Tu ne vas pas me faire une scène maintenant. Joue le
jeu. Fais comme si nous étions des amoureux en train de
faire leur promenade du soir.

— Même sous la torture, je ne pourrais pas.

— Ah ? Je ne te connaissais pas ces tendances sadoma-
sochistes.

L'espace de quelques minutes, il crut qu'elle allait exploser
de colère, mais elle se contenta de respirer lentement pour
se calmer. A son expression, il comprit qu'il ne perdait rien
pour attendre mais en tout cas son visage avait retrouvé un
peu de couleur.

— Desserre au moins tes doigts, j'ai le bras en compote.

— C'est plus fort que moi, je ressens un besoin impérieux
de te tenir contre moi.

— Tu perds la tête.

— Je suis d'accord avec toi.

Elle se rembrunit.

— Ecoute, Kayla, pourrions-nous hâter le pas et monter
en voiture avant l'arrivée de la police ?

— Je ne comprends pas ton comportement. Pourquoi ne restes-tu pas pour leur expliquer ce qui se passe ? Tu es policier toi aussi.

— Je suis aussi l'ex-mari de la victime.

— Et alors ? Il n'y a pas de solidarité entre policiers ?

— Pas quand il est question de meurtre.

— Ha, dit-elle avec une moue étonnée.

— Un de ces jours, j'aimerais que tu m'expliques d'où proviennent tes préjugés contre la police. Donne tes clés. Je conduis.

Elle le regarda en fronçant les sourcils.

— Tu n'as pas confiance en moi ?

— Pour que tu m'emmènes où bon te semble ? Non merci ! Allez, monte, tu me guideras.

Contre toute attente, la jeune femme obtempéra. Elle lui lança les clés et ouvrit la portière du passager.

Lee attendit qu'elle ait bouclé sa ceinture.

— As-tu changé d'avis en ce qui concerne ton frère ? Es-tu disposée à m'indiquer où il habite ?

Elle croisa les bras sur sa poitrine d'un air obstiné.

— N'y compte pas.

— A ce rythme-là, l'enquête risque de piétiner.

En guise de réponse, la jeune femme fixa la rue devant elle d'un regard impénétrable.

— Bon, dit-il, résigné.

Il tourna la clé de contact et tourna à droite sur Jones Lane au moment où deux voitures de police descendaient Perry Road à tombeau ouvert, toutes sirènes hurlantes et les gyrophares en action.

— Crois-tu qu'ils nous ont repérés ? demanda Kayla en se tordant le cou pour les suivre des yeux.

Lee haussa les épaules.

— Pas sûr, mais cale-toi bien dans ton siège, au cas où je serais obligé de pousser le moteur de cette petite voiture.

Les yeux de la jeune femme s'écarquillèrent.

— Tu as l'intention de les semer ?

Lee tapota sa cuisse pour la rassurer.

— Détends-toi. Je ne suis même pas certain que cette cinq chevaux puisse semer une trottinette.

— Retire ta main.

Lee s'esclaffa presque en replaçant sa main sur le volant. Dans le rétroviseur, il vit que les deux voitures de police s'arrêtaient devant chez Fay.

— Pendant qu'ils effectueront leur petite visite, nous aurons le temps.

— Le temps de quoi ?

Lee la dévisagea alors qu'il s'engageait sur le périphérique.

— Tu n'y couperas pas, Kayla Coughlin, tu vas me dire ce que tu as contre la police.

Pour toute réponse, elle ferma les yeux en s'enfonçant dans son siège.

— Tu dois avoir des mules parmi tes ancêtres, commenta-t-il.

— Merci, répondit Kayla sans ouvrir les yeux.

Lee se retint de sourire. Elle était peut-être têtue mais elle avait aussi la bouche la plus douce qu'il ait jamais goûtée. Ce n'était pas le moment d'y penser, mais il avait vraiment envie de l'embrasser de nouveau.

Lee venait de quitter le périphérique pour s'engager sur une aire de repos devant laquelle ils étaient déjà passés.

— Je pensais que tu dormais.

— Comment pourrais-je trouver le sommeil alors qu'on vient de nous tirer dessus et que la police est à nos trousses ?

Un sourire retroussa le coin des lèvres de Lee.

— Mais non, voyons, ils sont juste occupés à essayer de prouver mon innocence, dit-il.

Elle émit un petit grognement charmant.

— Alors ils vont avoir du travail.

En l'entendant déboucler sa ceinture, la jeune femme le regarda avec méfiance. L'expression de Lee ressemblait à celle d'un prédateur et le souvenir de ses lèvres contre les siennes accéléra les battements de son cœur lorsqu'il se pencha vers elle.

— Tu aimes bien te moquer de moi, n'est-ce pas ?

— Non, pourquoi dis-tu ça ?

Le cœur de la jeune femme s'emballa. Le visage de Lee était tout près du sien. Son regard étincelant l'hypnotisait, la paralysait contre sa banquette.

Les mains de Lee encadrèrent son visage. La dernière fois qu'il avait fait ce geste, il l'avait embrassée. Allait-il faire de même cette fois encore ? Les yeux de la jeune femme fixaient ses lèvres, des lèvres à la fois dures et gourmandes… et si tendres.

Il se rapprocha encore, si près tout à coup que l'air sembla se raréfier. Comment réagirait-elle s'il tentait de l'embrasser de nouveau ? Le repousserait-elle ou céderait-elle au désir impérieux de ses sens ? La pulsation d'une des veines de son cou lui dit qu'il était aussi troublé qu'elle.

Son corps se tendit. En dépit du combat qui se livrait entre le bon sens et l'appel de son corps, elle sut que ce dernier l'emporterait aisément.

Sans la quitter des yeux, Lee glissa doucement sa paume le long de sa joue. Elle soutint son regard alors que sa main descendait vers sa gorge avec une infinie douceur. Les pointes de ses seins durcirent quand ses doigts caressèrent l'espace de peau nue dans l'encolure de son chemisier qu'il écarta délicatement.

Ses doigts dégrafèrent les premiers boutons de son chemisier.

— Que fais-tu ? dit-elle soudain en se relevant avec énergie.

— Tu sais bien ce que je fais.

Il retira sa main et déposa un baiser léger sur sa joue.

Un petit gémissement de plaisir franchit les lèvres de la jeune femme.

— Quelle sensibilité ! la taquina-t-il.

Elle sourit. La soif qu'il avait éveillée en elle accélérait sa respiration. Elle tendit sa bouche vers la sienne. Leurs lèvres s'effleurèrent. S'armant d'audace, elle s'arqua contre son torse en glissant sa main derrière la nuque du policier.

Surpris, celui-ci lui sourit contre sa bouche.

— Kayla, tu me rends fou, murmura-t-il d'une voix rauque.

Pendant ce temps, ses mains la caressaient, décrivant des cercles dans son dos, sur ses hanches, son ventre. La jeune femme se pressait contre lui, le corps parcouru de frissons.

— Tu dois être une amante passionnée, comme tu l'es dans tous les domaines, ajouta-t-il.

A ces mots, Kayla réagit. Elle s'était abandonnée, les yeux fermés, mais l'entendre prononcer ces paroles dissipa le nuage sensuel sur lequel ses caresses l'avaient transportée. Elle n'avait pas le droit de se laisser aller ainsi, pas avec Lee Garvey.

— Arrête.

Elle ne sut pas où elle avait puisé la force de parler, mais le son de sa propre voix l'aida à repousser son torse puissant.

Lee se redressa.

— Tu es sûre que c'est ce que tu veux ?

Non, disait son corps.

— Oui, répondit-elle.

Il ne retira pas la main de sa hanche mais la lueur de désir s'évanouit dans les yeux gris.

— Très bien.

Son visage perdit toute expression.

— Qu'as-tu trouvé dans le coffret à bijoux de Fay ?

La question fit sursauter Kayla.

— Rien, dit-elle dans un souffle.

Le mensonge était évident.

Les mains de Lee bougèrent mais cette fois le mouvement ne fut pas une caresse. Après avoir contourné ses hanches, elles plongèrent dans les poches de son jean. Kayla comprit trop tard. Il ne la désirait pas. A travers cette tentative de séduction, il ne poursuivait qu'un but : mettre la main sur le médaillon.

La colère et l'humiliation décuplèrent ses forces. Mais elle eut beau se débattre, il récupéra le bijou en un clin d'œil avec l'adresse d'un pickpocket. Il se rassit brusquement, la longue chaîne d'argent enroulée autour de ses doigts. Il semblait si content de lui qu'elle faillit le gifler.

— Rends-le-moi !

Il admira le cœur finement ciselé.

— Bel objet, d'une facture ancienne, dit-il, il doit valoir une petite fortune.

— C'est un médaillon, dit-elle trop vite, mon frère me l'a envoyé pour mon anniversaire.

De la pointe de l'ongle de son pouce, Lee fit sauter le fermoir. Devant le portrait d'Alex son visage devint froid et dur.

— Je l'avais offert à Fay lors de notre premier anniversaire de mariage, dit-il calmement.

La jeune femme s'enfonça dans son siège. Elle aurait voulu disparaître dans un trou de souris.

— Je ne le savais pas.

Il referma le médaillon et le lâcha sur les genoux de Kayla. Sans un mot, il s'installa derrière le volant et boucla sa ceinture de sécurité.

— Alex n'a pas tué Fay, dit-elle en priant le Ciel pour que ce fût vrai.

— Ta loyauté est louable, dit-il sans émotion. Après tout c'est ton frère, et je comprends que tu préfères que ce soit moi le coupable.

— Non ! Pas du tout ! Tu te trompes, s'écria-t-elle.

Il démarra sans un regard pour sa passagère.

— Tu n'es pas sûre que je suis innocent, n'est-ce pas ?

— Comment le serais-je, alors que toi-même tu ne le sais pas ?

Elle refusait de le croire coupable mais ne pouvait s'empêcher de douter.

La voiture quitta l'aire de repos. Lee reprit la même route.

— Je ne cesse de retourner cette question dans ma tête. Et je commence même à me demander si j'étais vraiment ivre hier soir.

— Que veux-tu dire ? Tu crois que tu étais drogué ?

Lee haussa les épaules et se faufila rapidement au milieu du trafic.

— Tu as dit que ton frère dînait au restaurant hier soir, non ?

Une chape glacée tomba sur les épaules de Kayla.

— La moitié de la ville s'y trouvait.

— C'est un peu exagéré. Et je ne m'intéresse qu'à ceux qui connaissaient Fay.

— Tout le monde la connaissait ! Elle a grandi ici.

Un sourire cynique pinça les lèvres de Lee.

— Tu veux dire que Fay a couché avec la moitié de la ville ?

Kayla eut du mal à garder son calme.

— Ce n'est pas parce que la photo de mon frère se trouve dans ce médaillon qu'il avait une liaison avec ton épouse.

— Mon ex-épouse. Non, en effet, cela ne prouve rien.

Lee changea de file pour éviter un embouteillage.

— Quel type de relation entretenait-elle avec les Ruckles ?

Sa question mit la jeune femme dans l'embarras.

— Je vois mal les Ruckles usant de drogues.

Elle lui posa la main sur le bras. Sous sa chemise, la crispation durcissait ses muscles.

— Mais tu avais bu, Lee, tu sentais la bière, et tu titubais quand tu marchais.

Il regarda sa main qu'elle reposa sur ses genoux.

— Tu n'as jamais entendu parler de la GHB, la drogue du violeur ?

Les oreilles de Kayla se mirent à bourdonner.

La télévision et les journaux avaient longuement développé les méfaits de cette nouvelle drogue qui sévissait dans les discothèques. Dotée d'un pouvoir hypnotique, elle plongeait ses victimes dans un profond état d'amnésie et toutes les actions entreprises sous son emprise s'effaçaient à jamais de leur mémoire. On l'appelait drogue du violeur car certains jeunes gens en auraient fait usage pour abuser de jeunes filles sans qu'elles n'en gardent aucun souvenir.

Etait-il possible que Lee eût absorbé de cette substance ? Alex ne s'était jamais drogué, mais il fréquentait des gens peu recommandables auprès de qui il aurait pu s'en procurer.

— Personne ne t'a violé, j'espère ? demanda-t-elle, cherchant par cette plaisanterie à dissiper la tension insupportable qui régnait dans la voiture. Mais les plis autour de la bouche de Lee se creusèrent davantage.

— C'est à peu près équivalent, dans le sens où on m'a emmené quelque part sans mon consentement. Je te rappelle que je n'avais bu que deux bières. Je ne supporte pas l'alcool, mais tout de même... de là à sombrer dans le coma !

— Deux bières ? s'étonna la jeune femme. C'est tout ?

— Deux. J'ai eu une dure journée hier. J'étais venu à Fools Point pour voir ma fille, mais personne n'a été capable de me dire où elle se trouvait. Je me sentais seul, amer. J'ai décidé d'aller boire un verre. Mal m'en a pris car le seul établissement ouvert dans la ville était rempli de familles, tu vois ce que je veux dire... tous ces pères avec leurs enfants.

Une boule se forma dans la gorge de Kayla. Il aimait tellement sa fille. Le haussement d'épaules cachait mal la douleur et l'angoisse dans sa voix.

— J'ai commandé une bière. Le barman m'en a servi une bien fraîche que j'ai bue d'un trait. Puis j'en ai demandé une autre. Je savais que je ne la supporterais pas mais cela m'était égal.

— Mais comment aurait-on pu...

— Mettre un produit dans mon verre ? A un moment, je me suis éloigné vers la caisse pour acheter un paquet de bretzels. Deux serveurs se sont télescopés avec des plateaux chargés de boissons.

130

Kayla se souvenait du fracas des verres sur le carrelage qui avait interrompu toutes les conversations de la salle. C'était au moment où les Ruckles et elle attendaient le retour de Fay partie aux toilettes.

— Comme tout le monde je me suis laissé distraire quelques minutes par cet incident, puis j'ai regagné mon tabouret au bar.

— Et tu crois que… *quelqu'un* — l'idée de penser à un nom la répugnait — aurait versé une drogue dans ton verre pendant ton absence ?

— C'est une question que je me pose.

— Alors, dis-le à la police, dit-elle impérativement, il existe bien des examens de sang qui pourraient le prouver ?

— Pas maintenant. Je n'en sais pas beaucoup sur cette drogue, mais ce qui est sûr c'est que j'aurais dû subir des analyses de sang et d'urine dès ce matin à jeun. Et si je n'avais pas été autant dans le brouillard, c'est la première idée qui me serait venue à l'esprit.

A sa façon de cramponner le volant en fixant la route devant lui, elle comprit combien il était angoissé.

— Soit j'étais drogué et je me suis laissé accompagner en voiture au motel, soit j'étais ivre mort et on m'a porté, mais dans ce cas, je ne suis pas une plume, seul un homme très fort a pu me soulever, deux peut-être…

La photographie du médaillon revint hanter l'esprit de Kayla. Alex avait suffisamment de force pour transporter un homme de la carrure de Lee.

— Parle-moi des Ruckles.

Son ton abrupt la prit au dépourvu.

— Elizabeth était à l'école avec nous. Elizabeth a même connu Fay avant moi.

131

— Et Jason ? Fay n'aurait pas eu une aventure avec lui par hasard ?

— Bien sûr que non ! répondit Kayla, offusquée, il est marié !

Les sourcils de Lee se soulevèrent.

— Et alors ? dit-il avec un mauvais sourire. Permets-moi de te préciser que ma chère ex-femme ne s'arrêtait pas à ce genre de détail. Elle ne respectait pas le mariage. Ni le sien ni celui de personne. Elle a eu des amants dès le début de notre mariage et elle ne s'en cachait pas.

Kaya réprima un élan de sympathie vers Lee.

— J'étais content le jour où elle m'a annoncé qu'elle souhaitait divorcer, je n'en pouvais plus, mais je fermais les yeux pour Meredith. Evidemment, je ne m'attendais pas à ce qu'elle me joue ce mauvais tour de vouloir la garde complète de Meredith. Qu'elle vide notre compte en banque, je m'en moquais, mais m'empêcher de voir ma fille, ça, il n'en était pas question !

— Je suis désolée.

— Savoir qui étaient ses amants n'a plus d'importance de toute façon. Donc tu peux me dire si, oui ou non, elle avait une relation avec Jason Ruckles.

— Non, c'était un ami, rien de plus. Il la protégeait, en quelque sorte.

— Donc, ils couchaient ensemble, lâcha-t-il avec calme.

Aucun mot de protestation ne franchit les lèvres de Kayla. Elle se dit qu'il avait peut-être raison. Elle voyait peu Jason et Elizabeth. Elle s'était retrouvée à ce dîner avec eux de façon imprévue. Fay l'avait invitée à la dernière minute.

— Je ne dis pas que c'est faux. Autrefois, Jason fréquentait Fay, mais c'était avant son mariage avec Elizabeth. J'ignore ce qui s'est passé, entre eux. Pourquoi ils ont rompu. Toujours

132

est-il que, du jour au lendemain, Jason est sorti avec Elizabeth. Fay n'a pas eu l'air d'en faire de cas, elle était même témoin à leur mariage.

Le doigt de Lee tapota le bord du volant.

— Aurais-tu l'intention de tourner en ville toute la nuit ? lui demanda-t-elle.

— Cela dépend.

Il lui lança un regard oblique. La jeune femme retint son souffle.

— Tu sais où habitent les Ruckles ?

Soulagée, elle pointa l'index vers la colline où était le motel.

— Ils habitent la grosse maison derrière le motel. Et si Jason est avec la police ?

— Dans ce cas, nous attendrons.

— Si nous nous arrêtons chez les Ruckles, la police le saura tout de suite. Fools Point est une si petite ville, Lee.

— Je te rappelle que je ne suis pas en fuite, je n'ai rien à cacher, Kayla.

— Dans ce cas, pourquoi es-tu sorti par la porte de service chez moi ?

— Et pourquoi le chef de la police a-t-il fait emmener ma fille ?

L'émotion faisait vibrer sa voix.

— Tu n'en as plus reparlé depuis que c'est arrivé, dit-elle doucement.

— Que veux-tu que je dise, Kayla ? La seule façon pour moi de récupérer Meredith c'est de prouver mon innocence, et c'est ce que j'essaie de faire à tout prix.

Sa détermination la conforta dans son opinion. Lee n'était pas un meurtrier.

— Tu crois qu'elle va bien ?

133

Les événements de la journée s'étaient enchaînés dans la précipitation mais la détresse de la fillette resterait à jamais gravée dans son cœur.

— Je l'espère. J'essaie de faire confiance aux services sociaux.

Son visage livide et ses traits tirés trahissaient son angoisse.

— C'est Meredith la véritable victime de tout ce fatras, et rien que pour elle je dois m'en sortir.

Il soupira longuement.

— J'ai une explication rationnelle pour tout ce que j'ai fait depuis que je me suis réveillé ce matin. Mais j'ai besoin d'informations précises avant de m'adresser à un chef de la police capable d'arracher une petite fille à son père sans voir plus loin que le bout de son nez. Alors, les Ruckles ?

Kayla se surprit à tourner dans tous les sens la bague que son frère lui avait envoyée lors du dernier Noël. Elle s'obligea à concentrer ses pensées sur ce qu'elle savait du couple.

— Elizabeth avait un comportement étrange depuis que Fay était revenue au pays, dit-elle, des rumeurs circulaient sur le fait qu'elle était devenue alcoolique. J'ai pu le vérifier hier soir. Je suppose qu'elle souffre de ne pas avoir d'enfants. Jason aussi se plaint de ne pas être père. Je me demande si Elizabeth n'a pas commencé à boire quand Fay est revenue en ville avec Meredith. Peut-être qu'Elizabeth se disait que Meredith renvoyait à Jason l'image de cet enfant qu'il aurait pu avoir si c'était Fay qu'il avait épousée.

— Peut-être.

— Ralentis, c'est à droite.

Lee tourna sur la route qui gravissait la colline en serpentant. La vue sur la vallée ne tarda pas à être magnifique. Au loin la chaîne des montagnes se détachait sur l'horizon.

Pendant que Lee se garait devant chez les Ruckles, Kayla se tourna vers lui.

— Lee, je sais que Fay n'était pas parfaite. Mais je préférais ne voir que ses bons côtés car elle était mon amie.

Lee attendait.

— Je sais qu'elle s'est servie de moi mais je la laissais faire parce que j'adorais m'occuper de Meredith. En vérité, je ne me suis jamais penchée sur sa vie privée. Elle n'était pas du genre à se confier et je respectais ses secrets.

— Quelle était la nature des sentiments de ton frère pour elle ?

La voiture s'arrêta. Kayla posa la main sur la poignée de sa portière.

— Tu lui demanderas toi-même.

— C'est bien mon intention quand tu auras consenti à me donner ses coordonnées.

Il désigna l'imposante bâtisse de deux étages, toute de bois et de verre.

— Il faut de l'argent pour s'offrir une maison pareille.

— Elle appartenait au père d'Elizabeth.

— C'est une famille fortunée ?

— La sienne oui, pas celle de Jason. Il est né dans la même partie de la ville que moi.

— Fools Point aurait donc ses beaux quartiers ?

Son ton ironique la froissa.

— N'est-ce pas le cas de toutes les villes ?

— Si, si.

Il continuait à observer la belle façade avec ses grandes baies vitrées voilées d'élégants panneaux de lin.

— Belle voiture aussi. L'hôtel doit rapporter beaucoup d'argent, à moins que papa n'assume toutes les dépenses du ménage ?

Il parlait de la Ferrari d'Elizabeth garée dans l'allée.

— Elle a plus de trois ans, protesta Kayla, ils ont acheté leurs voitures après la mort du père d'Elizabeth.

— J'imagine qu'ils ont également une piscine ?

— Oui, derrière la maison.

Pourquoi se sentait-elle obligée de défendre les Ruckles, tout à coup ?

— Allons voir s'il y a du monde.

Elle le suivit jusqu'à la porte d'entrée. Il sonna plusieurs fois, mais personne ne vint leur ouvrir.

— Ils n'ont pas de domestiques ?

Kayla ignora son sarcasme.

— Je n'en sais rien. Une femme de chambre, peut-être ?

— Faisons le tour.

Il partit à grandes enjambées à travers le gazon parfaitement tondu.

— Où vas-tu ? Ils sont probablement au motel.

— A moins qu'ils ne soient en train de bronzer au bord de leur piscine...

— Tu ne vas quand même pas entrer chez eux sans y être invité ?

Mais Lee fit la sourde oreille. En parvenant derrière la maison, des éclats de voix les arrêtèrent près du patio qui ceignait l'immense piscine. Un if qui avait grand besoin d'être taillé leur permit de profiter de la conversation sans être vus.

— Ne restons pas là, protesta Kayla à voix basse.

Le doigt sur la bouche, Lee lui intima le silence en lui faisant les gros yeux.

— Tu n'es qu'un pauvre idiot, hurlait Elizabeth, voilà où t'ont mené tes sales combines.

— La ferme !

C'était la première fois que Kayla entendait Jason s'exprimer aussi grossièrement.

— Ta fascination pour cette pimbêche va nous perdre. Hepplewhite n'est pas aussi stupide que tu le crois.

— Que veux-tu que je fasse ? Que je falsifie les comptes pour faire croire qu'elle payait sa chambre ?

— Parfaitement ! Que se passera-t-il si son mari se trouve un alibi ?

A sa voix pâteuse, Kayla comprit qu'elle avait bu.

— Tu n'as jamais cessé de l'aimer, gronda-t-elle.

— Tu le savais pertinemment quand tu m'as épousé, tu me disais que cela ne te faisait rien.

— J'étais une gamine complètement naïve.

— Et maintenant tu es une vieille alcoolique.

— C'est ta faute si je bois !

— C'est facile. Pour le moment, tu ferais mieux de ralentir ta consommation pour garder les idées claires si tu veux que notre histoire tienne debout. Alors, je recommence : nous étions amis tous les trois et nous avons dîné ensemble hier soir. Pour la chambre nous dirons que, malgré notre réticence, nous l'avons prêtée à Fay parce qu'elle avait un rendez-vous.

— Et tu t'imagines qu'ils vont te croire.

— Il le faut, Elizabeth.

— Remarque, c'est la vérité. Fay n'allait quand même pas se livrer à ses ébats sous les yeux de sa jolie petite fille.

Jason lui asséna deux gifles.

Lee avança d'un pas, suivi de Kayla qui aperçut alors le couple debout sur la terrasse. Malgré ses rides de quinquagénaire, Jason avait l'allure d'un jeune homme. Grand, mince et élégamment vêtu d'une chemise et d'un pantalon en lin blanc, il était l'incarnation même de la réussite sociale.

Elizabeth se frottait les joues. Sur le plateau de verre trempé de la table en rotin, un verre rempli d'un liquide ambré était posé à côté d'une bouteille de scotch.

— Je t'avais prévenue ! grommela Jason.

— Espèce de brute, gémit Elizabeth.

Il éleva la main de nouveau, mais Lee fut plus rapide que lui. Il bondit dans son dos et lui retint le bras.

— Vous ? Que faites-vous ici ?

Les yeux hagards de Jason allaient de Kayla à Lee.

— Vous devriez apprendre à contrôler vos réactions, lui dit Lee avec le plus grand calme, ce n'est pas joli de frapper votre femme.

— Vous n'avez pas le droit, sortez d'ici, ordonna Jason, c'est une propriété privée.

Elizabeth souleva son verre d'une main si tremblante qu'elle dut s'aider de l'autre pour le porter à ses lèvres livides. Elle portait un maillot de bain blanc deux pièces qui mettait en valeur sa peau bronzée. Ses longs cheveux noirs tombaient en boucles sur ses épaules. Malgré sa maigreur, c'était encore une belle femme.

— Tu vois ? Tu disais qu'ils l'avaient arrêté, dit-elle d'une toute petite voix.

— Pourquoi devrait-on m'arrêter, madame Ruckles ? Je ne partageais pas la chambre du motel avec Fay. Ce qui ne semble pas être votre cas…, dit-il en s'adressant à Jason.

Elizabeth partit d'un rire hystérique. Un peu du liquide brun sauta de son verre.

— Fay ne voulait plus de lui, dit-elle, il n'a pas assez d'argent, hein, mon chéri ?

— Je t'ai dit de la boucler.

— Pourquoi ? La vérité est la vérité. Tu l'as laissée faire ses saletés dans notre hôtel et maintenant elle est morte.

138

— Je te préviens, Elizabeth, si tu continues…

Il avança d'un pas menaçant vers sa femme, mais Lee lui barra le passage.

— Qui était son amant ? demanda-t-il à Elizabeth.

Le rire saccadé d'Elizabeth retentit.

— C'est bien là le problème.

Elle vida son verre.

— La police pense que c'est *vous* qui l'avez tuée, intervint Jason.

Il venait de contourner Lee pour se retrouver à côté de son épouse.

— Vraiment ? s'étonna Lee.

Les yeux de Jason luisaient de haine.

— Vous êtes son mari.

— Ex-mari. Je tiens à le rappeler. Et *vous* ? Vous avez un alibi ?

Kayla crut qu'elle allait hurler à cause du rire persistant d'Elizabeth. Sous leur vernis social, les Ruckles se révélaient être des monstres.

— Ce n'est pas moi qui me suis disputé en public avec elle hier soir.

— Exact, acquiesça Lee, mais m'avez-vous vu partir ensuite ? Savez-vous où je suis allé ?

Sa question, qui sous-entendait qu'il avait un alibi, laissa Jason perplexe. Elizabeth vacilla en clignant des yeux.

Déstabilisé, Jason ne dit rien pendant quelques secondes. Il regarda Kayla comme s'il attendait de la part de la jeune femme quelques explications. Mais ce fut peine perdue car elle se contenta de soutenir son regard sans broncher.

— Fichez le camp, finit-il par grommeler entre ses dents.

— J'ai encore une question avant, Ruckles, possédez-vous une 22 long rifle ?

Jason blêmit. Elizabeth recommença à rire. Alors il lui prit le verre des mains et le jeta sur la pelouse du patio.

Lee se tourna vers Elizabeth.

— Je vous conseille d'être prudente. Votre mari semble avoir un penchant pour la violence.

— Vous l'aurez cherché, intervint Jason hors de lui.

Il sortit son téléphone portable de sa poche et tapa frénétiquement les numéros.

— Lee, le pressa Kayla, nous ferions mieux de partir.

— Non, restez, buvez donc un verre, proposa Elizabeth.

— Carolyn ? C'est Jason Ruckles. Peux-tu me passer Hepplewhite ?

Lee prit le bras de Kayla et l'entraîna hors du patio. Kayla était soulagée. La scène à laquelle elle venait d'assister lui avait donné la nausée.

— Si ce n'est que nous avons constaté que ces gens étaient des malades, nous ne sommes pas beaucoup plus avancés.

Lee lui ouvrit la portière.

— Tu te trompes. Nous avons découvert qu'ils avaient chacun un mobile : la jalousie. Tu devrais être contente. La police aura d'autres suspects que ton frère à se mettre sous la dent.

L'évocation d'Alex fit frémir la jeune femme.

— Et maintenant ? Quel est le programme ?

— Je te ramène chez toi. Je vais récupérer ma voiture et acheter des vêtements. Mon petit doigt me dit que je n'ai pas intérêt à dormir au motel ce soir.

— Tu retournes à Washington ?

— Tu es déçue ?

— Ne prends pas tes désirs pour des réalités.

Il sourit, content de lui voir retrouver ses couleurs.

— Je pensais que tu aimerais parler avec Barney Trowbridge.

— L'homme de main ?

Kayla opina de la tête.

— Tu ne veux pas vérifier cette histoire de lettres pornographiques ?

Lee se demanda si elle désirait profiter plus longtemps de sa compagnie.

— Que sais-tu à propos de Trowbridge ? demanda-t-il.

— Pas grand-chose. Sauf qu'il a une manière de regarder les femmes qui met mal à l'aise. Et il fait des photos.

— Quel genre de photos ?

Kayla se tortilla sur son siège.

— Un peu de tout. Il se balade toujours avec son appareil. Il m'a proposé de photographier les demeures et les propriétés que je vends. Il m'a montré des clichés qu'il avait pris du Bide Awhile. Il est plutôt bon, mais l'idée de me retrouver seule avec lui ne me tentait pas. Je lui ai rétorqué que je n'avais pas les moyens d'engager quelqu'un pour le moment. Alors il m'a offert de développer mes films. Il disait que financièrement ce serait plus intéressant pour moi que de les envoyer au laboratoire.

— Parce que tu fais tes photos toi-même ?

— Oui, moi aussi j'ai un bon appareil, un vieux modèle mais qui fait de bons clichés. Ce n'est pas sorcier de prendre une maison. En général je fais mes photos en fin d'après-midi quand la lumière est rasante, l'effet est garanti.

— Et tu as donné suite à sa proposition pour le développement ?

Elle secoua négativement la tête avec une moue charmante.

— Tu sais où on peut le trouver ?

— Il occupe le logement de fonction derrière le bureau du motel.

— Il vit au motel ? Y a-t-il des clients en dehors des gens d'ici dans ce motel ?

— Fools Point n'est pas Washington, dit-elle d'un ton acerbe.

— J'avais remarqué, rassure-toi. Quand on arrive ici, on a plus l'impression d'atterrir en pleine campagne qu'en grande banlieue.

— C'est vrai que nous sommes entourés de champs et de bois, et nous aimons ça, dit-elle fièrement en levant le menton.

— Bon, bon, calme-toi. Je n'étais pas en train de me moquer de ta ville. Nous allons rendre une petite visite à Trowbridge quand j'aurai acheté de quoi me changer. Il y a un magasin de vêtements dans le coin ?

— Il y a une petite boutique de sportswear à Gaithersburg et une autre plus chic à Frederick. Nous sommes à égale distance des deux. Choisis.

— Je connais un peu le quartier de Gaithersburg. Pour te remercier de ton déjeuner, je t'invite à dîner, ce qui laissera aux enquêteurs un peu de temps pour terminer leurs investigations.

— Quand vas-tu aller voir la police ?

— Tout dépend de ma discussion avec Trowbridge.

— Le chef Hepplewhite va être hors de lui. Il n'est pas commode, tu sais.

— J'ai vu.

Lee en avait déjà fait les frais en voyant sa fille enlevée par les services sociaux. Mais garder les coudées libres était le seul moyen de faire progresser l'enquête.

142

— Et ton travail à Washington ?

Lee soupira. Comment expliquer à ses supérieurs l'imbroglio dans lequel il se trouvait ?

— Je téléphonerai après dîner. Je n'ai pas envie de me couper l'appétit.

Lee n'aurait su dire pourquoi à Fools Point il se sentait au bout du monde alors que la petite ville ne se trouvait qu'à une heure de Washington D.C.

Le trajet jusqu'au centre commercial prit au moins quinze minutes.

Dans le magasin, il choisit rapidement deux jeans, quatre chemises, des chaussettes et des sous-vêtements. Kayla le suivit sans donner son avis, mais il surprit son regard intéressé lorsqu'il essaya une des chemises gris clair.

— La couleur te plaît ? demanda-t-il d'un ton amusé.

Les joues de la jeune femme se colorèrent mais elle ne se démonta pas pour autant.

— Elle s'accorde parfaitement avec la couleur de tes yeux, je constate que tu sais mettre en valeur tes atouts naturels.

— Oh, serais-tu une spécialiste ?

— Spécialiste en quoi ? dit-elle sèchement.

— En hommes.

Elle détourna la tête pour masquer à la fois sa gêne et son agacement. Ses yeux tombèrent sur le panneau qui indiquait l'étage de la literie et du linge de maison.

— Tu as envie d'acheter des draps ? demanda-t-il.

— Des draps en satin ?

— Kayla ! s'exclama-t-il, tu ne cesses de m'étonner. D'abord tu me parles de torture, maintenant de draps en satin…

Se sentant concerné, le jeune caissier leva les yeux vers eux. Kayla s'éloigna vers le rayon des pulls. Il devinait son envie de l'envoyer au diable.

— Les draps sont à l'étage, annonça le caissier avec un franc sourire, mais je ne me souviens pas que nous ayons des draps de satin. Il paraît que les femmes trouvent cela excitant. Vous croyez que c'est vrai ?

Lee regarda le visage boutonneux du caissier en faisant de gros efforts pour garder son sérieux.

— Certaines oui.

— Ah bon ? Je vais essayer alors.

Lee laissa le garçon à ses rêves et rejoignit Kayla.

— Tout va bien ? demanda-t-il.

Devant son froncement de sourcils, il lui prit la taille.

— Je ne te taquinerais pas si tu ne mordais pas chaque fois à l'hameçon.

— Tu ferais mieux de surveiller ton hameçon, lui dit-elle d'un ton mielleux, ou tu risques un jour de te retrouver face à un barracuda.

Lee observa le balancement délibéré de ses hanches alors qu'elle se dirigeait vers la sortie la tête haute. Il se demanda si elle aimait vraiment dormir dans du satin.

Kayla s'arrêta brusquement en entrant sur le parking, le regard attiré par un groupe d'hommes qui montaient dans différentes voitures garées à l'écart des autres. Leurs gestes vifs et leur façon de jeter des regards autour d'eux auraient alerté n'importe quel policier.

Le premier véhicule était un rutilant 4x4 gris et bronze. Le chauffeur portait des lunettes de soleil.

— Bon sang… mais c'est ton frère !

Alex était assis sur le siège du passager. Même de profil, on ne pouvait pas se tromper. Pourtant la jeune femme nia l'évidence.

— Non, ce n'est pas lui.

Lee se précipita sur la portière de la voiture.

— Monte !

Il lança ses paquets sur la banquette arrière et tourna la clé de contact. Kayla comprit qu'il ne l'attendrait pas si elle ne se dépêchait pas de monter. Elle ouvrit la portière mais prit son temps pour s'installer. Lee étouffa un juron entre ses dents et avant même qu'elle ait claqué sa portière la voiture partit.

Son départ intempestif déclencha de toutes parts des coups de Klaxon de protestation. Il dut attendre le passage de deux véhicules pour se dégager. Puis ce furent les nombreux piétons qui allaient et venaient de leurs véhicules aux portes du centre commercial qui le ralentirent. Il manqua de peu le feu vert à la sortie du parking et s'immobilisa brusquement, ses doigts pianotant le volant avec impatience.

Quand il arriva dans l'avenue Montgomery Village, il comprit que toute poursuite était inutile. Le 4x4 était hors de vue.

— Donne-moi son adresse, Kayla.

— Non.

— Tu penses qu'il l'a tuée ?

— Non !

— Alors de quoi as-tu peur ?

Elle détourna les yeux sans répondre. Lee entra dans une station-service pour faire le plein d'essence. Tout en introduisant sa carte de crédit dans la pompe, il réfléchit au moyen de convaincre la jeune femme. Il était capable de comprendre qu'elle protège son frère, mais il en allait de sa vie à lui. Et de l'avenir de sa fille. Une pensée lui vint soudain. Qui allait annoncer à Meredith que sa mère était morte ?

Il profita de cet arrêt pour aller téléphoner d'une cabine. Il fallait qu'il prévienne ses supérieurs que son ex-femme avait été trouvée assassinée et qu'il devait rester sur place. Ensuite il appela sa sœur. Il résuma les faits en la priant de venir récupérer Meredith. A son grand soulagement, elle accepta immédiatement sans le presser de questions. Après avoir raccroché, il feuilleta l'annuaire en espérant y trouver le nom d'Alex Coughlin mais il n'y figurait pas. Fay n'avait pas noté les coordonnées d'Alex dans son répertoire, et les renseignements lui déclarèrent qu'ils n'avaient rien non plus.

Kayla l'avait sagement attendu dans la voiture.

— Tu as faim ? demanda-t-il gentiment.

— Non, pas vraiment.

— Moi j'ai l'estomac dans les talons.

Il choisit de s'arrêter dans un sympathique restaurant piano bar. Kayla n'étant pas d'humeur à faire la conversation, Lee écoutait le trio qui jouait un air de jazz en se remémorant tout ce qui s'était passé depuis qu'il avait mis les pieds à Fools Point, vingt-quatre heures auparavant. Jamais il n'aurait pu imaginer en arrivant ici quel cauchemar l'attendait.

Il poussa son assiette sur le côté. Son escalope de veau panée avait du mal à passer.

— Tu as terminé ? demanda-t-il.

— Oui.

Il appela le serveur pour demander l'addition.

Dehors il faisait nuit. La lune n'était pas encore levée.

— Où allons-nous ? demanda Kayla. Au motel ?

— Non, chez toi.

— Pendant que tu…

— Je préfère y aller seul.

146

Le trafic avait considérablement diminué.

Tout en conduisant, Lee posa la question qui l'avait taraudé tout l'après-midi.

— As-tu une idée de ce qui a pu arriver à la voiture de Fay ?

— Je suppose que la police l'a saisie pour y relever des empreintes ou des indices ? Pourquoi ?

— Pour rien. J'ai remarqué qu'elle n'était ni au motel ni chez elle.

C'est pourtant là qu'elle aurait dû se trouver puisque c'était lui qui l'y avait conduite…

Soudain Kayla poussa un cri :

— Lee ! Attention !

Devant eux, sur la route, trois daims venaient de surgir du sous-bois et fonçaient droit sur la voiture.

6.

Lee fit un écart pour éviter les animaux. Le véhicule qui venait en face eut moins de chance. Le chauffeur freina violemment. La voiture piqua du nez. Un daim atterrit sur le capot, s'écrasa contre le pare-brise et vola sur le toit.

Lee s'arrêta sur le bas-côté et se précipita vers l'autre véhicule, suivi par la jeune femme. Le conducteur était un grand jeune homme mince qui semblait en état de choc. La jeune femme assise à côté de lui était enceinte. Des plaintes douloureuses ponctuaient ses sanglots. Les airbags en se déployant avaient rempli la voiture d'une fine poudre blanche.

Kayla ouvrit la portière du passager. La femme continuait à gémir.

— Où avez-vous mal ?

Apparemment personne n'était blessé. Il n'y avait pas de trace de sang dans l'habitacle. Les airbags avaient bien rempli leur rôle. Le pare-brise était cassé mais les morceaux de verre avait été contenus.

— Le bébé, le bébé !

— Ma femme est en train d'accoucher, cria le jeune homme, nous étions sur le chemin de la maternité. Le bébé va naître !

Lee contourna la voiture pour rejoindre Kayla.

— Madame, essayez de me parler. Quel est son prénom ? demanda-t-il au chauffeur.

— Carla.

— O.K., Carla. Laissez-moi regarder où vous en êtes. Pouvez-vous retirer votre ceinture ?

Une camionnette s'arrêta à leur niveau.

— J'ai appelé les secours. Il y a des blessés ?

— Elle est en train d'accoucher, répondit Kayla.

L'homme hocha la tête.

— Si vous voulez, j'ai une couverture. J'appelle la police.

Kayla recula d'un pas, regardant Lee qui était en train de prendre la situation en mains. C'était une autre facette de son caractère qu'elle découvrait. Le côté professionnel. Calme, maître de lui-même, efficace.

— L'ambulance arrive, annonça le chauffeur du camion.

— Parfait, ne vous affolez pas, nous avons le temps, dit Lee à la femme.

— Mais elle a perdu les eaux, protesta le mari terrifié.

— Tout va bien, répondit calmement Lee, le travail progresse normalement. Tout laisse à penser que vous accoucherez sans problème, Carla. Vous avez de la chance.

— Qu'est devenu le daim ? demanda Carla à travers ses larmes.

Lee ne perdit pas son sang-froid.

— Les pauvres bêtes n'ont pas demandé leur reste. Tout le troupeau s'est enfui dans les bois.

Kayla regarda la tache sombre qui maculait la route. D'autres voitures s'étaient arrêtées pour voir le carnage. Le conducteur de la camionnette secoua négativement la tête quand il croisa le regard de Kayla, lui indiquant ainsi que le daim n'avait pas survécu.

La jeune femme acquiesça tristement. Les daims devenaient une menace sérieuse pour les automobilistes, mais qui aurait pu leur en vouloir ? La chasse et la destruction de certaines espèces de prédateurs avaient déséquilibré l'ordre écologique. Les humains commençaient à payer le prix de leurs erreurs. Heureusement l'accident n'avait pas fait de blessés !

Pendant que Lee continuait à parler à la jeune femme, Kayla resta avec le mari, essayant d'adopter le ton calme et rassurant du policier. En arrière-fond sonore on entendait hurler une sirène.

Le premier véhicule était une voiture de la police du comté. Tout en restant aux côtés de la femme, Lee exposa la situation. Le policier se tourna vers le mari pour le questionner. Lee attendit l'arrivée de l'ambulance. Entretemps de nombreux badauds s'étaient arrêtés. Certains avaient été témoins de l'accident, d'autres étaient là simplement par curiosité ou pour offrir leur aide. Dans la confusion, alors que les secours prenaient la jeune femme en charge, Kayla perdit Lee de vue. Quelques minutes plus tard, elle s'aperçut qu'il était parti. Il n'était pas retourné à sa voiture. Il s'était simplement évanoui dans la nuit.

Kayla allait être furieuse, mais il lui avait déjà causé assez d'ennuis. Il regrettait de l'avoir entraînée avec lui ce jour-là. Après avoir récupéré sa voiture, il avait l'intention d'aller au Bide Awhile pour bavarder avec Barney Trowbridge.

Il descendit du véhicule qui venait de stopper sur le parking du restaurant et remercia l'homme qui avait accepté de le conduire jusque-là.

Regardant partout alentour, Lee dut se rendre à l'évidence : sa voiture n'était plus là. Seuls des éclats de verre témoignaient de sa présence sur le parking ce matin-là.

Il ne put s'empêcher de faire le rapprochement avec la disparition de la voiture de Fay. Il l'avait laissée dans son allée avec les clés sur le contact. Drôle de coïncidence, même s'il était bien placé pour savoir que les vols de voitures étaient en augmentation dans la région de Washington. La police aurait effectivement pu la faire retirer pour l'examiner comme le présumait Kayla, mais il n'y avait aucune trace du passage de ses collègues au domicile de Fay. S'ils étaient venus, ils auraient emporté les écrits de Trowbridge et trouvé le médaillon.

Bien que le restaurant ait déjà fermé ses portes, il restait quelques voitures sur le parking. Lee hésita à en emprunter une. Il avait été trop longtemps au service de la loi pour la violer maintenant. Sa situation était déjà assez compliquée comme cela.

Sans voiture il était coincé. Il se sentait de plus en plus menacé. Qui la lui avait prise ? Hepplewhite ? A moins que ce ne soit celui qui en voulait à sa vie ?

Qui était ce mystérieux tireur qui l'avait poursuivi jusque dans la maison de Fay ?

Peut-être était-ce Alex qui cherchait à récupérer le médaillon ou Trowbridge qui voulait récupérer ses lettres ? Lee espérait bien que c'était ce dernier, mais il ne pouvait s'empêcher de s'interroger sur la signification de ce portrait au fond du médaillon que Kayla avait trouvé.

Pour rien au monde, il n'aurait voulu faire souffrir la jeune femme, mais il ne pouvait s'empêcher de se demander pourquoi Alex en savait autant sur les conditions du meurtre.

Lee éprouvait le besoin de jeter un nouveau coup d'œil au système de fermeture de la chambre du motel. S'il découvrait comment le meurtrier avait pu sortir de la chambre en fermant de l'intérieur, il aurait au moins la conscience tranquille. Mais il était déjà trop tard. La nuit allait tomber et il n'était pas question d'utiliser une torche électrique qui attirerait l'attention sur lui.

Il hésita à frapper à la porte du restaurant. Il aurait bien profité de sa présence ici pour échanger deux mots avec Matt concernant le cambriolage de sa voiture, ou tout au moins bavarder avec le personnel du restaurant à propos du dîner de la veille. Mais la perspective de rencontrer Jake Collins le fit renoncer à son idée. Cette fois, le propriétaire du restaurant n'hésiterait pas à prévenir la police.

En entendant un peu plus tôt son nom clamé sur l'autoradio de l'homme qui l'avait ramené à Fools Point, il avait eut un choc. L'assassinat de Fay était sur toutes les bouches. La police n'avait pas encore de suspect mais souhaitait parler avec l'époux de la victime, l'officier de police du D.C., Lee Garvey...

C'était la course contre la montre.

Il était tard et Lee n'en pouvait plus. S'il voulait voir Trowbridge et Alex, il avait besoin d'un moyen de locomotion. A part Kayla, il ne voyait pas qui pouvait le dépanner.

Perdu dans ses pensées, il retourna à pied chez Kayla. La jeune femme n'était pas rentrée. Il patienta une bonne quinzaine de minutes devant chez elle, pensant qu'elle avait dû être bloquée dans les embouteillages que l'accident avait occasionnés. Il s'en voulut d'être parti sans la prévenir, peut-être l'avait-elle cherché avant de prendre le volant ?

Au bout d'un moment, il décida de regarder à l'endroit où elle cachait les clés de sa maison. Il fouilla un petit instant et sa patience finit par être récompensée. Il les découvrit astucieusement dissimulées derrière une brique mobile dans le mur. Lee utilisa la clé de la porte de derrière.

Entourée sur trois côtés par les bois, la maison était isolée et peu éclairée par l'éclairage public. Autour de chez elle, à part la maison de Mary Lou située de l'autre côté de la rue, il n'y avait pas de bâtiment à moins d'une cinquantaine de mètres.

L'odeur des cookies au chocolat planait toujours dans la cuisine. Il ne résista pas à l'envie d'en prendre un dans l'assiette posée sur le comptoir. Afin de ne pas alerter les voisins, il n'alluma pas la lumière et se mit en quête d'une torche électrique en espérant trouver au passage un agenda ou un carnet d'adresses.

Comme il entrait dans la chambre, il entendit une clé tourner dans la serrure. S'agissait-il de Kayla, d'Alex ou… de quelqu'un d'autre ?

Lee se glissa dans le placard en laissant la porte entrebâillée. Il y eut des petits bruits indiquant la présence d'une personne dans l'appartement mais aucune lumière ne s'alluma.

La lumière du couloir jaillit brusquement. Lee retint sa respiration.

Sans éteindre le couloir, Kayla entra alors dans la chambre. Elle retira son chemisier et s'assit sur le lit pour ôter ses chaussures. Le cœur de Lee se mit à battre dans sa poitrine. D'un geste rapide, elle déboutonna son pantalon qu'elle fit glisser le long de ses jambes magnifiques, puis elle enleva son soutien-gorge et sa culotte.

Le souffle coupé, Lee avait bien conscience du fait qu'il aurait dû fermer les yeux, mais il était fasciné de découvrir en une seule fois tous les trésors que les vêtements de la jeune femme cachaient : sa peau nacrée, les bouts rosés de ses seins et autre chose qu'il n'aurait pas dû voir mais qui avait éveillé chez lui un désir inextinguible. Après les émois que leurs petits flirts de la journée avaient déclenchés, cette vision était à la fois un régal pour ses yeux et un supplice pour ses sens.

Sa réaction était aussi démesurée qu'inattendue. Après l'échec de son union avec Fay, les occasions d'aventures n'avaient pas manqué, les femmes l'ayant toujours trouvé séduisant, mais lui, échaudé par son premier mariage, était resté sur ses gardes. Fay avait laissé derrière elle un champ de ruines. Si elle avait su à quel point son cœur était dévasté, elle s'en serait délectée.

Kayla était la première à le bouleverser, à ranimer en lui une flamme qu'il croyait éteinte pour longtemps encore.

Dans la pénombre de la chambre, la jeune femme rassembla ses vêtements au pied du lit, les lignes harmonieuses de son corps nu soulignées par la lumière du couloir.

Lee s'en voulut de ne pas avoir manifesté sa présence plus tôt. Kayla Coughlin ne lui pardonnerait jamais de l'avoir épiée comme un vulgaire voyeur.

Dire qu'il éprouvait autant de désir pour une femme qui ne l'aimait pas !

Kayla prit une chemise de nuit dans le tiroir de sa commode et revint sur ses pas, droit vers lui. Lee se pétrifia, s'attendant au pire. Elle passa à quelques centimètres de son placard et disparut dans le couloir. Il expira profondément.

La porte de la salle de bains s'ouvrit. L'eau commença à couler. Il attendit d'être sûr qu'elle était sous la douche pour sortir de sa cachette.

Lee hésita. Il pouvait attendre sur le palier qu'elle ait terminé pour frapper et faire mine d'arriver. Mais l'odeur du savon raviva son désir. Il se prit à imaginer la mousse qui coulait le long de ses courbes.

Il se força à revenir sur terre. Il n'avait que quelques minutes pour trouver les coordonnées d'Alex. A pas de loup, il sortit de sa cachette et chercha sur la table de nuit.

Mais il ne découvrit qu'un petit agenda où elle avait noté quelques rendez-vous pour des dîners. Avec qui ? Un homme ? Aucun nom n'était mentionné. Après tout, une jolie femme célibataire comme Kayla était libre de sortir avec qui elle voulait. Pourquoi en aurait-il été chagriné ? Etait-ce de la jalousie ? Il haussa les épaules et reposa l'agenda.

Au même instant l'eau cessa de couler dans la douche. Lee contourna le lit pour se sauver dans le couloir quand il entendit la jeune femme tirer le rideau. La porte de la salle de bains étant restée grande ouverte, elle risquait fort de le voir surgir de sa chambre. Que ferait-elle alors ? Et comment réagirait-elle en se voyant surprise dans sa nudité ? D'une manière ou d'une autre, il était piégé.

Il n'eut guère d'autre choix que d'allumer la lampe de chevet pour l'avertir de sa présence. Il s'adossa au mur en essayant de ne pas poser les yeux sur les vêtements entassés au pied du lit.

En l'apercevant, Kayla s'immobilisa sur le pas de la porte et fronça les sourcils. Les pieds nus, une serviette blanche nouée autour de ses cheveux, elle portait une chemise de nuit en coton qui lui arrivait aux genoux et avait l'air d'une toute jeune fille. Jamais Lee n'aurait supposé que le coton naturel pût être aussi sexy.

— Désolé, dit-il gentiment, je ne voulais pas t'effrayer. J'ai hésité à te téléphoner, puis je me suis dit qu'il valait mieux venir directement.

156

— Décidément, tu vas finir par me rendre cardiaque. Et pourquoi as-tu disparu ainsi sans crier gare ?

Il lui tendit le double de ses clés.

— Tu ne devrais pas laisser tes clés dehors, Kayla, c'est trop dangereux. N'importe qui pourrait les trouver.

— Oh, je vois. Donne-moi cela !

Furibonde, elle avança vers lui. Ses seins pointèrent sous la chemise de coton fin. Lee se força à garder les yeux à hauteur de son visage.

— Je te renouvelle mes excuses. Je suis parti parce que je craignais que la police ne nous surprenne ensemble. Je ne voulais pas te compromettre.

Elle attrapa les clés et son geste fit glisser sa serviette. Elle la repoussa d'une main distraite.

— Tu aurais pu me prévenir. Je t'ai cherché partout.

— Désolé.

— Pourquoi es-tu revenu ici ?

— Je voulais reprendre ma voiture, mais elle a disparu.

— Disparu ? On te l'a volée ?

Kayla tomba assise sur le bout du lit. Cette fois la serviette se dénoua complètement. L'odeur du shampooing emplit la chambre. Ses cheveux mouillés relevés vers l'arrière dégageaient son visage qui apparut dans toute sa beauté. Son teint naturel, ses traits délicats et son cou élancé lui donnaient la grâce d'un lys.

— Ecoute, Kayla, j'ai besoin d'emprunter ta voiture.

— Tu sais l'heure qu'il est ?

Il était tard, il le savait.

Et il avait envie d'elle à en mourir.

— Tu es trop fatigué pour continuer ce soir. Il faut que tu dormes.

Elle avait cette expression déterminée qui commençait à lui être familière.

— Tu peux jouer au détective demain matin. Tu n'as qu'à dormir ici.

— Tu me proposes de dormir avec toi ?

— *Chez* moi, pas *avec* moi. Tu n'as qu'à ouvrir le canapé qui est dans le séjour.

Etant donné les idées qui lui trottaient dans la tête depuis une demi-heure, il savait que cette intimité frustrante ne ferait qu'ajouter à sa torture.

— J'apprécie ta proposition mais je ne puis accepter, Kayla.

— Où iras-tu dormir sinon ? Chez toi ? La police doit t'y attendre de pied ferme.

— Je dois aller interroger Trowbridge.

Elle tourna énergiquement la tête de gauche à droite.

— Pas ce soir. Demain. Allez, va te coucher, je suis fatiguée, moi aussi.

Il étudia son visage et, pour la première fois, remarqua ses traits tirés.

— Il n'en est pas question, je ne passerai pas la nuit dans ton appartement. As-tu entendu les informations ?

— Oui, j'ai écouté la radio dans la voiture. Tu es recherché, Lee. Quand je ne t'ai plus vu là-bas, j'ai cru que tu avais été arrêté.

L'expression fugace dans son regard lui dit qu'elle s'était inquiétée. Eprouvait-elle un peu plus d'estime pour lui, à présent ? Il n'osa pas lui poser la question.

— Comment es-tu revenu à Fools Point ? poursuivit-elle.

— J'ai fait du stop.

— C'est ce j'ai compris après un moment. J'ai même dit à la police que j'étais seule et que je ne connaissais pas l'homme qui s'était arrêté pour porter secours aux blessés.

— Bon réflexe. Merci.

— Je t'en prie. Maintenant, je peux prétendre que tu as une dette envers moi, Lee Garvey.

Elle se leva et reprit d'un ton plus ferme.

— Je suis trop fatiguée pour me faire du souci pour toi toute la nuit. Tu vas te coucher dans ce canapé. Demain matin nous nous lèverons de bonne heure et après un solide petit déjeuner, nous aviserons.

Lee avança vers elle, l'air bouleversé.

— Tu te fais du souci pour moi ? demanda-t-il doucement.

Elle fixa le bouton de la chemise de Lee.

— Je suis anxieuse de nature. Je me suis inquiétée aussi pour cette pauvre femme enceinte.

Il lui prit le menton entre le pouce et l'index pour l'obliger à lever les yeux vers les siens. Kayla tressaillit. Jamais il n'aurait dû la toucher de nouveau.

— Actuellement elle doit être en train de donner la tétée à son bébé.

Ces mots firent apparaître une image à laquelle se superposa celle de Kayla, celle d'une jolie maman, incroyablement séduisante, celle qui restait gravée dans son esprit, le corps nu partant vers la douche, une vision qui ne s'effacerait pas avant longtemps.

— Il y a belle lurette que personne ne s'en est fait pour moi, Kayla.

— Ne te mets pas martel en tête.

Sa voix était hésitante. Dans la confusion qu'il lisait sur son visage, il détecta un éclair de désir. Il était rassuré de savoir que le sien était partagé.

— Tu me frapperas si je t'embrasse encore ?

— Probablement.

— J'ai envie de prendre le risque.

Il se pencha vers elle, lentement, pour lui laisser le temps de s'esquiver. Mais au contraire elle releva le menton. Il crut qu'il allait dévorer sa bouche avec la passion qu'il avait du mal à contenir, mais étrangement ses lèvres trouvèrent les siennes avec une tendresse inouïe. Les mains de la jeune femme vinrent lui enlacer la nuque, jouant dans ses cheveux pour attirer sa tête plus près de la sienne.

La fièvre avec laquelle elle répondit à son baiser embrasa le corps de Lee. Son corps tiède s'était lové contre le sien, et à travers le fin coton qui les séparait, il sentait les palpitations rapides du cœur de la jeune femme.

Les lèvres de Kayla s'entrouvrirent doucement, permettant à sa langue de venir taquiner la douce chaleur de la sienne. Lee entendit un gémissement et il sut que c'était le sien.

Il voulait lui faire l'amour. L'urgence de son désir provoqua chez lui un spasme douloureux.

— Kayla, dit-il d'une voix troublée, si nous n'arrêtons pas immédiatement, je vais t'allonger sur ton lit et te prendre tout de suite. C'est ce que tu veux ?

— Non, je crois que ce ne serait pas une bonne idée.

La passion et l'incertitude voilaient les yeux de la jeune femme. Son embarras le rassura. Elle était aussi émue que lui. Il attira sa tête contre son torse, caressant son dos pendant qu'il déposait des baisers légers sur ses cheveux mouillés.

— Tu me tues. Je n'aurais pas dû t'embrasser.

Cette fois, quand elle leva les yeux, il y avait de l'irritation dans son regard.

— Cesse de t'excuser. Je t'ai embrassé moi aussi.

Elle recula d'un pas, ce qui provoqua un joli mouvement de sa chemise autour de ses cuisses. Lee résista à la tentation en regardant le plafond.

— As-tu des draps pour ce canapé ? demanda-t-il.

— Je vais les chercher.

— Dis-moi où ils sont.

— Dans l'armoire à linge à côté de la salle de bains.

La note fragile dans son ton lui fit tourner la tête.

— Je n'ai pas désiré une femme depuis si longtemps, Kayla. J'ai trop envie de toi. Si je continue à t'embrasser, je ne résisterai pas.

Les yeux de Kayla se plissèrent.

— Tu as raison. Il vaut mieux arrêter.

— Ce n'est pas ce que je voulais dire…

— Va te coucher, Lee. Je suis incapable de dire ce que je ressens pour le moment.

— Hé…

Il se précipita vers elle mais sans la prendre dans ses bras.

— Si la situation avait été différente…

— Si la situation avait été différente, tu ne serais pas ici. Nous le savons tous les deux. Mais au point où nous en sommes, j'ai une faveur à te demander.

— Laquelle ?

— Ne te sauve plus sans prévenir.

Le regard trouble de la jeune femme renforça sa culpabilité. Car partir de chez elle en lui subtilisant les clés de sa voiture était exactement ce qu'il avait prévu.

— Tu me connais bien, on dirait.

161

— Tu me le promets ?

— Je ne peux pas, Kayla.

— S'il te plaît.

Il était au supplice. Il aurait aimé la prendre dans ses bras pour la réconforter, mais Kayla n'était pas une enfant. Elle pouvait comprendre que s'il partait c'était aussi pour son bien.

— Si tu ne restes pas pour moi, fais-le pour Meredith.

Sa requête lui noua la gorge. Sa fille n'avait pas quitté ses pensées de la journée, mais il n'avait pas envie d'évoquer son nom maintenant.

— Tu n'en peux plus, poursuivit Kayla. Aucun de nous n'est capable de réflexions sensées à présent. Promets-moi de rester jusqu'à demain matin.

Lee passa une main nerveuse dans ses cheveux. Il devait reconnaître qu'elle avait raison. Il était trop épuisé pour faire du bon travail maintenant. Mais il avait eu tort de remettre les pieds chez elle.

— Tu as gagné, Kayla, je reste.

Il se dirigea vers le couloir et s'arrêta sur le pas de la porte.

— Mais j'aurai toujours envie de toi demain matin et je doute que nous passions une bonne nuit tous les deux.

Pourtant, il s'endormit rapidement dans le canapé ouvert. Ses cheveux noirs en bataille tombaient sur son front. Le sommeil détendait ses traits, ce qui le rajeunissait d'une manière touchante. Il semblait apaisé, tranquille. La ride soucieuse qui creusait son front et les petits plis au coin de sa bouche avaient disparu. Sa tête reposait sur un des oreillers de plume et le drap découvrait son torse nu, révélant les muscles de ses pectoraux.

Kayla resta à le regarder, résistant à l'envie de retirer le drap pour le toucher, de voir ses yeux s'ouvrir pour retrouver cette flamme de désir qui avait animé son regard la veille au soir. Se sentir désirée par cet homme l'excitait et l'effrayait en même temps.

Leur attraction réciproque ne datait pas d'aujourd'hui. Elle avait toujours existé, même si la jeune femme avait feint de l'ignorer. Tout était plus simple à l'époque où Lee était le mari de Fay.

Il était toujours policier. Elle avait besoin de se le rappeler pour ne pas tomber amoureuse de lui. Ils s'étaient retrouvés embarqués dans une histoire abracadabrante qui en faisait des complices malgré eux. Lee avait avoué qu'il n'avait pas touché une femme depuis longtemps, et de son côté, elle ne se souvenait pas de la dernière fois où un homme l'avait attirée. Cette bouffée d'émotions qui les submergeait était purement sexuelle. Dès qu'ils auraient retrouvé un rythme normal, Lee l'oublierait aussi vite qu'il s'était enflammé.

Elle s'habilla rapidement d'un short beige et d'un vieux T-shirt. Il aurait fallu beaucoup d'imagination pour trouver cette tenue sexy. Elle rassembla ses cheveux dans une queue-de-cheval et décida de ne pas se maquiller. Elle n'avait pas de rendez-vous à l'extérieur ce jour-là, donc aucune raison de se faire belle.

Comme elle préparait le petit déjeuner dans la cuisine, elle vit que la lumière de son répondeur téléphonique clignotait. Neuf appels étaient signalés, mais les écouter maintenant risquait de réveiller Lee. Il devait y avoir des messages de son frère. Elle n'avait pas envie de le rappeler maintenant. Le chef Hepplewhite aussi avait dû se manifester. Elle se

mordit la lèvre en imaginant les conséquences de son esca-
pade avec Lee.

— Bonjour.

La voix de Lee la tira de ses pensées. Il était sur le pas
de la porte, torse nu dans son jean qui moulait ses longues
jambes musclées. La barbe de la nuit ombrait ses joues. Le
cœur de la jeune femme se mit à battre frénétiquement.

— Bonjour, lança-t-elle simplement sans rien montrer de
son trouble.

Elle se replongea dans la confection de son crumble.

— Je peux prendre une douche ?

— Bien sûr, fais comme chez toi. Tu sais où sont rangées
les serviettes de toilette. Ton sac de vêtements neufs est…

— Je l'ai trouvé, merci.

Elle n'avait pas remarqué qu'il tenait le sac à la main. La
légère incurvation de ses lèvres indiqua qu'il savait exactement ce à quoi elle pensait.

— J'ai toujours envie de toi, Kayla.

La bouche de la jeune femme devint sèche. Combien de
temps lui résisterait-elle ?

Il disparut dans la salle de bains.

Elle émietta le mélange de beurre, de farine et de sucre
sur les pommes et mit le plat au four avant de se rendre dans
le séjour. Lee avait replié le canapé et tout remis en ordre,
ne laissant aucune trace de son passage.

— C'est exactement comme cela qu'il te laissera, se dit-
elle à mi-voix, dès qu'il aura couché avec toi, il disparaîtra
comme si rien ne s'était passé, t'abandonnant avec tes regrets
et ta culpabilité. Tu sais bien que les brèves aventures ne te
réussissent pas.

164

Mais les sermons arrivaient trop tard. Elle était déjà amoureuse de Lee, et si elle se laissait aller à combler son désir, la séparation lui ferait encore plus de mal.

Des coups frappés à la porte la firent sursauter. Elle n'eut pas le temps de réagir qu'Alex était dans la pièce. Son expression préoccupée se mua en colère quand il constata la présence de la jeune femme.

— Où étais-tu passée ? Je t'ai laissé quinze messages.

— Neuf, pas plus, et je n'ai pas encore consulté mon répondeur.

— Où est Garvey ?

— Alex…

— Les flics le cherchent. Hepplewhite est en colère après toi.

— Je m'en doute.

— Ils pensent qu'il a tué Fay.

— C'est faux !

— Qu'en sais-tu ? Hier soir il l'a menacée devant dix personnes sur le parking du restaurant.

La jeune femme sentit la moutarde lui monter au nez.

— Et alors ? Cela ne fait pas de lui un meurtrier. Regarde, nous sommes bien en train de nous disputer, non ?

Alex lâcha un juron et se mit à arpenter le salon.

— Que fabriques-tu avec ce type ? C'est un flic, Kayla, rien qu'un sale flic, tout ce tu hais depuis ton enfance.

— Je sais, mais il n'a pas tué Fay.

— Bon sang ! pesta-t-il, prends ton sac, je t'emmène au poste et tu raconteras tout cela à Hepplewhite, sinon c'est toi qui vas avoir des ennuis.

A ces mots, Kayla vit rouge.

— Je me demande bien pourquoi tu t'intéresses tant à moi, brusquement, Alex. En quoi cette histoire te concerne-t-elle ? Tu avais une liaison avec Fay ?

L'expression de son frère passa de la surprise à la douleur, puis à la fureur.

— Je suppose que je dois remercier Garvey pour cette accusation ?

Elle secoua la tête.

— Pas du tout ! J'ai trouvé ton portrait dans un de ses médaillons.

— Quel portrait ? Quel médaillon ?

Alex pivota sur ses talons.

— Qu'est-ce que c'est que cette invention ? Tu penses que j'ai tué Fay ?

L'émotion brouillait le regard de son frère.

— Non, bien sûr. Mais ils vont enquêter sur toutes les personnes qui étaient liées à Fay. Ce médaillon prouve que tu faisais partie de ses proches.

— Tu crois que j'avais une liaison avec elle ?

— Elle n'a jamais caché l'attirance qu'elle éprouvait pour toi. Elle m'a posé un tas de questions à ton sujet.

Soudain, Alex se raidit. Son visage se ferma et prit une expression dure, étrange.

— Quelles questions ? Que lui as-tu dit ?

— Que pouvais-je lui dire ? Je ne sais rien de toi. Tu es d'accord ?

L'espace d'un instant, elle perçut le sentiment de culpabilité qui le minait. Mais sa mauvaise humeur reprit le dessus.

— Tu es ma sœur, pas ma mère, s'écria-t-il, tu n'as pas de leçons à me donner. Et pour quelqu'un qui m'a appris à me méfier des flics, je ne te félicite pas. Dire que tu défends

Garvey. Faut-il te rafraîchir la mémoire ? As-tu oublié ce qui est arrivé à papa ?

Le moment était mal choisi pour rappeler le terrible épisode qui avait marqué leur enfance à jamais. Kayla regarda son frère droit dans les yeux.

— Non, je n'ai pas oublié, et je ne t'ai pas attendu pour me le rappeler.

— Quand je pense que c'est un de ces sales flics, complètement ivre, qui l'a tué en vidant son chargeur sur lui alors qu'il était juste en train de chercher son portefeuille...

— Arrête !

— ... Et que son collègue a fait un faux témoignage pour que l'assassin de notre père soit innocenté !

— Alex, je t'ai dit d'arrêter.

— Où sont passées tes convictions ? Toi qui clamais à cor et à cri que les flics étaient des brutes sans morale qui n'avaient que faire de la loi et de la justice.

— Alex ! Cela suffit !

— Et le jour du procès, lorsque...

— As-tu compris ce qu'a demandé ta sœur ?

Lee avait rejoint la jeune femme. Il en avait entendu assez. Il essuya les restes de mousse à raser sur son visage avec la serviette posée sur ses épaules.

La première seconde de stupeur passée, Alex enregistra la scène qui se déroulait sous ses yeux. Lee, sortant de la salle de bains, les cheveux mouillés, les pieds nus, son bras passé autour des épaules de Kayla.

— J'ai compris, tu couches avec lui.

Lee avança d'un pas, prêt à lui envoyer son poing dans la joue droite, histoire de rétablir l'équilibre avec l'ecchymose qu'il avait déjà sur la joue gauche, mais Kayla lui attrapa le bras.

167

— Non, Lee. Ne te mêle pas de cela.

Lee jeta un regard à la jeune femme et renonça à frapper… Pour elle, même si son frère lui était profondément antipathique.

Alex marmonna des injures. Une lueur mauvaise animait son regard.

— Ils ne vont pas tarder à l'épingler, Kayla. Tu verras, quand ils auront retrouvé son arme, il fera moins le fier.

Sa mâchoire se crispa sur un rictus.

— Tu voulais parler ?

— Oui, tu as un peu trop d'informations pour un voyou de ton espèce, Coughlin. Tu sais des choses que seul un policier ou une personne restée dans la chambre peut connaître.

Alex recula d'un pas en fermant les poings. Lee lâcha l'épaule de Kayla, prêt à parer l'attaque, mais curieusement, le voyou ne bougea pas.

— Je veux seulement t'avertir, Garvey. Si tu entraînes ma sœur dans cette enquête, je te mets en pièces.

— C'est quand tu veux, mon vieux.

— Je suis déjà impliquée, Alex, intervint Kayla. Fay était ma meilleure amie, souviens-toi. Lee ne l'a pas tuée. Il a passé la nuit ici avec moi.

Lee essaya de cacher son étonnement, même si Alex, bouche bée, n'avait rien remarqué.

Le frère de Kayla, hors de lui, baissa la tête comme un taureau prêt à foncer sur eux. Puis en fulminant, il pivota sur lui-même et fit le tour de la pièce, la tête dans les mains.

— Tu te rends compte de ce que tu es en train de dire ?

— Oui, répondit-elle sans hésitation.

Elle évita de croiser le regard de Lee.

— Kayla, merci, mais je n'ai pas besoin que tu voles à mon secours, dit doucement le policier.

168

Au fond de lui, il était touché. Personne ne l'avait jamais défendu comme venait de le faire la jeune femme. Elle l'avait fait avec autant d'acharnement que la veille lorsqu'il s'agissait de protéger ce frère qui le menaçait aujourd'hui.

Alex se rua comme un lion en furie vers la porte d'entrée. Avant de sortir, il se tourna vers Lee.

— Toi, je te retrouverai, maugréa-t-il.

— Je te le répète : c'est quand tu veux.

Alex hocha la tête.

— Tu as quinze minutes devant toi avant l'arrivée de Hepplewhite.

Il s'adressa à sa sœur.

— Toi, je te parlerai plus tard.

Il ouvrit la porte en grand et se lança dans l'escalier. Lee attendit le claquement de la porte du rez-de-chaussée avant de se tourner vers Kayla qui venait d'éclater en sanglots.

Une boule se forma dans la gorge du policier.

— Je suis désolé, Kayla.

Il embrassa sa joue baignée de larmes, mais elle s'écarta en s'essuyant le visage.

— J'entends la sonnette du four, dit-elle, le crumble est prêt.

Elle se libéra et tourna les talons, le laissant seul dans la pièce avec ses interrogations. S'il avait été habillé, il aurait poursuivi Alex dans l'escalier, pour en savoir plus, quitte à utiliser la manière forte.

Un peu plus tard, Kayla le croisa dans le couloir, complètement habillé. Elle jeta un coup d'œil au sac qu'il tenait à la main.

— Le petit déjeuner est prêt.

On n'aurait jamais dit qu'elle avait pleuré quelques minutes auparavant. Ses yeux étaient secs et ses joues avaient retrouvé leur teint de pêche habituel.

— Assieds-toi et mange. Tu es toujours sous ma responsabilité.

— Kayla…

— Il faut que nous parlions, Lee. Pour le bien de Meredith au moins si ce n'est pas pour le tien.

— Laisse Meredith en dehors de tout cela.

— Je ne peux pas. Elle a déjà perdu sa mère. Il ne lui reste plus que toi. J'espère que tu n'as pas l'intention de t'enfuir.

— Non, pas du tout. J'ai encore des personnes à voir.

— Très bien, assieds-toi. Nous irons leur parler après le petit déjeuner. Mon frère n'ira pas à la police. Il a dit cela pour que tu partes.

— Et si tu te trompes ?

— Je te fournirai un alibi pour la nuit du meurtre.

— Non ! Tu ne sais pas ce qui s'est passé cette nuit-là.

— Je sais que tu ne l'as pas tuée.

La voix de la jeune femme était sincère.

Il regarda son visage décidé.

— Même dans ces circonstances, j'ai envie de t'embrasser.

Elle retourna dans la cuisine sans vérifier s'il la suivait. Après une seconde d'indécision, il lança le sac sur le canapé et la rejoignit.

— Pourquoi as-tu dit à ton frère que j'avais passé la nuit avec toi ?

— Pour qu'il cesse de t'accuser !

Elle prit la cafetière fumante.

— Et comme il croyait déjà que nous étions amants, c'était tout à fait plausible.

170

— Je suis désolé.

Elle secoua la tête.

— Pas la peine de t'excuser. Je t'ai déjà dit que j'étais une grande fille. Alors, cesse de t'excuser à tout bout de champ.

Elle prit place en face de lui.

— Allez, mange.

Lee avait l'impression que les dernières soixante-douze heures qu'il venait de passer étaient un cauchemar et qu'il allait bientôt se réveiller dans son lit. Si c'était le cas, il fallait que ce soit tout de suite. Il commençait à perdre les pédales.

— Je ne veux pas m'interposer entre ton frère et toi, Kayla.

— Ne t'en fais pas. Il s'en remettra.

Lee n'était pas de cet avis.

— Parle-moi de ton père.

Elle reposa sa fourchette sur son assiette.

— Un policier l'a arrêté un soir parce que le feu arrière de sa voiture ne fonctionnait pas. Une bijouterie avait été braquée le soir même à Frederick et les bandits s'étaient enfuis dans une voiture qui n'avait plus de feu arrière. Le problème c'est que ce policier était ivre. La discussion s'est envenimée. Une autre voiture de police est venue à la rescousse. Les deux policiers ont prétendu que mon père avait mis la main dans la poche intérieure de sa veste comme pour chercher une arme et le premier policier lui a tiré dessus dans la rue. Mais papa cherchait tout simplement son portefeuille pour leur montrer ses papiers d'identité.

Lee sentit une contracture du côté de l'estomac. Il reposa aussi sa fourchette. Il n'avait plus faim. La douleur dans les yeux de la jeune femme était trop dure à supporter.

— Il avait vingt dollars dans son portefeuille et la police a maintenu que c'était lui qui avait dévalisé la bijouterie et tiré sur les employés. Un vendeur est mort des suites de ses blessures. Les autres s'en sont remis, mais aucun n'a été en mesure d'identifier mon père et sa voiture.

La voix de la jeune femme s'altéra.

— Papa avait un pistolet à amorce dans sa voiture. Ils ont dit qu'il s'en était servi pour menacer le personnel pendant qu'il prenait la caisse et que c'était son complice qui avait tiré. J'ai eu beau leur expliquer que ce jouet appartenait à mon frère et que mon père l'avait ramassé dans l'allée le matin en partant travailler, ils n'ont rien voulu savoir. Non seulement ils ont assassiné mon père, mais en plus il n'a jamais été innocenté. Il fallait qu'il soit coupable pour justifier la bavure de ce policier.

— Quel âge avais-tu ?

— Quatorze ans. Je n'étais plus un bébé et je n'étais pas stupide. Papa avait été licencié le mois précédent. Nous ne roulions pas sur l'or mais n'étions pas désespérés. Il aurait retrouvé du travail. Tous les jours il sortait pour chercher un emploi. Mais la police et la presse locale ont fait de lui un gangster. A cause de toute cette affaire étalée à la une des journaux, notre mère a été renvoyée de son poste d'employée de banque. Sa vie entière a été brisée à cause d'un flic incapable de reconnaître son erreur.

Lee ferma les yeux pour ne plus voir son regard mais les mots continuaient à marteler son cœur.

— Les enfants du vendeur qui avait été tué fréquentaient la même école que moi. Un soir, en sortant de l'école, le fils aîné et trois de ses copains m'ont coincée près du lac. Heureusement, Fay et Elizabeth empruntaient le même trajet. Lonny était beaucoup plus grand qu'elle mais Fay s'est interposée au milieu de la bande et les a chassés. Ils ne m'ont plus jamais rien dit.

— Je comprends tout maintenant.

La loyauté de Kayla envers Fay et son aversion pour la police prenaient tout leur sens. Même l'agressivité d'Alex s'expliquait.

— Je ne peux qu'être révolté par ce qui vous est arrivé, Kayla. Les policiers sont comme tous les humains, il y en a des bons et des mauvais. La plupart d'entre nous prennent leur mission au sérieux. Nous n'aimons pas mentir pour couvrir nos collègues comme tu le penses.

La jeune femme ne répondit rien, mais son regard lui dit que sa déclaration ne l'avait pas convaincue.

— C'est pour cette raison que tu as menti à ton frère à propos de moi ? Pour protéger une innocente victime des accusations de la police ?

— Non, je n'ai fait que lui confirmer ce que tu lui as fait croire. Et je tiendrai le même discours à la police.

— Je ne suis pas d'accord. Je nierai si tu fais cela.

— As-tu envie que Meredith grandisse dans une famille d'accueil ?

— Non.

Il se leva brusquement, prit son assiette à laquelle il avait à peine touché et la posa dans l'évier.

— Je t'emprunte ta voiture.

— Avec chauffeur.

— Pas question.

— C'est à prendre ou à laisser.

— Tu es vraiment têtue, dit-il en soupirant.

*
**

— Tu m'attendras dans la voiture pendant que je parle avec Trowbridge.

— Lee, regarde.

Le parking était vide et malgré tout l'enseigne de l'établissement affichait complet.

— La police a fait fermer le motel ? demanda Kayla.

Lee se gara devant la réception. Un panneau accroché à la fenêtre annonçait effectivement que le motel était fermé. Il n'y avait aucun signe de vie dans le complexe.

Kayla haussa les épaules, perplexe.

— C'est bizarre.

— Où est l'appartement de Trowbridge ?

— Il a une entrée privée. Je vais te montrer.

— Non. Dis-moi seulement où c'est.

Mais Kayla avait déjà ouvert sa portière et commençait à descendre une allée étroite qui séparait deux corps de bâtiments. Le temps que Lee la rattrape, elle était en train de frapper à une porte sur laquelle était accrochée l'inscription « Privé ».

— S'il te plaît, veux-tu bien retourner dans la voiture ?

— Il n'a pas l'air d'être là.

Avec un froncement de sourcils, Lee tambourina plus fort en appelant, mais sans succès. Il tourna la poignée de la porte et se rendit compte que celle-ci n'était pas fermée à clé.

— Que fais-tu ? s'écria Kayla. Nous ne pouvons pas entrer.

— Non, *nous* ne pouvons pas, mais moi je peux. As-tu toujours les gants en latex dans ton sac ?

— Lee ! Tu te mets dans ton tort. C'est une effraction.

Il sourit.

— Une perquisition sans mandat, corrigea-t-il, retourne à la voiture, je veux juste jeter un coup d'œil.

174

— Je viens avec toi.

— Kayla...

Ils perdaient du temps.

— Bon, je reste pour faire le guet, dans ce cas.

L'odeur âcre de transpiration mêlée à celle de la bière lui fit plisser le nez dès qu'il entra dans la pièce où régnait un grand désordre. Ce n'étaient que vieux journaux, assiettes sales, canettes de bière vides, meubles abîmés. Par contre, au beau milieu de ce capharnaüm, le téléviseur et le lecteur DVD semblaient neufs.

Lee progressa avec précaution dans le petit appartement, cherchant des yeux ce qui pourrait le renseigner sur le maître du lieu.

Une odeur forte de produit chimique l'attira vers la pièce du fond entièrement aménagée en laboratoire photo. De nombreux professionnels auraient envié le matériel entassé là. Il y avait des appareils coûteux, mais aussi une quantité d'objectifs de pointe.

— Oh mon Dieu ! dit la voix de Kayla.

— Kayla ! Je t'avais dit de rester dehors.

La jeune femme se tenait debout devant l'autre chambre, la main sur la bouche, les yeux écarquillés. Il la rejoignit, persuadé qu'il allait tomber sur le cadavre de Trowbridge.

Avec une certaine appréhension, il tourna l'interrupteur. Partout sur les murs s'étalaient des photos de Fay complètement nue dans des positions très suggestives.

7.

— Kayla ! Retourne dans la voiture !

La voix de Lee ne parvint pas à lui faire détourner les yeux des clichés obscènes. Sur la plupart des clichés, Fay se trouvait en compagnie d'hommes entièrement nus, parfois plusieurs en même temps, dont les visages avaient été découpés. Mais son regard fut attiré par la main de l'un d'entre eux.

— Kayla ! Sors d'ici, la supplia Lee.

La main portait une bague. Un bel anneau en or avec un rubis. Kayla portait la même bague, mais elle était plus fine. Elle eut un mouvement de répulsion. Lee lui prit les épaules et l'obligea à se détourner.

— Viens, sortons d'ici.

— Non. Nous n'avons pas fini…

Il la guida vers l'entrée.

— Je n'aurais jamais dû t'autoriser à entrer ici. Il ne fallait pas que tu voies cela.

— J'ai déjà vu des photos porno, Lee, je ne suis pas une vierge effarouchée.

— Je m'en doute, ma belle, et je pourrais te taquiner sur le sujet, mais en ce moment je n'ai pas envie de plaisanter. Je ne crois pas que les photos que tu as pu voir auparavant te touchent autant que celles qui sont exposées dans cette chambre.

Kayla frissonna d'horreur, sachant parfaitement où se logeait la terrible différence. Ces personnes-là n'étaient pas seulement du papier glacé. Il s'agissait de Fay. Et peut-être d'Alex.

Retrouver la lumière du soleil d'été lui fit du bien. Les oiseaux chantaient joyeusement. Haut dans le ciel limpide un avion traçait une ligne blanche en direction de l'aéroport de Dulles. Elle prit une profonde bouffée d'air qu'elle exhala longuement. Lee la rejoignit. Il semblait inquiet.

— Je vais bien, le rassura-t-elle. J'avais juste besoin de respirer. Nous pouvons y retourner pour finir notre inspection.

— *Nous* avons terminé, dit-il avec autorité.

— Mais Barney lui a envoyé ces textes. Il a pris ces photos répugnantes. Il a tout aussi bien pu la tuer.

— Rien de ce que nous avons vu ne prouve qu'il l'a tuée.

— Et tous ces hommes au visage découpé. C'est horrible.

— Tu as pu en identifier certains ?

En pensant à la bague sa gorge devint sèche. C'était déjà difficile de voir Fay s'exhiber de la sorte, mais de là à imaginer Alex...

— Monte dans la voiture, lui ordonna Lee en ouvrant la portière.

— Où allons-nous ?

— Je te ramène chez toi.

— Non, je reste avec toi.

Lee l'aida à s'asseoir. Elle attendit docilement qu'il se fût installé derrière le volant pour poursuivre la discussion.

— Tu as l'intention de revenir ici, n'est-ce pas ? Pourquoi refaire le trajet en sens inverse ? C'est stupide, Lee. Je veux bien t'attendre ici. Je donnerai un coup de Klaxon pour t'avertir si Barney revient.

Lee démarra.

— Tu rentres chez toi, dit-il d'un ton qui n'admettait pas de réplique.

Il prit la direction de la 355. Elle allait relancer le sujet mais il prit les devants.

— Kayla, je m'en veux de t'avoir embarquée dans toute cette histoire.

— Je l'ai bien voulu, Lee.

Il lui lança un regard oblique.

— Fay était ton amie et tu n'avais pas besoin de garder cette image d'elle.

— J'en ai vu d'autres. Et cela ne change rien aux sentiments qui me liaient à Fay. Je ne suis pas traumatisée. Pas plus que toi en tout cas…

— Quoi, *moi ?*

— Fay était ta femme et la mère de Meredith. Ces photos sont certainement plus choquantes pour toi que pour moi.

Le visage de Lee s'assombrit.

— N'en parlons plus.

— Mais si, parlons-en, Lee. Ces photos…

— Seraient intéressantes à montrer à Hepplewhite, sauf que je ne peux pas lui en parler sans avouer que je me suis introduit chez Barney de manière illégale. Et si Barney est innocent, c'est le retour à la case Départ.

— C'est vrai, admit Kayla.

— Et c'est mon problème, pas le tien.

— Bien sûr que si. Fay était mon amie.

— Kayla…

179

— Tu peux protester si tu as du temps à perdre, mais je ne renoncerai pas. Quelqu'un l'a tuée et je veux découvrir qui.

— Alors tu ne me considères plus comme un suspect ?

— Non, et depuis un moment déjà. Mais ce n'est pas l'avis de la police.

— C'est bien là le problème.

Au moins il était soulagé qu'elle le croie non coupable, même si l'opinion de la jeune femme ne suffisait pas à prouver son innocence.

Il allait s'engager sur Main Street lorsque Kayla dit quelque chose qui faillit les envoyer dans le décor.

— Il y avait une boîte de munitions par terre dans l'entrée de Barney, des balles de carabine.

— Quoi ?

La voiture fit une embardée lorsqu'il regarda sa passagère. Il redressa aussitôt le véhicule.

— Tu disais que l'arme qui nous a tiré dessus était une 22 long rifle et sur cette boîte, c'était marqué 22 long. J'allais te le dire, mais les photos m'ont tellement coupé le souffle que sur le moment j'ai oublié de te la montrer.

— Tu en es certaine ?

Kayla hocha la tête.

— Quand je travaillais à Washington, je prenais le bus tous les jours devant une armurerie. Dans la vitrine il y avait toutes sortes de boîtes de balles que machinalement j'ai appris à reconnaître. Il y avait les mêmes que celle que j'ai vue chez Barney. Des boîtes bleues avec le nom marqué dessus. Nous devrions retourner au motel.

Elle avait raison. Ils étaient partis un peu trop vite mais il refusait de ramener la jeune femme là-bas.

— Plus tard. Si quelqu'un voit encore ta voiture garée sur ce parking vide, nous allons nous faire repérer.

Il tourna le coin de sa rue où régnait la tranquillité habituelle.

— Connais-tu un garçon prénommé Matt qui travaille dans ce restaurant ?

— Matt Williams ?

Lee gara la voiture sous le toit derrière sa maison.

— Williams ? c'est le garçon que tout le monde soupçonne de nous avoir tiré dessus dans le parc.

— A tort apparemment. Pourquoi me parles-tu de lui ?

— Si ce n'est pas lui qui a cambriolé ma voiture, je mettrais ma main à couper qu'il connaît le coupable. Et je me demande si elle a été enlevée par la police ou si ce n'est pas ce garçon qui en fin de compte me l'aurait volée après mon départ.

Elle ouvrit la portière.

— Je ne le crois pas capable de voler. Matt est un brave garçon, un peu fou, certes, mais pas malhonnête.

— Et une arme ? Tu l'imagines volant une arme ? Mon pistolet de secours a disparu.

— Matt n'y toucherait pas.

— Tu en es sûre ?

Kayla se mordit la lèvre intérieure tandis qu'elle réfléchissait.

— Kayla ?

— Mmm ?

— Arrête.

— Arrête quoi.

— De te mordiller la lèvre de cette façon.

La jeune femme roula de grands yeux. Lee lui tendit les clés.

— Cela me donne des idées.

— Lee ! Tu crois que c'est le moment de penser à… ce genre de chose ?

— Avec la tenue que tu portes, comment veux-tu que n'y pense pas ?

— Que reproches-tu à mes vêtements ?

— Rien justement. Ton short est ravissant. Il me permet d'admirer tes jambes, mais il faudrait être de marbre pour rester insensible. Alors n'en rajoute pas.

— Tu exagères !

Kayla était inconsciente du charme qu'elle exerçait sur lui et son innocence la rendait encore plus attirante.

— Pourquoi tentes-tu de me séduire maintenant alors que tu ne t'es jamais intéressé à moi ?

— Comment peux-tu affirmer que je ne m'intéressais pas à toi ?

— Tu ne me prêtais guère d'attention auparavant.

Avait-il perçu des regrets dans sa voix ou se faisait-il des idées ?

— En fait, c'est *toi* qui m'ignorais. J'ai toujours été attentif à toi, Kayla, mais tu fuyais dès que je t'approchais.

La jeune femme rougit jusqu'aux oreilles.

— Tu te trompes. De toute façon tu étais marié.

— Il y a longtemps que je ne le suis plus.

— Changeons de sujet, veux-tu ?

— Froussarde !

Elle lui lança un regard noir.

— Froussarde ?

Avant même qu'il ait eu le temps de deviner son intention, elle prit son visage entre ses deux mains et lui planta un baiser sur les lèvres qui le laissa pantois.

Elle recula en souriant d'un air triomphant.

— Qui est le froussard ?

Lee l'enlaça.

— Le débat est ouvert.

Il la serra tendrement contre lui et reprit sa bouche. La jeune femme s'abandonna contre lui.

Lee se sentit envahi par une onde de bien-être au contact de ses lèvres fraîches. Il y avait longtemps qu'il n'avait pas éprouvé un tel bonheur. Il ferma les yeux, espérant empêcher le temps et la réalité de reprendre leurs droits. Se laissant griser par le parfum de la jeune femme, il l'embrassa dans le cou. Ses mains glissèrent sous son T-shirt, imprimant de douces caresses à sa peau satinée.

Des gloussements dans son dos le ramenèrent brutalement sur terre. Il tourna la tête. Deux fillettes les contemplaient avec un vif intérêt.

Kayla battit des paupières et ouvrit les yeux à son tour. Ses yeux mi-clos et ses lèvres humides la rendaient plus désirable encore. Il attira sa tête contre son torse en roulant de gros yeux aux deux fillettes. Tout en riant aux éclats, elles disparurent derrière les arbres.

Confuse, Kayla recula contre le mur de la maison.

— Tu te rends compte... ici, devant ces enfants, nous sommes fous.

— Oui, rentrons à l'abri avant que la brigade des mœurs ne nous tombe sur le dos.

— Je les connais. Je meurs de honte à l'idée de les croiser.

Mais la jeune femme partit d'un fou rire incontrôlable.

Plus Lee l'interrogeait du regard, plus elle se tenait les côtes. Bientôt, Lee n'y résista pas et son rire rejoignit le sien.

Elle eut du mal à monter l'escalier.

— Arrête de rire, lui intima-t-elle, pantelante.

— Arrête d'abord.

— Je ne sais même pas pourquoi nous rions. Ce n'est pas drôle.

Lee ne savait pas non plus, mais il trouva ce rire libérateur après la tension des deux jours passés.

Il entra dans la cuisine sur ses talons et buta dans son dos. Kayla se retourna et l'hilarité s'effaça pour céder la place au désir.

Les yeux bleus de Kayla s'adoucirent.

— Qu'est-ce que tu fais ? murmura-t-elle.

— Rien…

Il avait envie d'elle, et elle aussi. Son corps se pressa contre le sien. Il la plaqua gentiment contre le mur, lui laissant deviner l'excitation qu'elle provoquait chez lui.

— Laisse-moi te prendre, Kayla.

— Oui.

Le pouls de la jeune femme s'accéléra. Elle fondit dans ses bras. Leurs bouches se joignirent. Lee lui retira son T-shirt qui tomba sur le carrelage. Il lui dégrafa son soutien-gorge, faisant jaillir ses seins ronds et fermes.

— Oh, Kayla, ils sont magnifiques.

L'ivresse envahit la jeune femme lorsque la bouche avide de Lee s'empara d'un mamelon.

Embrasée par le désir, Kayla glissa ses mains sous la chemise de Lee, libérant les pans qu'emprisonnait la ceinture de son pantalon.

— Viens dans ma chambre, murmura-t-elle.

Lee la souleva dans ses bras comme une brassée de fleurs. Au moment où il la déposait sur son lit, la sirène d'une voiture de police retentit en bas de la maison.

Lee émit un gémissement de frustration et se releva en réajustant sa chemise. Il courut à la porte-fenêtre de la chambre. Dans la rue, une voiture bleue de la police de la ville venait d'arrêter une Harley Davidson. Son pilote, Alex Coughlin, retirait son casque en affichant son air bravache coutumier.

Le policier descendit de sa voiture. Lee ouvrit la porte-fenêtre et se glissa discrètement sur le balcon que masquaient les branches d'un chêne. Il vit la main du policier effleurer son arme.

— Il y a un problème, *sergent* Osher ? demanda Alex.

Sa voix résonnait dans le silence de la rue écrasée de soleil. L'insistance railleuse avec laquelle il avait prononcé le grade du policier sembla hérisser le poil de ce dernier.

— Ne fais pas le malin, Coughlin. Tourne-toi vers le capot de la voiture et pose tes mains à plat.

— Tout ce cinéma pour un stop ?

Lee frémit. La main du policier tenait la crosse de son revolver. Dans son dos, il entendit la jeune femme réprimer une exclamation d'horreur.

— Immédiatement, Coughlin !

Durant une seconde, Lee pensa qu'Alex allait se braquer. Lentement, alors que la haine tendait tous les muscles de son grand corps bardé de cuir, le frère de la jeune femme se tourna vers la voiture. Avec un sourire victorieux, le policier commença à palper son pantalon et son blouson pour vérifier s'il était armé.

En le voyant bredouille, Lee se demanda où Alex avait pu cacher le couteau qu'il avait brandi sous son nez la veille.

— Alors ? Quelles sont les charges ? demanda Alex, goguenard.

— Non-respect du stop.

— *J'ai* marqué le stop.

Un sourire vengeur découvrit les dents blanches du policier.

— Ah oui ?

Lee trouvait curieux cet acharnement du policier contre Alex.

— Vas-y, dresse-moi une contravention, dit Alex.

Le policier paraissait bien fluet à côté d'Alex. Etait-ce ce qui le rendait aussi nerveux ? Il sortit son carnet et commença à rédiger le procès-verbal.

— Où est ta sœur, Coughlin ?

Lee se raidit.

— Comment le saurais-je ?

— Mme Strongmore dit qu'elle est partie ce matin avec un homme. Or, il se pourrait que cet homme soit Lee Garvey, celui qui est recherché. Tu sais ce que cela coûte d'aider ou de cacher un fugitif, Coughlin ?

A distance Lee vit Alex se crisper.

— Tu as des charges contre lui aussi ? demanda Alex.

— Juste un meurtre... Et ta petite sœur va écoper elle aussi, pour complicité.

Le policier bouscula le jeune homme méchamment mais Alex se balança juste en arrière sur ses talons.

— Tu as des preuves, le flic ?

Visiblement les deux hommes se connaissaient de longue date.

Le policier plissa les yeux.

— Contre ta sœur, oui. J'ai un témoin qui les a vus ensemble.

Il tira sur le talon de la contravention et lui tendit le papier.

— Peut-être, mais vous n'avez aucune preuve que c'est lui le meurtrier.

— Nous en aurons dès les résultats du labo. Cela va lui coûter cher d'avoir tué sa femme. Il n'y a rien de pire qu'un policier qui dérape.

186

— Tu en connais un rayon.

Osher serra les dents mais ne releva pas.

— Ta sœur devrait mieux choisir ses amants. Ce n'est pas bien de coucher avec le mari de sa meilleure amie. Garvey va plonger, et elle avec lui.

Alex tendit un poing menaçant, mais la réaction d'Osher le stoppa net. Le policier avait de nouveau porté la main à son arme. Ils demeurèrent face à face en se regardant en chiens de faïence durant un temps qui sembla une éternité.

Alex abaissa lentement son poing. Même de loin sa colère était palpable et Lee partageait son sentiment d'injustice. Dans un sens, il aurait été soulagé de voir son poing partir dans le visage malveillant du policier.

— Je te croirai quand tu me montreras tes preuves, Osher.

Sur ces mots, il enfourcha sa moto et démarra.

Lee se détourna immédiatement. Il avait oublié la présence de Kayla derrière lui. Elle était debout, son T-shirt à la main, les yeux brillant de colère, se mordant le poing.

— Je comprends ta haine des flics, dit-il, viens.

Il lui prit la main et la ramena dans la cuisine.

— Remets ton T-shirt.

— Pourquoi ?

Tout en parlant, elle fit ce qu'il lui demandait.

— Nous partons.

— Mais…

Il ramassa son sac et le lui tendit.

— Maintenant que ce fier-à-bras en a fini avec ton frère, il va venir rôder ici.

Kayla ne protesta pas. Elle ignorait ce que l'animosité entre ce policier et son frère cachait, mais Osher avait des comptes à régler avec Alex et il n'hésiterait pas à se venger sur elle et sur Lee. Mieux valait déguerpir au plus vite.

Ils venaient d'atteindre la passerelle qui enjambait la rivière de l'autre côté du bois derrière chez elle.

— Sais-tu où on peut louer une voiture, demanda Lee sans cesser de courir.

— A la station-service, mais il faut revenir vers le centre.

— Tu vas aller en chercher une.

Elle secoua la tête en rejetant sa frange de devant ses yeux.

— Pas question, Iggy est mon mécanicien. Il va me poser plein de questions sur ce qui est arrivé à ma voiture.

— Dis-lui qu'elle fait un bruit bizarre.

— Mais il ne comprendra pas pourquoi je ne lui ai pas amenée.

— Invente n'importe quoi. Dis qu'elle refuse de démarrer et que tu as un rendez-vous important avec un client.

— Dans cette tenue ? Jamais il ne me croira. Je peux toujours lui raconter que je retourne chez moi me changer.

— Oui, par exemple.

— Il va vendre la mèche. Tout le monde saura que nous avons loué une voiture.

— Pas si on ne lui pose pas la question. Et puis cela n'a pas d'importance. Nous ne pourrons pas éviter la police indéfiniment. Cela nous permettra de gagner encore un peu de temps.

— Pour faire quoi ?

— Pour découvrir qui a tué Fay.

Les yeux de Lee brillèrent d'admiration quand le coupé se gara derrière le cinéma où il attendait la jeune femme.

— Il ne s'est pas moqué de toi, c'est une véritable voiture de collection. Rouge en plus.

— C'était tout ce qu'il avait. Il a tellement de travail qu'il n'ira pas dépanner la mienne avant demain. Je n'ai pas intérêt à rayer la peinture de celle-ci sinon...

— Il n'y a aucune raison pour que nous l'abîmions.

Il sourit.

— Elle te va bien en tout cas, fine, sexy et un peu sauvage.

— Je ne suis rien de tout cela, protesta-t-elle.

— Dans mes bras, tu l'es.

Kayla se sentit rougir, mais cette fois elle dut s'avouer que c'était surtout à cause du plaisir que provoquaient les paroles de cet homme qu'elle aimait, cet homme qui était recherché pour meurtre.

— Bon, je vois que tu rêves de piloter ce bijou, dit-elle en lui lançant les clés.

Elle contourna la voiture.

— Où m'emmènes-tu à présent ?

— Nous allons rendre visite à Matt Williams. Tu sais où il habite ?

— Sur Basil, dans le prolongement de Main Street.

— Alors en route !

— Lee, nous ne pouvons traverser la ville avec cette voiture sans nous faire repérer.

— Pourquoi ? Ils ne s'y attendent pas du tout.

Une fois dans la voiture, il posa sa main sur la sienne.

— Tout ira bien, fais-moi confiance. S'ils nous arrêtent, je leur dirai que je t'ai kidnappée.

— Histoire de t'enfoncer un peu plus ?

Lee sourit sans répondre et fila droit vers Basil.

— Quelle maison est-ce ?

— La dernière sur la gauche.

Basil était une rue courte qui se terminait brutalement, comme si le promoteur n'avait pas eu l'argent nécessaire pour mener à terme son projet de construction. Elle s'arrêtait juste après la maison de Matt. Comme les maisons du voisinage, elle avait un air abandonné. La façade avait besoin d'être repeinte, les volets étaient cassés et le jardin ressemblait à un dépotoir.

La sonnette de la porte d'entrée ne fonctionnait pas. Ils eurent beau frapper un bon moment, personne ne répondit.

Kayla baissa les bras d'un air découragé.

— Il faudra revenir plus tard, dit-elle en retournant à la voiture.

— Attention !

Lee n'eut que le temps de la précipiter à terre derrière la voiture. Une balle percuta la portière de la voiture.

— Ne bouge pas.

— Où vas-tu ? cria-t-elle.

Lee courait déjà vers la maison. Elle distingua la silhouette d'un homme qui sortait du jardin des Williams et se sauvait en direction de Main Street. Lee avait dû repérer le tireur, car il suivait exactement la même direction que lui, mais la distance qui les séparait ne lui permettrait pas de le rattraper. L'homme allait rejoindre sa voiture avant. Kayla s'installa au volant. Elle était à peu près sûre d'avoir reconnu la silhouette lourde de Barney Trowbridge.

Elle chercha à mettre le contact mais découvrit que Lee avait gardé les clés.

Kayla étouffa un juron en se demandant comment venir en aide à Lee lorsqu'elle le vit revenir.

— Il faut le rattraper.

Sans discuter, elle se glissa vers le siège du passager en préférant ne pas penser à la réaction d'Iggy quand elle lui ramènerait sa voiture trouée d'une balle.

— C'était Barney, dit-elle à Lee quand il monta.

— Oui, je l'ai vu.

Il démarra et effectua un demi-tour en faisant crisser les pneus.

— Heureusement qu'il ne sait pas tirer.

— Mais pourquoi veut-il te tuer ?

— Bonne question. Nous la lui poserons dès que nous l'aurons rattrapé. A mon avis il nous a suivis. Il doit être garé un peu plus loin.

Les deux mains appuyées sur le tableau de bord, elle pria pour que la voiture ne s'enroule pas autour d'un arbre.

Mais la vitesse n'empêchait pas Lee de conduire avec aisance et précision.

Lee tapota le volant en fronçant les sourcils.

— Il ne peut pas être aussi loin. Il a dû tourner avant.

— Il va retourner au motel. Nous devrions aller l'attendre là-bas.

Au soulagement de la jeune femme, il ralentit la vitesse en arrivant sur Main Street.

— Bonne idée. Cette fois, je ferai d'une pierre deux coups. Je veux revoir la chambre du meurtre et comprendre pourquoi je me suis retrouvé enfermé de l'intérieur.

Mais, en arrivant au motel, la présence de Jason donna une autre idée à Lee.

— Que fais-tu ? demanda Kayla en le voyant grimper l'allée qui menait à la villa des Ruckles.

— Si Elizabeth est seule chez elle, j'en profiterais bien pour avoir une conversation avec elle.

— Pourquoi ?

— J'aimerais l'interroger sur ce qu'elle a vu au restaurant le soir du meurtre.

— Tu crois qu'elle va accepter ?

— Qui ne tente rien n'a rien !

Lee ne prit pas la peine de frapper à la porte d'entrée. Il contourna directement la maison et entra par-derrière comme s'il était attendu. Elizabeth, complètement nue, à plat ventre sur un transat, était plongée dans un magazine. Elle roula sur elle-même dès qu'elle sentit leur présence.

Sans s'embarrasser, elle s'assit en se drapant dans une serviette de bain, mais ils eurent le temps d'admirer son bronzage intégral.

— Je ne vous ai pas entendu frapper, dit-elle.

— Parce que nous ne l'avons pas fait, expliqua Lee, beau bronzage.

Elle sourit, visiblement flattée. Kayla les aurait volontiers poussés tous les deux dans la piscine.

— Merci, vous voulez vous joindre à moi ?

— Non, dit Kayla d'un air maussade, tu n'as jamais entendu dire que le soleil était mauvais pour la peau ?

— Il faut bien mourir un jour, répondit Elizabeth avec un geste expéditif de la main.

Elle se tourna vers Lee.

— Je constate qu'ils ne vous ont pas encore arrêté.

— Pourquoi ? Je n'ai rien fait.

— En quoi puis-je vous être utile ?

Lee tira une chaise de la table et s'assit tout près d'elle au point de la toucher. Souhaitait-il se trouver aux premières loges au cas où la serviette glisserait ? C'est en tout cas la question que se posa Kayla. Contrariée, elle s'installa à l'ombre du parasol.

— Je comptais sur vous pour que vous me racontiez ce que vous avez vu le soir du dîner au restaurant.

— Pas grand-chose. J'étais un peu fatiguée ce fameux soir.

Ivre, traduisit mentalement Kayla. Comme en écho, Elizabeth prit un verre déjà rempli et but une longue gorgée de scotch.

— Un verre ? proposa-t-elle.

— Non, merci. Nous n'avons pas le temps. Avez-vous assisté à ma dispute avec Fay ?

— Tout le monde l'a vue. Fay était en forme ce soir-là. Une de ses meilleures per-formances, dit-elle en butant sur la première syllabe.

Jusqu'à cette hésitation, Kayla ne s'était pas aperçue qu'Elizabeth était déjà sous l'emprise de l'alcool.

— M'avez-vous vu partir ? demanda Lee.

— Jason était en colère après moi. Il a in-sisté pour que nous rentrions directement à la maison. C'est d'ailleurs ce que j'ai déclaré à la police. Nous sommes rentrés à la maison.

— Ils vous ont demandé de fournir un alibi ?

— Ils nous ont demandé notre emploi du temps de la soirée, c'est tout.

— Fay a-t-elle fait des avances à Jason ce soir-là ?

Elizabeth se renversa en arrière, les yeux au ciel.

— Je suis contente que vous l'ayez tuée.

— Je ne l'ai pas tuée.

— Vous auriez dû. Je suis la seule qui aime vraiment Jason.

— Fay aimait les hommes qu'elle pouvait manipuler à sa guise.

Elizabeth acquiesça de la tête.

— Je savais qu'il y aurait des problèmes ce soir-là, mais Jason était avec moi. Nous nous sommes disputés durant le trajet jusqu'à la maison. Ensuite, Jason s'est excusé. C'est un homme bien élevé. Je l'aime.

Kayla frissonna. Le ton d'Elizabeth sonnait comme si elle répétait une histoire apprise par cœur.

— Elle en voulait à votre argent, vous savez.

Quel argent ?

— Jason, lui, n'avait pas d'argent. C'est pour mon argent qu'il m'a épousée.

A voix basse, elle ajouta :

— Mais nous sommes ruinés. Nous n'avons plus rien.

— Je suis désolé, répondit doucement Lee.

Elizabeth s'assit et la serviette tomba, révélant ses seins. Elle la remit sans se formaliser et but une autre gorgée d'alcool.

— Je deviens folle tellement je suis malheureuse.

Etait-ce pour cette raison qu'elle buvait autant ?

— Je n'irai bien que lorsque je serai enceinte. J'ai un joli corps, ne trouvez-vous pas ?

— Splendide.

— Je ne voudrais pas que vous pensiez... après ce que vous avez vu hier... Jason ne m'a jamais frappée. Il est juste furieux que Fay ait été assassinée dans notre motel. Cela ternit notre réputation.

Elle s'allongea et ferma les yeux.

— Vous étiez très en colère vous aussi l'autre soir.

— Je sais. J'avais bu.

Elizabeth ouvrit les yeux et ricana.

— Moi aussi. Comme vous… A cause de Fay.

— Pourquoi ?

— Elle rendait Jason complètement fou avec ses histoires avec Barney.

Elizabeth bâilla longuement et sa tête roula sur le côté.

— Qu'y avait-il entre elle et Barney ? la pressa Lee.

— Ils avaient monté une affaire, marmonna Elizabeth d'une voix endormie.

— Quelle sorte d'affaire ?

Lee tenta de la secouer gentiment. La serviette glissa. Elizabeth voulut la retenir en vain. Lee la remit en place.

— Merci, vous êtes gentil.

Elle ouvrit un œil.

— Dommage qu'elle vous ait piégé avec cette gosse… qui n'est même pas de vous.

Et elle ferma les yeux.

8.

Ce fut comme un tremblement de terre.

— Qu'avez-vous dit ?

Lee secoua son bras plus vigoureusement. La serviette tomba, mais Elizabeth ne se rendait plus compte de rien. L'épouse de l'hôtelier venait de sombrer dans une sorte d'inconscience. La bouche ouverte, elle se mit à ronfler comme un sonneur.

— Elizabeth ? Réveillez-vous.

C'était peine perdue. Elizabeth n'était plus là. Quand Lee finit par comprendre qu'il n'obtiendrait plus rien d'elle, ils regagnèrent la voiture.

Malgré la chaleur de cette fin d'après-midi, Lee se sentait enveloppée d'une chape de glace.

Fay lui avait fait subir bien des humiliations, et il s'attendait à tout d'elle, mais il n'avait jamais eu de doutes sur sa paternité.

— Meredith est ma fille, dit-il à voix haute.

— Bien sûr qu'elle l'est, confirma calmement Kayla, Elizabeth ne sait pas ce qu'elle dit.

Les yeux de la jeune femme brillaient, mais c'était la colère, non l'émotion, qui faisait vibrer sa voix.

— Si j'étais toi, je n'y penserais plus. Revenons plutôt à nos moutons et à Barney Trowbridge. Tu penses qu'elle est au courant pour les photos ?

Lee se força à se concentrer sur les paroles de Kayla.

Meredith était-elle *sa* fille ? Qu'est-ce que cela changeait si elle ne l'était pas ?

Kayla lui posa la main sur le bras.

— Essayons de trouver un téléphone.

Pas lui. Il n'allait pas se poser ce genre de question. Meredith serait toujours sa petite fille chérie.

— Un téléphone ? répéta Kayla.

— Pour quoi faire ? demanda-t-il d'un air absent.

C'était son nom qui était inscrit sur l'acte de naissance de Meredith, ce qui lui donnait tous les droits. Personne ne lui prendrait sa fille, jamais.

— Je veux parler à Alex.

Le nom de son frère capta l'attention du policier.

— Pourquoi à Alex ?

— Parce que je pense que nous devrions travailler ensemble.

— *Travailler* avec ton frère ?

Il secoua négativement la tête, même en sachant qu'il risquait de lui faire très mal.

— Et si c'est ton frère qui l'a tuée, Kayla ?

Elle ne sourcilla pas.

— Impossible. C'est à toi de me faire confiance, Lee. Il est autant victime que toi. Il avait peut-être une liaison avec Fay, mais il ne l'a pas tuée.

— Tu es prête à reconnaître qu'ils avaient une liaison ?

— Peu importe. Alex peut nous aider.

Lee était loin d'être convaincu.

— Je ne vois pas pourquoi.

— Parce qu'il a tout intérêt à le faire. Tu as vu comme moi comment le traitait Osher ? Si la police pense que je suis ta complice, pourquoi pas mon frère ? Donc unissons nos forces. Tu disais toi-même qu'Alex en savait beaucoup sur le crime. Il a peut-être des informations précieuses que nous n'avons pas ?

Ses arguments tenaient la route. Il opina de la tête.

— J'ai vu une cabine téléphonique au début de la 270.

L'allure menaçante d'Alex et sa taille immense ne passèrent pas inaperçus dans le petit restaurant. En le voyant entrer la serveuse fit un écart. Il se laissa tomber sur sa chaise et commanda une bière.

— Donne-moi une seule bonne raison de venir à ce rendez-vous, lança-t-il à Lee.

— En dehors du fait que c'est ta sœur qui l'a exigé ?

Lee s'exprimait sans agressivité, mais Kayla savait que, du côté d'Alex, la partie était loin d'être gagnée.

— Notre premier souci est de sortir Kayla de ce pétrin, dit Lee très calmement.

— Un pétrin dans lequel *tu* l'as mise.

— Je n'ai pas tué Fay. Ta sœur est convaincue que ce n'est pas toi non plus et je suis prêt à la croire. A partir de là, que décidons-nous tous les trois ?

— De faire équipe, dit Kayla.

Son frère pointa immédiatement les yeux sur la main de sa sœur qui pressait gentiment le bras de Lee. La jeune femme croisa son regard mais laissa sa main où elle était. Lee se contenta d'échanger avec elle un sourire amusé. Personne ne broncha lorsque la serveuse revint avec la bière.

— Vous êtes prêts à commander ? demanda-t-elle avec hésitation.

— Non, répondirent les deux hommes en même temps.

— Si, répondit Kayla en regardant le menu, que pensez-vous du poulet frites ?

Lee fit la moue.

— Alors apportez-leur un gros steak bien saignant. Vous n'aurez qu'à le jeter sur la table, ils se l'arracheront avec leurs dents.

Lee toussa et Alex avança la tête. La serveuse n'en croyait pas ses oreilles.

— Vous effrayez cette pauvre jeune femme, tenez-vous bien tous les deux. Va pour trois poulets frites ?

La serveuse regarda les deux hommes l'un après l'autre. Kayla se sentait dans la peau d'un dompteur face à deux fauves imprévisibles.

— Apportez-nous le dîner, dit-elle à la serveuse.

— Tout de suite.

— Et si je n'aime pas le poulet ? intervint Lee.

— Eh bien, tu te contenteras des frites. Et cessez de vous comporter comme des gamins. Alex, tu m'avais promis d'écouter.

Le coin de la bouche de Lee se souleva sur une moue ironique.

— Je croyais que c'était lui l'aîné. Le *grand frère*.

Alex abandonna un instant son air renfrogné.

— De nous deux, c'est elle la plus raisonnable. Nos parents ne croyaient pas aux châtiments corporels et à la domination par la force physique.

— Ecoutez, nous n'avons pas de temps à perdre en plaisanteries ou en bagarres.

Elle se tourna vers son frère avec une expression à la fois douloureuse et dure.

— Nous avons vu ce flic t'arrêter devant chez moi tout à l'heure.

Alex eut l'air surpris.

— Où étiez-vous ?

— Sur le balcon de ma chambre. Ensuite nous avons filé dans une voiture de location.

— Alors c'est bien le dernier bébé de Iggy que j'ai vu garé devant le restaurant ?

Il regarda Lee.

— Il va être ravi de voir ces traces de balle dans la carrosserie neuve.

— Trowbridge nous a tiré dessus.

— Barney Trowbridge, le type du motel ?

— Il est parti un peu vite, mais il y a quatre-vingt-dix-neuf chances sur cent pour qu'il s'agisse de lui.

— Je confirme que c'était Barney, intervint Kayla.

— Pourquoi vous a-t-il tiré dessus ?

— C'est une question à lui poser dès que je le verrai.

Lee raconta les événements de l'après-midi dans les moindres détails.

La serveuse revint avec le plateau.

— Vous avez été rapide, la complimenta Kayla avec un sourire.

Elle cherchait surtout à couvrir la voix de ses compagnons.

— Vous prendrez autre chose ? dit timidement la jeune femme en jetant des regards effarés aux deux hommes.

Kayla la remercia gentiment en donnant un coup de pied à Lee qui, en pleine discussion avec Alex, n'avait même pas remarqué que les plats étaient arrivés.

— Aïe ! Non. Merci.

Il leva les yeux vers la serveuse.

— Tout va bien.

— Bon appétit, messieurs dame.

Elle tourna immédiatement les talons sans demander son reste.

Kayla les fustigea d'un regard d'institutrice en colère.

— Soyez plus discrets à la fin !

Alex se racla la gorge et s'efforça de baisser le ton.

— Vous pensez que Trowbridge pourrait être l'assassin de Fay ?

— Oui, dit Kayla.

— Nous n'en savons rien, protesta Lee.

— Mais il nous a tiré dessus, à trois reprises !

Lee, qui se battait avec sa cuisse de poulet, haussa les épaules.

— C'est vrai qu'il s'acharne à vouloir m'abattre.

Alex enfournait ses frites avec appétit.

— Et puis il y a les photos, dit Kayla.

— Quelles photos ? demanda Alex.

— Celles qui placardent les murs de la chambre de Barney, dit la jeune femme à son frère.

Alex devint écarlate comme s'il allait exploser. Il brandit sa fourchette au bout de laquelle pendait un morceau de blanc de poulet.

— Tu l'as emmenée chez cette brute ? gronda-t-il.

— Elle m'a suivie.

— Alex, où est passée ta bague ?

— Ne change pas de sujet, s'il te plaît. Alors, ces photos ?

— Alex, c'est important, réponds-moi. Tu portais toujours cette bague et tu ne l'as plus. L'as-tu perdue ?

— Kayla, ce n'est pas le moment de parler de ma bague.

— As-tu couché avec Fay ?

— Non !

Le couple assis à la table la plus proche tourna la tête. Alex baissa la voix.

— Ecoute, Kayla, je sais que Fay était ton amie…

— Et tu veux me préserver, pas vrai ? J'ai de grandes nouvelles pour toi, Alex. Je suis adulte et Fay était une personne charmante. Rien ne me fera changer d'avis. Alors joue cartes sur table.

Alex serra les dents en respirant fort par le nez.

— Je n'ai pas envie que tu me racontes ta vie sexuelle, mais si nous ne nous révélons pas plus efficaces, nous serons bientôt tous les trois dans de sales draps.

Elle attendit que son frère ait bien pesé ce qu'elle venait de dire.

— Fay n'a jamais été ma maîtresse.

Alex eut un soupir de résignation.

— Très bien. Il y a une semaine, je l'ai croisée dans un bar où j'attendais quelqu'un. Elle a essayé de me faire du charme, mais je n'ai pas répondu à ses avances. Elle n'avait pas l'habitude qu'on lui résiste. Dix minutes après son départ, j'ai commencé à me sentir mal.

Lee reposa sa fourchette. Partagée entre la peur et l'excitation, Kayla, pendue aux lèvres de son frère, sentit son cœur battre lourdement.

— Je suis allé aux toilettes. C'est mon dernier souvenir de cette soirée. Quand je me suis réveillé, c'était le matin et j'étais dans une chambre du Bide Awhile. Seul, ajouta-t-il avec un regard vers sa sœur, mon portefeuille était intact et j'étais tout habillé. Le seul objet qui me manquait, c'était ma bague.

Lee poussa un soupir.

— Je me demande où elle a appris ce truc.

— De quoi parles-tu ? demanda Alex.

— Lee n'a aucun souvenir de ce qui lui est arrivé la nuit du meurtre, expliqua rapidement Kayla, il pense qu'il a été drogué.

Lee la regarda en fronçant les sourcils.

— Je croyais qu'il avait passé la nuit avec toi, grommela Alex.

Le policier secoua la tête.

— Ta sœur veut me fournir un alibi. Je lui ai rétorqué que ce n'était pas nécessaire. As-tu assisté à ma querelle avec elle sur le parking ?

— Non. Mais j'en ai entendu parler.

— Je m'en doute. Mon dernier souvenir c'est le départ du parking. J'étais malade et je me suis dit que je ferais mieux de partir. Je revois Kayla qui me fait les gros yeux, dit-il en caressant la main de la jeune femme. Ensuite, je me suis réveillé dans une chambre. Fay était à côté de moi, tuée de trois balles de revolver.

Alex sonda son visage.

— Cela s'est passé réellement comme cela ?

Lee échangea un regard avec Kayla.

— Oui.

— Donc c'est bien ton flingue l'arme du crime ?

— Tout porte à le croire et c'est ce qui fait penser à Hepplewhite que je suis le coupable. Tu comprends mes motivations pour retrouver le vrai.

— Plutôt, oui.

— Fay ne s'est pas tuée toute seule. Et elle ne m'a pas non plus transporté dans son lit.

— Non, et sa chambre était prête pour un rendez-vous galant.

— Trowbridge, dit Lee.

Alex eut une moue dubitative.

— Je ne suis pas plus convaincu que toi, confirma Lee.

Kayla se pencha vers eux.

— Qui alors ?

Alex fronça les sourcils.

— Osher ?

Kayla ouvrit la bouche et la referma aussitôt, aussi étonnée que Lee.

— Le flic qui t'a arrêté ? demanda Lee.

— Osher et moi sommes de vieilles connaissances. Nous avons eu de nombreuses prises de bec en ville. Il aime bien me provoquer en public pour montrer qu'il est le plus fort. Le jour du meurtre, je les ai vus ensemble, Osher et elle dans la voiture de Fay. Ils s'embrassaient à pleine bouche sur le parking derrière la banque.

Les doigts de Lee tambourinèrent le dessus de la table.

— Osher sait que je les ai vus. Il cherche à me discréditer de peur que je parle à Hepplewhite. C'est lui qui m'a raconté les détails du meurtre pour brouiller les pistes et me monter contre toi.

Kayla roula des yeux effarés.

— Tu vas aller voir le chef Hepplewhite tout de suite.

Alex sourit.

— C'est déjà fait.

— Mais tu viens de dire…

— Hepplewhite joue les malins. Il n'a pas dit à Osher que je lui avais parlé.

— Que penses-tu de Jason Ruckles ? intervint Lee.

— Il laissait Fay utiliser la chambre sans la faire payer. Je pense qu'elle le dédommageait d'une autre façon. Mais tout cela ne m'éclaire pas sur les raisons qui poussent Trowbridge à vouloir vous tuer.

Lee frotta pensivement son menton.

— Fay et Trowbridge faisaient peut-être du chantage ?

— Ce qui expliquerait les photos, s'exclama Kayla.

— Fay mettait de la drogue dans les boissons et Trowbridge ramenait les victimes dans sa chambre au motel où il prenait les clichés.

— Je n'ai jamais vu ces photos, intervint Alex.

— J'aurais cru le contraire pourtant. Fay avait un portrait de toi au fond d'un médaillon que je lui avais offert, expliqua Lee. Peut-être avait-elle l'intention de te faire chanter toi aussi ?

Alex se raidit.

— Alex, sur les murs de Barney, il y a la photo d'un homme qui porte ta bague, intervint Kayla. La manière dont est monté ce rubis est particulière, je le reconnaîtrais entre mille.

— Je te crois, grommela Alex. Je l'ai acheté dans une bijouterie de Washington qui ne vend que des créations originales. Cet homme avait la même ? Qui est-ce ?

— Les visages des hommes ont été découpés, dit Lee, mais on doit pouvoir récupérer les négatifs quelque part.

— Tu crois qu'elle a pris des photos avec moi ?

Lee hocha affirmativement la tête. Il comprenait la gêne d'Alex.

Alex repoussa son assiette sur le côté. Lee fit de même. Kayla, non plus, n'avait plus faim.

— Voilà où nous en sommes, dit Lee, je dois retourner dans ce motel pour essayer de découvrir d'autres indices.

— Je regrette d'avoir eu à t'apprendre cette nouvelle, dit Kayla, mais…

— Tu vois que nous sommes embarqués dans la même galère toi et moi, coupa Lee.

— Si vous avez terminé, nous n'avons plus qu'à retourner au motel, dit Kayla.

— Non ! s'exclamèrent les deux hommes en chœur.

La serveuse accourut.

— Quelque chose ne va pas ?

— Apportez-nous l'addition, s'il vous plaît, pour que je puisse raccompagner ces deux-là dans leur cage, dit-elle en essayant de plaisanter.

La jeune serveuse osa un pâle sourire et leur tendit la note. Elle sembla soulagée en voyant les deux hommes sortir l'argent de leur portefeuille.

— C'est pour moi, dit Lee d'autorité.

— Non, pour moi.

— C'est fini ?

Ils levèrent les yeux en même temps.

— Ne vous inquiétez pas, dit Kayla à la serveuse, ils ont une poussée de testostérone ou quelque chose dans le genre.

Exaspérée, mais soulagée également de voir Alex laisser Lee tendre plusieurs billets à la jeune femme, Kayla se leva pour rejoindre le parking. Alex avait garé sa moto tout près de la jolie voiture de Iggy.

La vue du trou dans la carrosserie lui fit faire la grimace.

— Iggy va me tuer, dit-elle.

— Je lui parlerai, sœurette, la rassura Alex.

— Eh bien, dans ce cas, il nous tuera tous les deux.

— Quel est le programme à présent ? demanda Alex.

— Moi je m'occupe de Trowbridge, et toi d'Osher ? Ou le contraire ? proposa Lee.

— Je me fais une joie de me charger de ce truand. Je vais aussi faire un saut chez Fay, histoire de vérifier son armoire à pharmacie.

— Bonne idée. Mais peut-être que la police a déjà fouillé chez elle ?

Alex se contenta de renifler.

— De mon côté, je vais essayer de mettre la main sur les négatifs de ces photos, dit Lee.

Kayla n'en croyait pas ses yeux. Les deux hommes discutaient comme deux vieux compères. Elle prit son frère par le bras au moment où il allait enfourcher sa moto.

— Merci, Alex, je savais que je pouvais compter sur ton aide.

Elle l'étreignit chaleureusement, fière de son grand frère, même si la délicatesse n'était pas sa qualité première.

Les bras d'Alex se refermèrent sur elle.

— Reste en dehors de tout ça, hein, petite sœur ?

Il l'embrassa sur le front et leva l'index vers Lee.

— Si jamais quelqu'un touche à un seul de ses cheveux, je te tiendrai pour seul responsable, Garvey.

— S'il lui arrivait quelque chose, j'en serais aussi malheureux que toi, dit Lee d'un air si grave que la jeune femme sentit les larmes lui monter aux yeux.

Lee tenait à elle.

Leurs regards se croisèrent. Elle résista à l'envie de lui sauter au cou. Ce n'était ni le lieu ni le moment pour lui avouer qu'elle l'aimait.

Alex soupira exagérément puis fit démarrer sa machine.

Lee escorta la jeune femme jusqu'à la portière en réfléchissant au moyen de la convaincre de rester sagement chez elle pendant qu'il irait prospecter au motel. Alex l'intercepta au moment où il contournait l'arrière de la voiture pour regagner sa place.

— Garvey ? Tu es armé ?

— Non, pas depuis qu'on a cambriolé ma voiture.

Alex se pencha et libéra un étui attaché à sa cheville.

— Tiens.

— Euh…

— Ne t'inquiète pas, il est déclaré et enregistré.

Il sortit le P 38 de son étui et lui montra qu'il était chargé.

— Il est à qui ?

— A moi. Sois tranquille. Tout est en ordre. Fais attention à ma sœur.

Lee regarda Alex, ses joues mal rasées, sa tignasse noire qui lui tombait devant les yeux et son blouson de cuir râpé.

— Protéger ta sœur ne dépend pas seulement d'un flingue. Je préfère user d'autres moyens moins violents et tout aussi persuasifs, j'espère qu'il en est de même pour toi.

— Ne t'en fais pas. J'ai aussi un cerveau et des poings, ajouta-t-il en riant.

Lee s'esclaffa.

— Toi aussi, fais attention, s'il t'arrivait quelque chose, elle mourrait de chagrin.

Alex émit un son inaudible.

Lee ouvrit sa portière et s'installa au volant.

— Mais de quoi parliez-vous ?

— Des histoires d'hommes.

— Ah, il t'a prêté une arme ? Tant mieux.

— Tant mieux ?

Lee rangea le revolver sous sa banquette.

— Je t'imaginais poussant des cris d'horreur. Tu ne cesseras jamais de me surprendre, Kayla.

— C'est que nous avons affaire à des gens dangereux.

— Justement. Cette fois je te laisse en lieu sûr.

— Certainement pas. Ou alors tu y vas à pied. La voiture est louée à mon nom.

— Kayla, tu es terrible.

— Attends-moi ici, dit Lee.

— Mais...

— Ah non, tu m'as promis de suivre mes instructions, lui rappela-t-il.

Cette mise au point avait duré tout le trajet entre Frederick et Fools Point.

Il se pencha vers elle et l'embrassa.

— J'ai promis à ton frère de veiller sur toi.

— Tu n'as quand même pas peur de lui ?

— Non, mais je ne trahirai pas sa confiance.

Il sortit de la voiture et se pencha pour récupérer le revolver sous son siège. Alors qu'il était baissé, l'impact d'une balle fit exploser la vitre de sa portière. Kayla poussa un hurlement. Lee s'accroupit en ordonnant à la jeune femme de se coucher. Il avait eu le temps de récupérer l'arme.

Deux autres balles ricochèrent sur le toit. Une troisième traversa le pare-brise et passa juste au-dessus de la tête de Lee qui avait récupéré le revolver d'Alex. A son tour, il tira en direction de l'espace entre les deux bâtiments.

— C'est Barney ? demanda Kayla.

— Je ne vois personne. Reste où tu es.

Lee entra dans la voiture. Complètement courbé, il démarra et fit marche arrière jusqu'au bas de la rue. Puis il descendit de la voiture, son arme à la main.

— Va en ville chercher de l'aide, Kayla.

Et il courut se faufiler entre les bâtiments, en priant pour que la jeune femme lui obéisse. Le motel était plongé dans un silence interrompu seulement par les bruits de la circulation de la rue.

Les coups de feu provenaient de l'allée située entre les deux principaux corps de bâtiments. Lee remercia mentalement Alex de lui avoir remis cette arme salutaire.

Une soudaine et forte odeur d'essence l'alerta. Il chercha partout autour de lui et constata avec horreur que les murs étaient éclaboussés de flaques.

Trowbridge s'apprêtait à faire flamber l'établissement. Mais l'homme demeurait invisible. Lee avança encore, comptant sur son gilet pare-balles pour le préserver.

Il n'était pas loin de la piscine quand il sentit la fumée. Lee accéléra le pas. Les produits utilisés pour le développement des photos allaient s'enflammer comme une torche.

Un périmètre de flammes s'éleva autour du motel là où l'essence avait été répandue. Lee était cerné. Lee courut vers les appartements privés à l'angle. Le crépitement l'arrêta.

Après une profonde inspiration, il se lança entre les deux bâtiments vers le bureau de réception en se protégeant le visage des flammes de son bras replié. Aveuglé par la fumée, il ne vit pas la silhouette tapie contre le mur. Une balle siffla à ses oreilles. Il se jeta au sol. Une autre balle fit sauter l'arme de ses mains.

Le policier roula sur le côté, évitant de justesse une troisième balle. Autour de lui, les vitres des bâtiments se rompaient sous l'effet de la chaleur. Lee crut sa dernière heure arrivée quand le ronflement d'un moteur retentit. Le coupé sport d'Iggy surgit à l'angle de la réception pour s'interposer entre Lee et son agresseur.

— Monte ! cria Kayla.

Lee retrouva son arme au moment où dans son dos une explosion soufflait l'intérieur du bâtiment. Lee fonça vers la voiture, et s'y engouffra par la portière ouverte pendant que Kayla effectuait un demi-tour, accrochant au passage l'aile du pick-up de Barney.

Le gangster les prit en chasse, les visant de sa carabine. Lee tira à travers la lunette arrière qui vola en éclats. Par-dessus le vacarme, Lee reconnut les sirènes des pompiers.

— Arrête-toi, Kayla, je l'ai eu.

La jeune femme freina brutalement. Derrière eux sur le trottoir, Barney Trowbridge gisait à plat ventre.

Toute pâle, la jeune femme tourna la tête vers Lee qui descendait. Elle poussa un cri.

— Tu saignes !

— Ce n'est rien, dit-il en touchant son front. Reste ici, je reviens.

— Et s'il n'est pas mort ?

— Je préférerais qu'il ne le soit pas. J'ai quelques questions à lui poser.

— Lee !

Mais il était reparti. Les sirènes se rapprochaient. La confrontation avec la police locale devenait inévitable.

Barney s'était relevé, cherchant à fuir les flammes qui dévoraient le bâtiment. Dans sa chute, il avait laissé échapper la carabine.

— Ne bouge plus, Trowbridge !

Ce dernier retomba comme si ses jambes refusaient de le porter. Son épaule atteinte par une balle saignait abondamment.

Le camion des pompiers se gara sur le parking. Une horde d'hommes casqués en surgit avec des lances à incendie.

Le visage couvert de sang, Lee souleva le gros homme par les aisselles et l'aida à marcher loin du bâtiment qui menaçait de s'effondrer. C'est à ce moment que la voiture de police arriva.

Malgré ses tempes argentées, Hepplewhite était assez jeune. Ses petits yeux vifs et noirs semblaient ne rien laisser au hasard. Il n'avait pas arrêté Lee mais l'avait harcelé de questions, notant toutes ses réponses dans un petit carnet, puis il avait disparu en prenant soin de laisser un policier de garde devant la porte de sa chambre.

Ses sourcils se haussèrent quand il vit entrer Kayla.

— Tu as pu passer le barrage ?

— Le chef Hepplewhite dit qu'il n'y a pas de problème. Comment va ta blessure ?

— J'ai trois points de suture. Je souffre atrocement. J'ai besoin d'une infirmière, dit-il en l'attirant vers lui.

— Tu es incorrigible.

— Et toi, tu vas bien ?

Elle était décoiffée, avait les traits tirés, mais elle n'était pas blessée, c'était merveilleux.

Kayla sourit :

— Je n'ai pas été coupée par le verre, j'ai eu de la chance. Ils ont emmené Barney aux urgences. Il se débattait tant qu'il a fallu trois infirmiers pour le maîtriser.

— Je ne pense pas qu'il ait tué Fay.

— Moi non plus.

— Et si ce n'est pas lui…

— Dans ce cas, je redeviens le suspect numéro un.

— Non, ne t'inquiète pas. J'ai dit à Hepplewhite que tu avais passé la nuit avec moi.

— Tu n'aurais pas dû, Kayla. Je lui ai dit la vérité.

Elle s'assit à côté de lui, l'air accablé. Lee lui passa le bras autour des épaules, s'enivrant de son parfum. Il était si heureux de la voir indemne.

— Ils vont t'arrêter.

— Probablement.

Lee lui prit le menton et lut une expression désespérée dans son regard. Il déposa un baiser léger sur ses lèvres.

— Ce n'est pas si grave.

— Tu es fou.

— Et toi ? Tu aurais pu être tuée. Pourquoi n'es-tu pas partie comme je te l'avais demandé ?

— Tu m'as demandé d'aller chercher du secours. J'avais mon téléphone portable dans mon sac, j'ai appelé. C'est ce qui m'a permis d'arriver à temps pour te venir en aide.

— Tu m'as sauvé la vie.

Elle lui passa une main dans les cheveux.

— Tes sourcils sont brûlés.

— Ils repousseront.

— Barney prétend que ce n'est pas lui qui a mis le feu.

— Je sais.

— Et si c'était Jason ?

Lee haussa les épaules.

— J'y ai également pensé. Elizabeth a dit qu'ils étaient en faillite. Il voulait peut-être toucher l'argent de l'assurance…

— Ce qui est sûr c'est qu'ils ne lui donneront pas un sou. Il est évident que cet incendie est criminel.

— Pas s'il est prouvé que Jason n'y est pour rien.

— Tu crois que Jason aurait pu tuer Fay ?

L'entrée d'Hepplewhite interrompit leur conversation.

— J'aimerais entendre votre réponse à cette question, Garvey.

Lee secoua la tête.

— Franchement je n'en sais rien. Si mon hypothèse du chantage se révélait fondée, bon nombre de personnes avaient des raisons de tuer Fay. Avez-vous interrogé les Ruckles ?

— Il n'y a personne chez eux.

— Personne ? Etrange, non ?

Hepplewhite ne daigna pas répondre.

— Je ne suis pas content de vous, Garvey. Votre capitaine non plus d'ailleurs.

— Il est ici ?

— Non. Je l'ai eu au téléphone. Il vous aime bien mais dit que vous êtes une forte tête. Enfin, je ne vous cacherai pas qu'il a dit aussi que vous étiez un bon flic.

— Ah, cela fait plaisir à entendre. Il est plutôt avare de compliments.

L'expression d'Hepplewhite demeura impassible.

— Vous ne vous êtes pas enfui alors que vous en aviez la possibilité, et à part un faux témoignage sur lequel je veux bien fermer les yeux, Kayla corrobore vos déclarations. Je ne vous colle pas en cellule pour cette nuit, Garvey, mais puis-je avoir votre parole que vous serez disposé à répondre à mes questions demain matin ?

Lee ne chercha pas à cacher sa surprise.

— Je ne vois pas où j'irais. Je n'ai même plus de voiture. A part la voiture d'Iggy, et encore...

— Elle n'a plus de pare-brise, plus de vitres ni de rétroviseurs extérieurs, énuméra Kayla avant de conclure :

— Je ne suis même pas sûre qu'il lui reste des feux extérieurs.

Elle se tourna vers Hepplewhite.

— Il dormira chez moi si quelqu'un peut nous raccompagner.

— Je vais demander à Derek ce qu'il en pense.

Ce qu'il lut dans les yeux de la jeune femme noua la gorge de Lee. Retourner chez elle à ce point de la situation prenait tout son sens.

— Merci, dit-il à Hepplewhite.

Mais c'était Kayla qu'il regardait.

— A propos de votre voiture…, commença Hepplewhite.

— Vous l'avez retrouvée ?

— Non, mais le véhicule de Fay aussi a disparu. Iggy a vu un adolescent qui conduisait une voiture identique en ville. Le jeune n'était pas d'ici. Il ne l'a plus revu.

— Et la mienne ?

— Le fils Williams a disparu. D'après ses parents, il aurait fugué. Jake Collins dit qu'il était fasciné par votre voiture. Il pourrait bien l'avoir volée.

— Il a l'habitude de faire ce genre de choses ?

Hepplewhite soupira.

— C'est une famille à problèmes. Il a fugué plusieurs fois, mais il ne va jamais bien loin.

— Vous croyez qu'il aurait pu prendre ma voiture ?

— Nous n'avons aucune preuve pour l'instant mais si c'est le cas nous le retrouverons rapidement.

— C'est peut-être lui qui a volé mon pistolet de secours ?

— Ne vous inquiétez pas pour ça. Matt a peut-être volé votre voiture mais il n'est pas dangereux.

— N'importe quel gamin avec une arme devient dangereux, fit remarquer Lee, et je ne suis pas inquiet pour ma voiture, le problème, c'est ma fille.

L'expression de Hepplewhite s'adoucit.

— Elle va très bien. Je l'ai encore vue cet après-midi. Elle est en de bonnes mains.

— J'aimerais la voir.

— Je vais arranger ça. Vous avez des parents dans le coin ?

— Non, mais j'ai prévenu ma sœur qui arrive du Texas.

— O.K., nous parlerons de tout cela demain matin. Essayez d'éviter les ennuis à partir de maintenant.

— Et Trowbridge ?

— Comme vous, il sera interrogé demain matin. Mais il dit que ce n'est pas lui qui a mis le feu. Il paraît qu'il était en train de réparer les toilettes quand il a senti la fumée. C'est pour ça qu'il est sorti en courant.

— Avec une 22 long rifle à la main ? ironisa Lee.

Hepplewhite ne sourit pas.

— Il prétend qu'il a tenté d'éteindre le feu, mais il était trop tard. Quand il a vu la voiture d'Iggy foncer vers lui, il s'est senti menacé et a soi-disant saisi la carabine pour se défendre. Enfin, c'est ce qu'il prétend…

— Il se sentait menacé ?

— Je vais en reparler avec lui… Je vous attend à 9 heures demain matin dans mon bureau ?

— Comptez sur nous, promit Kayla.

Hepplewhite attendit l'acquiescement de Lee avant de prendre congé.

En arrivant chez Kayla, ils se rendirent compte que la voiture d'Iggy était toujours garée dans l'allée derrière la maison. Ainsi, le garagiste n'était pas venu la chercher. Kayla se promit de lui téléphoner le plus rapidement possible et demanda à Lee de le lui rappeler. Elle imaginait déjà la tête du pauvre Iggy en découvrant l'état de sa voiture.

— As-tu faim ? demanda-t-elle à Lee dès leur entrée dans le living.

— Pas vraiment.

— Moi non plus.

— Veux-tu que je déplie le canapé ? proposa Lee.

Elle inspira profondément.

— Ce serait une perte de temps.

Lee la regarda dans les yeux et lui ouvrit les bras.

Elle vint se blottir contre lui, offrant son visage à ses baisers. Il sentait le bois et la fumée. Il cessa de l'embrasser pour lui demander :

— J'aimerais prendre une douche. Tu m'accompagnes ?

La jeune femme trembla légèrement sous l'effet de l'excitation.

— Je ne pense pas que nous puissions y entrer à deux.

Le sourire de Lee fit naître une douce chaleur au creux de son ventre.

— Nous nous serrerons l'un contre l'autre. A moins que tu ne préfères prendre un bain moussant.

— As-tu déjà testé les huiles essentielles ?

— Pourquoi pas ? Je veux bien essayer.

Tout en parlant, il lui avait retiré son T-shirt. Elle n'essaya même pas de l'aider à dégrafer son soutien-gorge, sûre et certaine que ses doigts experts y parviendraient aisément. Elle préféra se concentrer sur la ceinture de son pantalon.

Quand il libéra ses seins, Lee retint son souffle.

— Comme je les aime, dit-il d'une voix rauque.

Il fit glisser sa culotte le long de ses hanches.

— Tu es belle.

Sous son regard, elle se sentait séduisante comme jamais cela ne lui était arrivé de sa vie. Elle recula d'un pas.

— Tes vêtements sont plus difficiles à retirer que les miens. Je vais préparer le bain pendant que tu te déshabilles.

— Entendu, dit-il, radieux.

D'un geste du pied, elle se débarrassa de son short et de sa culotte tandis que Lee la dévorait des yeux. Puis elle disparut dans la salle de bains.

L'eau coula, délicieusement tiède sur ses doigts. Elle versa la moitié du flacon d'huiles, en se disant qu'il fallait bien cela pour pimenter leur premier bain ensemble, en espérant qu'il y en aurait d'autres, beaucoup d'autres.

Le torse nu de Lee se pressa contre son dos. Elle se retourna et fit glisser ses lèvres sur sa peau tendue. Avec un petit grognement de satisfaction, Lee fit de même sur tout son corps. Ses lèvres étaient chaudes mais pleines en même temps d'une exquise tendresse. Les délicieuses tortures que la bouche avide de Lee lui imposaient arrachèrent un cri à la jeune femme quand sa langue prit possession de son intimité.

— Kayla, Kayla, je suis là.

— Oh, Lee, c'est tellement bon !

Des fragrances épicées emplissaient la salle de bains. Ils restèrent enlacés encore un moment, le temps que la jeune femme reprenne ses esprits.

— Le bain est prêt, dit-elle.

Il l'aida à monter dans la baignoire avant de s'y installer lui-même. Il s'étendit de son long et allongea la jeune femme sur lui, le dos contre son ventre. Il la désirait tant, que son corps en était douloureux. Elle lui offrait tout ce dont un homme pouvait rêver, la douceur, la tendresse, la confiance, l'énergie. Ses doigts jouaient avec l'eau qu'il fit couler sur les pointes tendues de ses seins. La jeune femme frémissait sous ses caresses, mais son corps se mit à vibrer quand sa bouche prit le relais de ses doigts comme si chaque pression des lèvres de Lee résonnait jusqu'au plus profond d'elle-même. Une vague brûlante la submergea, et elle le supplia de lui donner ce plaisir suprême dont l'instant était proche.

— J'ai envie de toi.

Alors il la retourna. L'eau clapota de chaque côté de la baignoire. Les mains de Lee glissèrent le long de ses hanches et il la pénétra doucement mais sans hésitation. Son sexe entra profondément en elle et ils tanguèrent ensemble dans les senteurs de vétiver et de lavande. Les mouvements de leurs corps unis provoquèrent une inondation dans la salle de bains. Le plaisir la saisit brutalement lorsqu'il la rejoignait et c'est ensemble qu'ils atteignirent les sommets de l'extase.

9.

Kayla faisait les cent pas dans le minuscule poste de police. Son anxiété grandissait avec le temps qui s'écoulait.

— Mais ça fait une éternité qu'ils sont là-dedans, ma parole !

Carolyn leva les yeux de son clavier.

— Si j'étais à votre place, j'irais prendre un café au coin de la rue. Je leur dirai où vous êtes quand ils sortiront.

— Merci, Carolyn, mais s'ils ont des questions à me poser, je dois rester ici.

Carolyn retourna à son ordinateur. Kayla ne tenait plus debout. Elle n'avait pas dormi plus d'une heure au cours de la nuit. C'était Lee le responsable. Il n'avait pas cessé de lui faire l'amour et ce matin ils avaient bien failli manquer le rendez-vous avec Hepplewhite.

Mais elle était heureuse.

Kayla sourit. Jamais elle n'aurait pu penser que l'amour pouvait apporter autant de bonheur et de joie de vivre. Elle ferma les yeux en soupirant d'aise à se remémorer les doux moments de cette nuit.

Carolyn retira une feuille de l'imprimante et marcha vers l'armoire qui contenait les classeurs.

Kayla se dit que ses allées et venues dans le bureau devaient déranger la jeune femme dans son travail, et elle finit par se résoudre à s'asseoir sur une des chaises de la salle d'attente.

La jeune femme avait été interrogée la première. Hepplewhite l'avait ensuite priée de sortir pour le laisser seul avec Lee. Deux bonnes heures s'étaient écoulées depuis. Elle frissonna à l'idée qu'il l'avait peut-être arrêté.

On n'avait pas retrouvé l'arme du crime. Alex avait raconté au chef de la police la scène qui s'était déroulée sous ses yeux entre Fay et Osher, mais Hepplewhite ne semblait pas pressé d'interroger Thad. La police locale cherchait-elle à épargner les siens ? C'est l'impression qu'avait Kayla et elle en était révoltée.

Ils avaient croisé Osher le matin en venant à la convocation du chef, mais, malgré le regard insistant de Kayla, celui-ci les avait ignorés. Elle en était arrivée à souhaiter qu'il fût le meurtrier tant il lui était antipathique.

D'un autre côté, elle appréhendait la clôture de cette enquête. Une fois les preuves de l'innocence de Lee établies, comment réagirait-il ? Peut-être reprendrait-il sa fille et disparaîtrait-il à jamais de sa vie ?

Leurs merveilleux ébats de la nuit lui avaient tourné la tête. Elle s'était dit que jamais elle ne pourrait vivre avec un autre homme que lui et elle avait eu l'impression que Lee partageait la même conviction, mais ce matin les doutes l'assaillaient. Lee avait un poste à Washington D.C. où il était apprécié et attendu.

Pourtant il tenait à elle, suffisamment en tout cas pour craindre pour sa vie. Elle l'avait lu dans ses yeux lorsqu'ils s'étaient retrouvés à l'hôpital. Et l'attirance physique qu'ils éprouvaient l'un pour l'autre était indéniable. De plus, elle aimait Meredith comme si c'était sa propre fille.

C'était un bon début. De nombreux mariages démarraient avec moins que cela. A eux trois ils formaient déjà une vraie famille.

La porte s'ouvrit. Lee apparut sur le seuil. Il semblait tendu. Ses yeux gris lançaient des flammes. La jeune femme entendit la voix grave de Hepplewhite qui grondait sourdement.

— Je me fiche de ce que vous ont raconté les Ruckles, explosa Lee, Meredith est *ma* fille, et rien ne pourra prouver le contraire.

Kayla bondit sur ses pieds, le cœur battant.

Avec un soupir exaspéré, Lee sortit du bureau du chef qui le talonnait.

— N'approchez pas les Ruckles, Garvey, c'est clair ?

Mais Lee ne ralentit pas son pas. Kayla courut derrière lui. La chaleur caniculaire de l'extérieur leur tomba brutalement dessus après la fraîcheur de la climatisation, mais Lee y resta insensible.

— Lee ? Que se passe-t-il ?

— Hepplewhite a parlé avec Jason Ruckles hier soir. Ce salaud clame à qui veut l'entendre que Meredith est *sa* fille. Il veut la reconnaître et revendique la paternité.

— En quel honneur ?

— Tu m'avais bien dit qu'ils désespéraient de ne pas avoir d'enfants… Eh bien, ils ont décidé de me prendre le mien.

— Ils n'ont pas le droit de faire cela.

— Non, mais je vais tout de même devoir me battre. En attendant, je ne peux même pas la voir, dit-il d'un ton amer.

Kayla vit les yeux du policier s'embuer de rage et de désespoir.

— Je vais prendre le meilleur avocat du district. Ils sont peut-être en faillite, mais pas moi.

Emue, Kayla posa sa main sur son bras.

— C'est ta fille, Lee. Elle a tes yeux.

Il regarda la jeune femme comme s'il la voyait pour la première fois.

— Il peut prétendre ce qu'il veut, poursuivit-elle, cela ne signifie pas pour autant que ce soit la vérité. Et tout ceci mis à part, nous voici en présence d'un vrai mobile pour le meurtre de Fay. Elle seule savait qui était le vrai père.

Les paroles de la jeune femme semblèrent produire leur effet sur Lee.

— C'est machiavélique, mais logique. Tu ferais un bon policier, Kayla. Monte dans la voiture.

— Où allons-nous ?

— Tu rentres chez toi.

— Lee...

— Je ne suis pas d'humeur à me disputer avec toi, Kayla.

— Nous pourrions retourner chez Fay, voir si nous pouvons découvrir quelque chose. Nous avons été interrompus dans nos recherches l'autre jour, tu te souviens.

Il la regarda pensivement.

— Tu as ses clés sur toi ?

— Bien sûr, et les gants aussi.

— Je ne crois pas que j'en aurai besoin cette fois-ci, mais passe-moi les clés.

— Je viens aussi.

— Kayla...

— Si je suis avec toi tu ne seras pas dans l'illégalité. Fay m'a donné sa clé et j'ai le droit d'entrer chez elle comme je veux. De toute façon, je dois récupérer mon imperméable.

224

Lee regarda le ciel limpide et fit la grimace.

— Je ne vois pas bien à quoi il pourrait te servir.

— On ne sait jamais. Le temps peut se gâter d'une minute à l'autre.

— Kayla…

— Je viens avec toi.

Elle croisa les bras sur sa poitrine, l'air décidé.

— Je ne bougerai pas d'ici, je fais équipe avec toi.

Lee ne put résister à l'envie de l'embrasser. Le visage de la jeune femme s'illumina. Elle l'aurait suivi au bout du monde.

— Tu vas finir par me faire arrêter pour attentat à la pudeur.

— Embrasser n'est pas un attentat à la pudeur.

— Tu sais bien que je suis incapable de m'arrêter.

— Des promesses, des promesses…

Ses yeux avaient retrouvé cette lueur espiègle qui le caractérisait. Les rides qui plissaient son front soucieux avaient disparu.

— Heureusement que tu es là, mon lieutenant adoré, dit-il.

Rassurée, Kayla monta dans la voiture. Cette fois, Lee se gara devant la maison de Fay sans se cacher.

— Que se passe-t-il ? dit Lee en désignant la voiture arrêtée de l'autre côté de la rue.

— C'est la voiture de mon frère.

— Je pensais qu'il ne se déplaçait qu'en moto.

— Il a aussi une voiture.

Lee fronça les sourcils.

— Je vais voir ce qui se passe. Attends-moi ici.

Il était en train de traverser le terre-plein lorsque Kayla s'aperçut qu'il y avait quelqu'un à l'intérieur du véhicule. Elle descendit aussitôt en sachant que Lee allait mal le prendre mais elle en avait assez qu'il lui interdise de faire un pas toute seule.

Lee atteignit le véhicule avant elle. Il essaya d'ouvrir la portière côté conducteur mais elle était bloquée. Il contourna rapidement la voiture pour essayer l'autre portière.

— Kayla, appelle une ambulance.

Le policier s'acharna en vain sur le système de fermeture. Kayla poussa un cri en découvrant son frère effondré sur le volant, le visage en sang.

— Alex ?

Lee jeta un regard aux alentours et avisa une enseigne avec un motif décoratif en métal. Il court l'arracher et après l'avoir tordue dans tous les sens s'en fabriqua un crochet. Il lui fallut plusieurs tentatives avant d'avoir raison de la serrure.

— Il est vivant, dit-il après avoir tâté le pouls du jeune homme, appelle les secours.

Sans quitter des yeux le corps inerte de son frère, Kayla fouilla dans son sac. Ses doigts tremblants tapèrent le numéro des urgences.

— Il a été frappé violemment, dit l'urgentiste qui venait d'examiner le blessé. En plus de la blessure à la tête, il a deux côtes cassées et de nombreuses contusions partout sur le corps, rien de méchant, mais à cause de son traumatisme crânien, je suis obligé de le garder en observation au moins vingt-quatre heures.

Lee prit la main glacée de Kayla dans la sienne.

— Je ne peux rien faire de plus pour l'instant. Mais il est jeune et costaud…

Le médecin haussa les épaules.

— Il va s'en sortir, mais je dois m'assurer qu'il n'y aura pas de séquelles au cerveau.

— Des séquelles au cerveau ? répéta Kayla en écho.

— Merci, docteur, dit Lee en poussant Kayla dehors.

— Lee, il risque d'avoir des séquelles au cerveau, dit Kayla d'une voix blanche.

— Non. Ton frère est solide, Kayla. Il a la tête aussi dure que la tienne. Tout va bien se passer.

Lee espérait dire vrai, connaissant le lien qui unissait le frère et la sœur.

— Mais…

— Fais confiance au médecin. Et à moi, ajouta-t-il.

Une lueur de haine passa dans les yeux bleus de la jeune femme.

— Osher…, dit-elle.

Lee se détendit en la voyant retrouver ses couleurs.

— C'est ce que j'ai plus ou moins laissé entendre à Hepplewhite, dit-il. Crois-le ou non, mais c'est la première personne que le chef a interrogée. Osher n'a aucune marque de coups, or, ton frère a les poings abîmés. Celui qui s'est battu avec lui n'est pas reparti indemne. Quand ton frère tape, il tape dur, Kayla, j'en sais quelque chose.

La jeune femme cligna des paupières pour chasser ses larmes.

— Et si c'était Jason ?

— Jason ne fait pas le poids. Et cette rixe n'a peut-être rien à voir avec le meurtre de Fay. Ton frère fréquente des gens peu recommandables, Kayla. Un règlement de comptes entre voyous est toujours possible.

— Cette coïncidence est bizarre pourtant.

— Tiens, j'ai trouvé ceci dans sa poche avant l'arrivée de l'ambulance.

Il lui tendit un petit sachet de poudre blanche.

— Qu'est-ce que c'est ?

— Peut-être de la GHB, cette fameuse drogue que j'ai ingurgitée avant ma dispute avec Fay. Il a dû la trouver chez Fay. A moins que ce ne soit de la cocaïne…

— Alex ne…

— Chut, je n'y crois pas non plus. Mais si on part du principe que Fay droguait ses victimes, cela prouve qu'il a eu le temps de fouiller sa maison avant d'être agressé.

— Je ne comprends pas pourquoi la police n'a pas perquisitionné la maison de Fay.

— Ils ne peuvent pas être partout à la fois. A quatre ils ont du mal à fournir.

— Alors continuons. Retournons chez Fay.

Il préférait s'activer plutôt que la voir se faire du mauvais sang pour son frère.

En abordant Main Street, Lee ralentit.

— Tu veux parler aux Ruckles ? demanda Kayla.

Il hocha la tête.

— Le chef Hepplewhite ne sera pas content pas du tout.

— C'est certain.

Une expression hostile se peignit sur le visage de la jeune femme.

— On s'en fiche, n'est-ce pas ? J'aimerais vérifier si les poings de Jason sont écorchés, dit-elle.

— Content que tu sois d'accord avec moi. Tu verrais un inconvénient à ce que je fasse une halte au motel auparavant ?

— Pourquoi ? Les preuves ont dû être détruites dans l'incendie.

— Oui, mais il reste un détail qu'Hepplewhite a mentionné à propos du lieu du crime.

Une écœurante odeur de fumée et de bois brûlé flottait dans l'air. La partie administrative du bâtiment avait été complètement détruite. L'aile droite n'avait plus de toit et la gauche, épargnée par les flammes, avait été abîmée par l'eau des lances à incendie.

— Je voudrais vérifier la baie vitrée de la chambre.

— Pourquoi ?

— Je vais te montrer.

Derrière le motel, les dégâts étaient beaucoup plus importants. Heureusement, la chambre de Fay située à l'extrémité du bâtiment était restée intacte même si les murs étaient noirs de suie.

La baie vitrée était fermée de l'intérieur comme le matin du meurtre. Lee avait encore en tête les paroles de Hepplewhite. Il tira très fort la porte en levant la poignée tout en faisant coulisser la baie vitrée. Il joua un moment avec le système de fermeture jusqu'à ce que celui-ci se débloque.

— Comment as-tu réussi à l'ouvrir ?

Le poids qui pesait sur les épaules de Lee depuis trois jours s'allégea aussitôt. La police avait élucidé ce problème de fermeture le jour même du meurtre. S'il avait été en pleine possession de ses moyens en se réveillant, il l'aurait lui-même découvert.

S'il avait vu que la serrure était défectueuse, il n'aurait pas eu besoin de maquiller le lieu du crime en effaçant les traces de sa présence, car la police n'aurait eu aucun mal à prouver qu'une autre personne était entrée dans la chambre.

D'un autre côté, il y avait tant de preuves contre lui que la police n'aurait peut-être pas cherché plus loin. Il aurait été arrêté et jamais il n'aurait découvert la véritable personnalité de Kayla.

— Hepplewhite dit que la femme de chambre a trouvé la chambre fermée de l'intérieur, la police a vérifié que cette serrure était cassée, ce qui explique comment le meurtrier a pu s'enfuir sans ouvrir la porte.

Il ne restait rien d'autre à voir dans la chambre vide. Le lit et les meubles avaient été retirés ainsi que tous les effets personnels.

Lee sortit en refermant la baie vitrée. Le loquet retomba en place exactement comme lorsqu'il était parti deux jours auparavant.

— Lee, crois-tu que le meurtrier savait que le loquet était défectueux ?

— Pas forcément. En tout cas, Hepplewhite mène son enquête. Rien de ce qui touche à cet hôtel ne lui échappera.

Il se dirigea vers l'appartement de Trowbridge.

— Je me demande s'il reste des photos.

— La police a dû les prendre comme preuves.

— Pourquoi la police ? Et de quelles preuves parles-tu ? Les seuls indices que le capitaine des pompiers a cherchés sont ceux d'un éventuel incendie criminel, pas d'un meurtre.

— La police a bien été prévenue…

Elle lui saisit le bras.

— Lee !

La jeune femme venait de s'arrêter, le regard braqué vers la piscine du motel.

L'eau du bassin était noire, couverte de feuilles, de débris de toutes sortes, de bois calciné… Au milieu flottait une forme humaine.

Lee accéléra le pas.

Le portillon d'accès à la piscine était ouvert. Le long de la barrière était posée une perche télescopique avec une épuisette qui servait à nettoyer la surface de l'eau. Lee l'utilisa pour accrocher le corps et le ramener vers le bord du bassin.

— Trowbridge !

Il eut toutes les peines du monde à le tirer hors de l'eau. Quand il y parvint, il lui prit le pouls. Mais l'homme de main avait définitivement rendu l'âme.

— Oh, mon Dieu ! murmura Kayla.

Une balle lui avait traversé le crâne, une autre la base du cou. Barney devait être mort avant même de tomber à l'eau.

Lee jeta un coup d'œil alentour. Instinctivement, sa main se posa sur son arme. En restant au bord de la piscine, ils étaient dangereusement exposés. Il se leva et prit Kayla par le bras.

— Tu as ton téléphone ?

Elle ouvrit son sac et sortit son portable. Il le lui prit tout en la guidant vers le portillon.

— Retourne à la voiture.

— Tu crois que le meurtrier est encore ici ?

— Je ne sais pas, mais il ne doit pas être loin.

— Je pensais que Barney était à l'hôpital.

— Moi aussi.

En attendant la police, Lee passa sous le ruban de sécurité et entra dans l'appartement dévasté de Barney. Les débris carbonisés craquaient sous ses pieds. Les photos avaient complètement disparu. Les chances de retrouver les négatifs étaient infimes.

Soudain, un objet brillant attira son attention parmi les cendres. Il se baissa pour le ramasser.

— Qu'as-tu trouvé ? demanda Kayla.

D'un revers de manche, il essuya le morceau de métal tordu. En découvrant la pierre rouge vif, Kayla s'exclama :

— La bague d'Alex !

Au même instant, la sirène de la voiture de police retentit.

— Range-la dans ton sac, dit Lee.

Thad Osher entra l'arme à la main et Lee se demanda s'il lui arrivait de se séparer de son revolver.

— Sortez d'ici, ordonna Osher. Et mettez les mains en l'air !

— Nous n'avons rien fait, protesta Kayla, c'est nous qui avons trouvé le corps.

— Quel corps ?

Lee secoua la tête en soupirant. Kayla se dit qu'il valait mieux qu'elle se taise.

— Pourquoi n'attendons-nous pas l'arrivée de Hepplewhite ? suggéra Lee.

— Tu n'as pas d'ordre à donner ici, Garvey.

Une deuxième voiture s'arrêta. Son gyrophare tournait mais elle n'avait pas actionné la sirène.

— Toi non plus, heureusement pour nous tous.

Lee remarqua que ce qu'avait dit Hepplewhite était vrai. Osher ne portait aucune trace de coups. Par contre, il portait une alliance.

Lee regretta la disparition des photos. Il se demanda si Hepplewhite avait mesuré leur importance. En tout cas, il était persuadé que Osher faisait partie des hommes photographiés.

Hepplewhite avait l'air mécontent.

— Dès que vous êtes quelque part, vous deux, on peut être sûr qu'il y a un problème dans les cinq minutes. Que fabriquez-vous ici, Garvey, il y avait bien un ruban de sécurité, non ?

— Je voulais donner un coup de main.

232

Hepplewhite ne semblait pas du tout apprécier l'initiative de son collègue de la ville.

— Où est le corps ?

— Dehors, à côté de la piscine.

— Vous l'avez laissé là-bas ?

— Il ne risque pas de s'échapper. Je l'ai sorti de l'eau pour lui porter secours éventuellement, mais il était déjà mort. J'ai préféré ne pas le déplacer pour ne pas brouiller les pistes. Je croyais que Trowbridge était à l'hôpital ?

Osher fronça les sourcils.

— Il s'est évadé, dit Hepplewhite en jetant un regard noir à son adjoint, attendez-moi ici.

A peine Lee avait-il quitté les lieux que Lee croisa le regard de Thad Osher.

— Alors, Osher, défaut de surveillance ?

— La ferme.

Mais le rouge qui était monté au front du policier prouva que Lee avait touché juste. Il comprenait la colère du chef. Osher avait laissé échapper un témoin précieux qui était désormais réduit au silence.

Hepplewhite ne les libéra qu'en fin d'après-midi après avoir enregistré leur déposition.

Ils retournèrent à l'hôpital pour voir Alex. Celui-ci était toujours sans connaissance, mais le médecin était optimiste. Les radios n'avaient pas montré de lésions. Kayla s'assit à son chevet. Lee, profitant de cette pause pour donner des coups de téléphone, appela d'abord son avocat, puis sa sœur. Quand il retourna vers la chambre, il trouva Kayla debout devant la porte.

— Il s'est réveillé, Lee ! Il m'a reconnue.

— C'est une bonne nouvelle.

Il la prit par le cou et l'emmena à la voiture.

— Je t'invite à dîner pour fêter cela.

Ils retournèrent dans le restaurant où les malheurs de Lee avaient commencé. Il y avait nettement moins de monde que la première fois.

Kayla ne put s'empêcher de penser aux changements qui s'étaient opérés dans sa vie depuis ce fameux soir. Avant de s'asseoir, la jeune femme annonça qu'elle allait aux toilettes pour se refaire une beauté.

— Tu n'en as pas besoin, dit gentiment Lee. Veux-tu que je commande à boire en attendant ? Que prendras-tu ?

— Du vin, dit-elle.

Pendant que la jeune femme était aux lavabos, Lee se rendit au bar pour bavarder avec le serveur. Mais au bout de quelques minutes celui-ci avisa le badge du policier.

— Dites donc, vous et vos petits copains, vous n'êtes pas fatigués de poser des questions ?

Il s'esclaffa.

— Remarquez que c'était folklorique, ce soir-là. La fête des pères, je m'en souviendrai. Nous n'avons pas arrêté de la soirée. J'ai cru qu'on ne s'en sortirait jamais. Quel soulagement au moment de la fermeture !

Lee n'en doutait pas.

— Vous vous souvenez du moment où les deux serveurs se sont rentrés dedans ?

Le barman aquiesça.

— Ne m'en parlez pas. Ce garçon est une catastrophe ambulante. Une heure avant, il avait déjà renversé un café sur un de vos collègues qui était assis là dans le coin, tout seul. Il était arrivé derrière lui et en lui tendant sa tasse, il avait tout balancé sur lui. Heureusement que le flic était en civil, sinon, il l'aurait senti passer. Pas aimable le type.

— Thad Osher ?

— Oui. Vous le connaissez ?

— Nous nous sommes déjà croisés.

Le barman ne put s'empêcher de rire.

— Il n'est pas très apprécié ici. Il se la joue un peu trop, et ce n'est pas le genre d'une petite ville comme la nôtre.

Lee vit Kayla remonter des toilettes. Il salua le barman et retourna à table.

— Tu as appris quelque chose de nouveau ? demanda-t-elle.

— Osher était là aussi le soir du meurtre. Seul… Apparemment il n'était pas en service.

— Rien de surprenant. Toute la ville était ici ce soir-là, Lee.

— Je sais, mais Osher est marié. Il porte une alliance.

Kayla secoua la tête.

— Et alors ? Ce n'est pas le genre à inviter sa femme au restaurant.

— Il a des enfants ?

— Je ne crois pas. Tu penses que c'est avec lui que Fay avait rendez-vous ?

— Cette pensée m'a traversé l'esprit.

— Parlons-en à Hepplewhite.

— Il nous faut des preuves tangibles, Kayla. Quel serait son mobile ?

— Chantage ?

— Dans ce cas, tous les hommes qui ont été pris en photo avaient un mobile. Il faut tout reprendre à zéro.

Kayla soupira. La serveuse apporta leurs verres et prit la commande.

Lee leva son verre de vin.

— A notre rencontre, Kayla, dit-il doucement.

Radieuse, la jeune femme prit le sien.

— A notre rencontre, répéta-t-elle, le cœur battant.

— Bonsoir.

Jake Collins apparut à leur table. Ils ne l'avaient pas entendu approcher. Toujours aussi élégant, l'homme leur adressa un petit sourire.

— Kayla, je suis ravi de vous revoir chez nous. Officier Garvey, avez-vous retrouvé votre voiture ?

La familiarité de Collins envers Kayla étonna Lee, mais il se rappela brusquement que la jeune femme travaillait dans l'immobilier. Peut-être était-ce elle qui lui avait vendu l'établissement ?

— Non, je ne l'ai pas retrouvée, répondit Lee, j'ai cru comprendre que vous soupçonniez Matt Williams de l'avoir volée ?

L'expression du restaurateur ne changea pas, mais Lee remarqua un léger trouble dans ses yeux noirs.

— C'est possible… Il tournait autour, en effet.

— Et il s'intéressait également à l'arme cachée sous le siège ?

Les yeux noirs s'assombrirent encore.

— Ce n'est peut-être pas le meilleur endroit pour dissimuler une arme.

Lee ne releva pas le commentaire.

— Si ce n'est pas lui, je pense qu'il connaît le voleur.

— Vous auriez dû lui poser la question quand vous l'avez vu sur le parking.

— Je ne pense pas qu'il aurait consenti à répondre en votre présence.

— Vous vous trompez. Matt était perturbé ce jour-là. Il y a eu un… un incident dans son centre d'apprentissage. Et il craignait les réactions de ses parents.

Kayla hocha la tête.

236

— Matt a beaucoup de problèmes.

— Je pensais qu'il pouvait s'en sortir.

— Il s'en sortira. Vous avez fait tellement pour lui.

— Pas assez, apparemment.

Une expression indéfinissable passa dans le regard de Jake Collins. Lee se dit qu'il devrait regarder de plus près dans le passé du restaurateur.

— J'aimerais prendre un rendez-vous avec vous, Kayla, reprit ce dernier. Je pense acheter une autre affaire.

— Quand vous voudrez… Appelez-moi !

Il inclina la tête et se tourna poliment vers Lee.

— J'espère que vous retrouverez votre voiture sous peu. Bon appétit.

— Merci, répondit Lee.

La serveuse apporta deux salades de fruits de mer. Dès qu'elle tourna le dos, Lee se pencha vers Kayla.

— Que penses-tu de Collins ? demanda-t-il à voix basse.

— Je n'ai pas d'opinion sur lui. C'est un homme sans histoires. Il est arrivé à Fools Point un jour. Il est venu me voir à l'agence. A peine avait-il signé l'acte de vente qu'il s'est lancé dans des rénovations, ce qui a fait jaser. Les rumeurs vont bon train ici. C'est une petite ville.

— Quelle sorte de rumeurs ?

— Oh, les bruits habituels. Qu'il était dans la mafia, que c'était un criminel venu blanchir son argent. Certains ont même prétendu qu'il était dans les services secrets. Tout cela uniquement parce qu'il ne parle pas beaucoup de lui.

Elle haussa les épaules.

— Moi je l'aime bien.

— Tu crois qu'il aurait pu faire partie des hommes photographiés par Trowbridge ?

Sa remarque surprit Kayla avant de la plonger dans une profonde réflexion.

— Je ne crois pas. Ce n'était pas du tout le genre de Fay.

— Tu es choquée par ma question ?

— Non, il m'est simplement difficile d'imaginer Jake Collins dans ces positions obscènes avec Fay. Mais il a habité au Bide Awhile pendant la durée des travaux qu'il a faits ici. Après tout, rien n'est impossible...

— Qu'est-ce que c'est que cette histoire avec Matt Williams ?

— Là-dessus aussi, on a raconté beaucoup de choses... Il paraît que Jake a surpris Matt en train de voler des matériaux sur le chantier à l'époque des travaux. Au lieu de le dénoncer, il lui a donné du travail.

— Comme l'aurait fait un parrain de la mafia ?

Kayla hésita.

— Ce ne sont que des rumeurs, Lee. Moi je préfère penser qu'il est honnête.

Elle échangea un sourire avec Lee, mais demeura pensive.

— Les gamins des rues en savent beaucoup plus qu'on ne pense. Je me demande si Matt traînait dans le coin cette nuit-là, dit Lee.

— Attendons qu'il réapparaisse. Ce n'est pas un mauvais garçon, Lee.

— Les bons garçons ne volent pas les voitures.

— C'était une belle voiture. C'est tentant pour un pauvre gosse.

Lee hocha la tête en mangeant sa salade. La jeune femme l'observa un moment.

— Elizabeth a dit que Fay en voulait à ton argent.

— Elle avait raison. J'ai beaucoup d'argent.

— Apparemment, le district paie mieux ses officiers qu'une petite ville comme la nôtre.

— Ce n'est pas grâce à mon salaire que j'ai pu m'offrir une voiture comme la mienne.

— Tu as fait des économies, alors ?

Il la regarda d'un air amusé.

— Tu sembles bien intéressée tout à coup ?

— Non, curieuse, c'est tout.

— Il y a tellement de femmes qui sortent avec des hommes parce qu'ils ont de l'argent.

— Je n'en fais pas partie.

— J'avais remarqué.

— Alors ? reprit la jeune femme en toute innocence, d'où vient cet argent ? Tu as gagné au loto ? Tu es un riche héritier ?

Lee ne put s'empêcher de rire.

— Tu ne crois pas si bien dire. Mon oncle, le plus jeune frère de ma mère, l'enfant terrible de la famille, était plus proche de moi que de ma mère. Nous nous entendions comme larrons en foire et nous faisions les quatre cents coups ensemble quand il venait dans l'Est. Il habitait à Los Angeles et je ne le voyais pas souvent.

Autour d'eux, les tables commençaient à se remplir et il baissa la voix pour poursuivre.

— Il a été renvoyé de plusieurs établissements pour indiscipline, et ses parents l'ont inscrit dans un collège privé. En réalité, il n'aimait pas les études et le jour où il décida d'abandonner définitivement le collège, ce fut un véritable drame. Ses parents ne se doutaient pas qu'il avait des histoires plein la tête et que rapidement il allait être engagé dans une société de production de cinéma.

— Comme scénariste ?

— Pas du tout. Comme opérateur… Il s'occupait des éclairages. Il adorait son métier. Et surtout il avait le sens des affaires. Il n'a pas hésité à investir dans des films qui lui plaisaient et dont la plupart ont remporté un succès phénoménal. Il est mort d'une rupture d'anévrisme après avoir gagné des millions de dollars, dont deux me sont revenus.

— Tu es en train de me dire que tu es millionnaire ?

— Et alors ? Ce n'est pas une honte.

La serveuse apporta leurs plats.

— Je comprends pourquoi Fay voulait te faire chanter avec Meredith, marmonna Kayla entre ses dents.

L'évocation de sa fille ranima le sentiment de frustration de Lee. Il espérait que sa sœur avait pu prendre un avion rapidement. Entretemps son avocat aurait rassemblé tous les documents nécessaires pour faire valoir ses droits.

— Meredith était une monnaie d'échange, reprit-il, elle n'aurait jamais divorcé si elle avait su plus tôt que j'avais de l'argent. Et je n'aurais pas divorcé moi non plus, à cause de Meredith, même s'il s'était avéré que je n'étais pas son père. Nous étions quittes, en quelque sorte…

Kayla lui prit la main.

— Je suis désolée, Lee.

— Moi aussi. Dommage que je ne t'aie pas rencontrée plus tôt.

La jeune femme écarquilla les yeux.

— Quand tu as rencontré Fay, tu l'aimais ?

Lee lui caressa le dos de la main.

— J'étais séduit. Elle était si belle, si sensuelle. Et moi je ne voyais pas plus loin que le bout de mon nez, je n'étais sensible qu'aux artifices. Avec toi c'est différent.

— Dois-je en conclure que je ne suis ni belle ni sensuelle, et que tu n'es pas séduit ?

240

— C'est tout le contraire. Mais ta beauté est plus profonde, plus subtile. Plus je te connais, plus je la découvre et plus je l'apprécie. C'est comme ta main…

— Ma main ?

— Elle est très représentative de ta personnalité. Délicate, douce.

Il la caressa.

— Mais également capable de serrer très fort.

Il pressa son pouce sous sa paume et automatiquement la main de la jeune femme l'emprisonna.

Ils restèrent un moment les yeux dans les yeux jusqu'à ce que la jeune femme se sente rougir sous l'intensité de son regard.

— Nos pâtes sont en train de refroidir, dit-elle.

Ils reprirent leurs couverts et commencèrent à manger en silence.

— Puisque tu es si riche, je ne comprends pas pourquoi tu es resté dans la police, coupa brusquement Kayla.

— Parce que mon métier me plaît. Mon oncle aussi a continué à travailler alors qu'il était assis sur une fortune.

— Policier c'est un métier difficile, dangereux.

— Pas toujours.

Pendant le reste du dîner, Kayla l'écouta attentivement raconter des anecdotes de sa vie de policier.

— Tu es vraiment passionné, dit-elle au moment du café.

— Oui, ce métier a ses bons et ses mauvais côtés, mais c'est comme dans la vie, Kayla, rien n'est jamais gagné. Il faut se battre pour faire triompher la justice et quand tu y parviens, c'est un plaisir vraiment intense. C'est cela qui me plaît dans mon métier.

— Si seulement tous les policiers étaient comme toi, dit-elle en soupirant.

— La plupart le sont, Kayla, je t'assure. Des types comme ceux qui ont tué ton père représentent une minorité. Je comprends ton sentiment, mais le fait est que la perfection n'existe pas sur cette terre.

— Et Osher ?

— S'il est coupable, il paiera comme n'importe quel citoyen.

— Si nous rentrions ? proposa la jeune femme. Je dois refaire ton pansement.

L'œil de Lee devint brillant.

— Tu n'aurais pas plutôt une idée derrière la tête ?

— Si.

— Tu ne cesseras jamais de m'étonner.

Mais il y avait de la tristesse dans les yeux de la jeune femme, et il savait pourquoi.

Kayla fut tirée du sommeil par le roulement sourd et lointain du tonnerre. Lee était allongé à son côté, le front débarrassé des marques de fatigue et de tension de la veille.

Elle résista à l'envie de le caresser. Elle risquait de le réveiller et il avait besoin de reprendre des forces. Imperceptiblement, elle glissa hors du lit et rassembla quelques vêtements propres.

Tandis que l'eau tiède de la douche ruisselait sur sa peau, elle songea avec regrets à ce qu'elle était sur le point de perdre. La situation était déjà compliquée quand elle croyait que Lee n'était qu'un simple policier. Elle l'était encore plus maintenant qu'elle savait qu'il était millionnaire !

Doucement, elle s'habilla et se rendit dans la cuisine pour téléphoner à l'hôpital et prendre des nouvelles de son frère. Elle sursauta quelques minutes plus tard, lorsque les mains de Lee enserrèrent délicatement sa taille. Elle bredouilla quelques remerciements confus à l'infirmière et raccrocha.

— Les nouvelles sont bonnes ? demanda Lee.

Elle se tourna, troublée par la puissance de ses bras.

— Excellentes ! Il est sorti des soins intensifs. Il est conscient, alerte, et nous réclame.

— Je suis content pour vous deux.

Lee l'embrassa dans le cou et laissa sa bouche remonter tendrement vers sa joue qu'il huma tel un bouquet printanier.

— Mmm, tu sens bon. Laisse-moi m'habiller et je te conduis auprès de lui. Je n'arrive pas à croire que nous ayons dormi si tard.

Elle l'embrassa du plus profond de son âme. Il allait tellement lui manquer lorsqu'il serait parti ! Il était étonnant de constater à quel point la cohabitation avec Lee lui semblait naturelle, alors qu'elle n'avait jamais partagé sa vie ni sa maison avec qui que ce soit auparavant.

— Quelque chose ne va pas ? s'inquiéta Lee.

Il devinait tout d'elle. Un sourire éclaira son visage.

— Si tu veux ton petit déjeuner, tu ferais mieux de me laisser passer.

Ses mains s'attardèrent sur ses épaules.

— Le petit déjeuner peut attendre, murmura-t-il. C'est de toi que j'ai faim.

Elle le repoussa en riant, ravie de la lueur d'amusement qu'elle avait surprise dans son regard. Elle aimait tout en lui.

— Va prendre ta douche.

— Oui, madame.

Son baiser la laissa pantelante et désespérée. Comment allait-elle vivre sans lui ?

Alex n'avait aucune idée de ce qui lui était tombé dessus.

— J'ai quitté la maison de Fay par la porte de derrière. Alors que je démarrais, quelque chose est venu violemment heurter mon crâne. Après cela, c'est le trou noir. Ils disent que la mémoire peut revenir, mais je suis sceptique.

Alex se saisit les tempes. Apparemment, il souffrait d'une affreuse migraine. Un de ses yeux était fermé par un hématome qui était en train de passer par toutes les couleurs. L'autre se plissait dans un rictus de douleur. Sa tête et ses mains étaient couverts de coupures et de contusions. Son torse n'était plus qu'un bleu.

— Tu devrais peut-être changer tes amis, suggéra doucement Lee.

— Et tu pourrais te mêler de tes oignons, lui répliqua sèchement Alex.

— As-tu trouvé quelque chose chez Fay ? demanda Kayla.

— Ouais, il y avait deux sachets de poudre dans sa pharmacie.

— J'en ai trouvé un dans ta poche, l'informa Lee, c'est parti au labo pour analyse.

Kayla lui lança un regard étonné.

— Tu ne m'avais pas dit ça.

— Désolé. Je l'ai envoyé à un de mes amis pendant que nous étions à l'hôpital, hier. Il va l'examiner, mais je ne crois pas qu'il y ait le moindre doute sur ce qu'il va trouver.

— Moi non plus, acquiesça Alex. Et vous deux, qu'avez-vous découvert ?

— Barney Trowbridge.

Alex, bouche bée, écouta Lee lui raconter les derniers événements. En l'entendant, Kayla mesura tout ce qui s'était abattu sur sa vie jusqu'ici si sereine. Depuis que Lee avait surgi dans son univers, tel un ouragan emportant tout sur son passage, son existence n'était plus que chaos.

— Tu le sais certainement déjà, mais Osher était au restaurant cette nuit-là, assura Lee.

— Je ne le savais pas. Je ne l'ai jamais vu là-bas, mais il y avait beaucoup de monde. Alors, est-ce que les pistes mènent vers lui ou vers Jason Ruckles ?

— Si c'est Trowbridge qui a tué Fay, qui a tué Trowbridge ?

Alex tenta de remettre sa chemise mais ce mince effort le fit grimacer de douleur.

— J'ai besoin de sortir d'ici.

— Demain, dit Kayla en pressant sa main sur la poitrine de son frère. Fais-moi confiance, grand frère, c'est moi qui prends les rênes maintenant.

— Mais je vais très bien !

Kayla lui lança un regard noir, déterminée à avoir le dernier mot.

— Je suis sûre que tu vas aussi bien que quelqu'un qui sort d'un match de dix rounds et qui a perdu, mais si tu ne cesses pas immédiatement de t'agiter, je vais te montrer de quel bois je me chauffe.

Alex éclata de rire.

— Comment t'y prends-tu avec elle ?

Elle remarqua que leur chamaillerie amusait Lee.

— Oh, elle a ses bons moments.

Kayla lui envoya un coup de coude dans les côtes au moment où une infirmière pénétrait dans la pièce. Les repas commençaient à être distribués dans les chambres et ils prirent congé, en promettant de revenir plus tard dans la soirée.

Dehors, la pluie avait cessé mais le ciel gardait un aspect menaçant. En cette fin d'après-midi, l'air était écrasant de chaleur et d'humidité. Ils retournèrent à la voiture et savourèrent l'air conditionné.

— Ne devrions-nous pas aller rendre une petite visite aux Ruckles ? demanda Kayla.

— Qu'ils aillent au diable.

— Hepplewhite ne devait pas t'arranger une entrevue avec Meredith aujourd'hui ?

Lee se renfrogna.

— Si, jusqu'à ce que Ruckles lui débite ces sornettes à propos de la légitimité de ma paternité. Mon avocat s'est attelé à la tâche. Ma sœur a accepté de revenir par le premier vol demain pour tenter de la prendre en charge. En supposant qu'ils la laissent garder Merry. Tu vas apprécier ma sœur, ajouta-t-il, elle aime bien me mener la vie dure, elle aussi.

— Pauvre chéri.

Le visage de Lee fut traversé d'un sourire. Alors qu'il descendait vers la bretelle d'autoroute, ils gardèrent tous les deux un œil sur le ciel qui les surplombait. Un horrible amalgame de nuages noirs se formait à l'horizon.

— On dirait qu'il va encore pleuvoir, commenta Lee. Voyons voir si nous pouvons trouver une station radio pour nous donner la météo.

Ils arrivèrent à la sortie de Fools Point avant que Kayla ait pu trouver la station demandée par Lee. Le ciel se zébra d'éclairs accompagnés d'un tonnerre assourdissant au-dessus de Montgomery et des comtés avoisinants.

Lee ralentit en arrivant à hauteur de Bide Awhile. Kayla réprima un frisson. Une atmosphère de désolation s'était abattue sur l'endroit. Etrangement, la même atmosphère régnait sur la grande maison des Ruckles.

— On se croirait dans *Psychose*, le film d'Hitchcock, grommela Lee.

Des petites lumières clignotaient au loin derrière la maison. Le bâtiment lui-même surplombait l'à-pic dans toute la splendeur de son isolement. Sur ce fond de ciel déchaîné, il paraissait sinistre. Un roulement de tonnerre atténué indiquait que l'orage tournait dans les environs.

— Tu veux attendre ? proposa Lee.

— Non, apparemment Elizabeth est chez elle, j'aperçois sa voiture. Voyons ce qu'elle a à nous raconter.

De toute évidence, Elizabeth n'avait rien à leur dire. Elle ne répondit pas à l'Interphone, pas plus qu'à la porte lorsque Lee frappa énergiquement.

— Viens, on aura plus de chances en passant par-derrière.

— Pas avec l'orage qui menace. Tout doit être fermé.

— Tu prends les paris ?

Lee dut bientôt se rendre à l'évidence. Kayla avait raison. Ils trouvèrent le patio vide, mais il était évident qu'une bagarre venait d'avoir lieu. La bouteille de scotch était par terre en mille morceaux. Le fauteuil du salon de jardin était renversé dans un coin. La plaque de verre de la table était fissurée et le vent faisait tourner avec violence les pages d'un livre exposé à sa fureur.

Le regard de Kayla se porta vers la piscine. Celle-ci était vide, mais une feuille de papier, au bord du bassin, attira son regard. Kayla se pencha et la prit.

— Qu'est-ce que c'est ? demanda Lee.

— Une lettre à un avocat. Elle date de plus de deux semaines.

Elle la lut, consternée.

— Jason préparait leur divorce ! C'est aussi une confirmation écrite pour lancer la procédure d'adoption dès le retour des échantillons d'ADN.

Elle leva les yeux vers Lee dont le regard s'était durci. Il se détourna pour examiner l'état du patio. Il tenta de faire coulisser la baie vitrée mais elle était fermée à clé. Il jeta un coup d'œil à l'intérieur.

— C'est la salle à manger. Je ne vois pas de corps.

Un mauvais pressentiment gagna Kayla. Lee pensait-il qu'Elizabeth avait été tuée ? Le policier tenta de faire jouer la serrure comme il l'avait fait au motel.

— Cette méthode ne marche qu'avec les serrures cassées, maugréa-t-il, nous devrions les appeler. As-tu ton téléphone ?

Kayla chercha son portable dans son sac et composa le numéro des Ruckles.

— La batterie est déchargée, Lee.

— Tant pis, il n'y a pas de traces de sang, c'est déjà cela.

Il regarda la porte d'entrée.

— Fermée. Trouvons un moyen d'entrer là-dedans.

Ils firent le tour de la maison sans trouver une seule fenêtre du rez-de-chaussée ouverte.

Le ciel continuait à s'assombrir. Kayla lança un regard inquiet aux nuages noirs qui s'amoncelaient au-dessus de leurs têtes.

— Ce ciel ne me dit rien qui vaille, Lee.

Le vent s'était levé. On entendit des craquements lugubres dans les branches des arbres du parc.

— Tu as raison, il faut nous abriter.

— Essayons le garage.

Ils coururent vers le garage qui n'était pas fermé mais aucune des voitures du couple ne s'y trouvait.

Une bourrasque violente fit frissonner la jeune femme.

— Tu crois qu'il l'a tuée ?

Un coup de tonnerre assourdissant fit écho à sa question. La grêle commença à marteler le toit.

— Je ne sais pas si nous sommes en sécurité ici, annonça Lee.

— Regarde, il y a une porte sur l'arrière.

Lee tourna la poignée.

— Elle donne dans la maison et elle n'est pas fermée. Entrons.

— Tu crois ? demanda la jeune femme d'une voix incertaine.

Le sourire de Lee étincela dans l'obscurité.

— Aurais-tu peur ?

— Non, non, mais nous n'avons pas le droit.

— Seulement si nous nous faisons prendre, plaisanta-t-il.

L'orage grondait. Le vent secouait la maison avec une force telle qu'elle semblait faite en carton.

Ils se retrouvèrent dans une sorte de buanderie avec deux grandes fenêtres.

— Regarde la taille de ces grêlons ! s'exclama Kayla qui n'en menait pas large sans vouloir le montrer.

— Sais-tu si cette maison possède un sous-sol ?

— Je ne sais pas, c'est la première fois que j'entre chez eux.

Les murs tremblèrent. Kayla aussi. Les éclairs sillonnaient le ciel, illuminant la cuisine droit devant eux. Un craquement sinistre les fit sursauter tous les deux en même temps.

— Je n'aime pas cela du tout.

— Cours t'accroupir derrière les placards. Tiens-toi éloignée des fenêtres.

— Non, j'ai moins peur quand je reste avec toi.

Lee sourit. Il entra dans la cuisine sombre éclairée par intermittence. Kayla le suivit. Elle ne plaisantait pas quand elle disait avoir moins de craintes en sa présence. Ce n'était pas seulement l'orage qui l'effrayait.

— On a vu plus ordonné, murmura Lee.

Effectivement, la table et l'évier étaient encombrés de vaisselle sale et le sol jonché de détritus.

Dans le flash d'un éclair, une silhouette apparut debout sur le seuil de la salle à manger. Kayla étouffa un cri. Lee pivota sur lui-même.

— Nous avons donné congé à la femme de chambre, dit la voix d'Elizabeth.

Comme la maîtresse des lieux entrait dans la cuisine, Kayla remarqua qu'elle n'était pas dans son état normal. Pourtant, elle ne semblait pas avoir bu. Ses cheveux pendaient sur ses épaules, complètement dépeignés. Il y avait une trace sombre sur sa pommette. Sa lèvre était fendue et elle était pieds nus sous le caftan noir qui ondoyait sur ses longues jambes.

— Vous allez bien ? demanda Lee.

Son rire hystérique fit frissonner Kayla.

— Que fabriquez-vous chez moi ? finit-elle par demander.

— La porte du garage était ouverte, expliqua Lee, nous cherchions à nous abriter de l'orage.

250

— Nous avons sonné et frappé à la porte, renchérit Kayla.

Elizabeth toisa la jeune femme puis gagna le salon sans répondre. Lee interrogea Kayla du regard et la suivit. Kayla était perplexe. Elle ne connaissait pas assez Elizabeth pour interpréter son attitude. Mais elle suivit le mouvement, même si son intuition lui conseillait de fuir loin de cette atmosphère malsaine.

— Elizabeth, y a-t-il un sous-sol dans cette maison ? s'enquit Lee.

— Fichez le camp, répondit Elizabeth.

Lee lui prit le bras d'autorité.

— Où est le sous-sol ?

— Nous n'en avons pas.

Elle dégagea son bras et se réfugia dans un angle du salon. Kayla remarqua qu'elle titubait légèrement.

— Elizabeth, nous souhaitons seulement vous aider, dit Lee.

Le rire insupportable explosa de nouveau. Kayla se frotta les bras. Ils auraient mieux fait de se réfugier dans la voiture.

La lumière fugace des éclairs permettait juste de distinguer un album ouvert sur la table basse à côté d'une bouteille de scotch neuve et d'un verre vide. Elizabeth se laissa choir dans son grand canapé de cuir blanc, ouvrit la bouteille et remplit son verre sans leur accorder un regard.

— Je n'ai pas besoin d'aide, dit-elle. Plus maintenant.

— Est-ce Jason qui vous a frappée ? D'où vient ce bleu sur votre visage ?

— Aucune importance, rétorqua-t-elle d'un air maussade.

— Où est-il, Elizabeth ?

Elle but une longue gorgée et les regarda avec des yeux exorbités. Le bleu sur sa pommette était énorme.

— Il est parti.

— Où ?

— Il ne reviendra pas.

Elle but encore.

— L'argent aussi s'est envolé. Mon père a dit que j'aurais dû mieux contrôler la situation. Jason en a été incapable. La propriété, la maison, le compte en banque, tout était à mon nom mais cela n'a pas duré. Rien ne dure. Jason a dû vendre sa chère Porsche pour payer le personnel le mois dernier. Et maintenant c'est la maison qui va être vendue.

Lee s'accroupit à côté d'elle. D'un signe de tête, il invita Kayla à s'asseoir. Mal à l'aise, celle-ci se percha sur le bord d'une chaise, attentive à l'orage qui se déchaînait. Le temps d'un éclair, elle vit que l'album ouvert était celui du mariage d'Elizabeth et de Jason.

L'ambiance était de plus en plus malsaine. Dehors le vent soufflait par rafales. Quelque chose se fracassa contre la baie vitrée. Lee sursauta.

— Les meubles du patio.

L'orage prenait des allures de cyclone. A tout instant, on avait l'impression que la maison allait être emportée.

— Où est Jason, Elizabeth ? demanda Lee.

Cette fois, le rire de la jeune femme se termina en sanglot.

— La police devait vous arrêter. Il avait tout prévu.

Kayla eut du mal à masquer sa répulsion mais, en même temps, les aveux d'Elizabeth constituaient la preuve de l'innocence de Lee et d'Alex.

— Seriez-vous en train de dire que Jason a tué Fay ?

Elizabeth baissa les yeux vers son album de mariage.

252

— Elle voulait votre argent. Barney s'apprêtait à prendre des photos pornographiques de vous avec des prostituées pour prouver que vous étiez indigne d'être père. Mais Jason n'a pas suivi. Il craignait que la présence de ces femmes ne lui fasse du tort, alors il a refusé de les engager.

Elle but une autre gorgée d'alcool.

— Il vous détestait.

L'amertume lui faisait lâcher les mots en bribes brusques comme des chevrotines.

— Il avait peur de vous parce que vous êtes policier. Vous auriez pu découvrir que c'était lui qui avait engagé ces femmes pour le compte de Fay et il aurait été poursuivi.

Un coup de tonnerre plus fort que les autres déchira leurs tympans. Kayla croisa vite les bras pour dissimuler ses tremblements.

— J'ai surpris leur conversation téléphonique cet après-midi-là, poursuivit Elizabeth, ils se disputaient. Ils ne savaient pas que j'écoutais d'un autre poste. Fay se moquait de Jason. Elle lui a avoué qu'elle n'avait pas l'intention de l'épouser, qu'il était un raté et que, s'il voulait sa fille, il avait intérêt à l'aider à vous piéger.

Kayla devinait la douleur de Lee aux rides qui s'étaient creusées sur son front.

— A-t-elle dit que Meredith était la fille de Jason ? demanda doucement Lee.

Le regard d'Elizabeth n'avait plus d'expression. Le sentiment de trahison l'avait détruite.

— Elle n'arrêtait pas de le railler avec cela, dit Elizabeth dans un sanglot.

— Que s'est-il passé ensuite ?

— Barney vous a ramené du restaurant et conduit dans la chambre. Quand il est parti chercher son appareil photo, Jason a annoncé à Fay qu'il n'avait pas engagé les prostituées. Il lui a dit qu'elle était folle, mais elle ne s'est pas découragée. Elle a cherché un autre moyen de vous piéger. Jason l'a vue verser quelque chose dans son vin, alors il interverti les verres.

— Pourquoi a-t-elle voulu droguer Jason ? demanda Kayla.

— Parce qu'il n'avait pas engagé les prostituées. Elle avait besoin de quelqu'un pour poser avec Lee dans ce lit. Pourquoi pas Jason ? C'était encore plus compromettant, deux hommes ensemble.

La voix d'Elizabeth se mit à vibrer de colère.

— Tout cela à cause de cette histoire de marmot ! Il ne parlait que de cela. Ce n'est pas ma faute si nous ne pouvions pas avoir d'enfants. Le médecin le lui a dit ! Mais il refusait de faire des examens. Il m'accusait d'être stérile. Il ne m'a jamais aimée. Il m'a épousée pour mon argent parce qu'*elle* ne voulait pas de lui comme mari. Tout n'est que mensonge. Notre couple était une mascarade.

Sa main balaya l'album photo de la table et il alla s'écraser sur le plancher. La bouteille de scotch tangua dangereusement, mais Lee la retint au vol.

— Il la voyait toujours. Depuis que nous étions mariés, il passait son temps à essayer de la rejoindre. Je faisais mine de l'ignorer mais je savais tout. Je me disais que ce n'était pas grave tant qu'il me revenait. Elle était mariée, elle aussi.

Elle tourna les yeux vers Lee.

— Mais après son divorce, elle est revenue ici et…

Ses yeux s'emplirent de larmes.

— Est-ce que Jason l'a tuée ? demanda gentiment Lee.

Durant de longues minutes, Kayla pensa qu'elle ne répondrait pas. Pourtant, l'orage s'était calmé, comme si les éléments suspendaient aussi leur respiration.

— Il m'a dit qu'il l'avait fait. Après sa perte de conscience, il l'a tuée avec votre revolver et il vous a renfermés tous les deux dans la chambre. Puis il a raconté à Barney que Fay avait changé d'avis et qu'elle préférait passer la soirée avec vous en tête à tête. Quand il est revenu ici, il était dans tous ses états, effrayé et complètement excité. Il prétendait avoir saisi l'unique occasion d'avoir un enfant bien à lui. La police vous arrêterait pour le meurtre de Fay et Meredith serait à nous.

Elizabeth reposa son verre sur la table avec une telle violence qu'il se fendit. Elle n'en fit aucun cas. Elle reprit en même temps que l'orage recommençait de plus belle.

— Je ne voulais pas de son enfant bâtard ! Il était prêt à m'humilier devant la ville entière. Ce sont mes ancêtres qui ont fondé cette ville.

Elle se leva comme un ressort sans laisser à Lee le temps de réagir. Elle se mit à arpenter la pièce, traînant derrière elle une immonde odeur d'alcool. Elle s'effondra contre le mur.

— La police devait vous arrêter, répéta-t-elle, pourquoi ne l'ont-ils pas fait ? Tout devrait être réglé à présent. Il était tellement effrayé de vous voir circuler librement. Il a même prêté sa carabine à Barney pour qu'il vous tue.

— Mais pourquoi Barney a-t-il accepté ? demanda Kayla, éberluée.

— Parce que Barney aussi en pinçait pour elle.

Sa tête tourna de gauche à droite d'une façon désarticulée.

— Pauvre idiot de Barney. Quand Jason lui a raconté que Lee avait tué Fay, il a perdu les pédales. Il était prêt à tout pour venger sa belle.

Lee se tourna vers Kayla.

— Je crois que nous ferions mieux d'appeler Hepplewhite.

Elizabeth avait entendu. Elle releva la tête.

— Tout a sauté avec l'orage. Le téléphone est coupé.

Elle revint pour s'emparer de la bouteille, mais Lee fut plus rapide.

— Vous avez assez bu, Elizabeth.

Elizabeth se redressa si brusquement qu'elle renversa la table basse.

— Non ! Je suis chez moi. Fichez le camp d'ici, vous deux. Vous me faites faire n'importe quoi !

Elle partit comme une flèche vers l'entrée principale en marchant sur une des photographies échappée de l'album.

Lee redressa la table sur laquelle il posa la bouteille de scotch.

— Je vais la rattraper. Attends-moi ici.

Kayla ramassa l'album photo. Une feuille de papier tomba sur le sol. Il était difficile de lire ce qui y était écrit, mais apparemment Elizabeth mentionnait son intention de se suicider. D'une écriture tremblante elle donnait des détails sur la façon dont Jason avait assassiné Fay.

Après une minute d'indécision, Kayla courut derrière Lee afin de lui montrer la lettre.

Un coup de tonnerre et un violent éclair explosèrent en même temps.

Le mur sembla transparent le temps de l'éclair. Une forte odeur d'ozone emplit l'air. Quelque chose heurta violemment le toit. Le mur en face d'elle s'écroula dans un nuage de poussière. Un arbre s'effondra dans le living-room là où elle se tenait juste avant. La porte de l'entrée vola en miettes sous l'effet du choc.

Tremblant d'effroi, Kayla battit en retraite et gagna une autre porte au fond de la salle à manger. Elle cramponnait sa précieuse lettre. S'ils sortaient indemnes d'ici, l'homme qu'elle aimait et son frère seraient sauvés grâce aux révélations d'Elizabeth. C'était déjà un miracle qu'elle ne fût pas blessée.

La porte était ouverte. La jeune femme sentit son sang se glacer dans ses veines.

Jason Ruckles était assis devant son bureau en teck, la tête posée sur le clavier de son ordinateur, une main tendue vers un presse-papiers en cristal. Il y avait du sang sur son visage, et beaucoup de sang par terre.

10.

— Kayla !

Le hurlement de Lee la sortit de sa torpeur.

— Lee ! cria-t-elle, viens vite !

Il la prit dans ses bras, affolé par sa respiration rauque et irrégulière.

— Tu n'es pas blessée ? Parle-moi !

Elle se débattit pour retrouver son souffle. Elle avait envie de rire et de pleurer à la fois.

— Je vais bien, mais…

— J'ai craint le pire quand j'ai vu cet arbre tomber…

— Regarde !

Le regard de Lee suivit son index. Il se rua dans la pièce. La jeune femme assista à la scène à travers un rideau de larmes. Même si la mort de Jason ne laissait aucun doute, Lee lui prit le pouls.

Elle ne pouvait détacher ses yeux de la main du mort.

Lee bondit sur le téléphone.

— Il est mort, dit froidement Elizabeth.

Kayla sursauta et se retourna en même temps. Elizabeth tenait son verre d'une main mais ce qu'elle tenait dans l'autre était plus inquiétant.

— Remettez-moi cette arme, Elizabeth, lui intima doucement Lee.

Au lieu d'obtempérer, elle pointa le canon droit sur lui. En dépit de la quantité d'alcool qu'elle avait ingurgitée la main d'Elizabeth ne tremblait pas.

Elle posa son verre sur la bibliothèque à côté de la porte.

— D'abord j'ai voulu me tuer.

— Je sais, intervint Kayla, j'ai trouvé ta lettre.

— Donne-la-moi ! ordonna Elizabeth.

Kayla laissa échapper la lettre sur le plancher, mais Elizabeth ne se laissa pas distraire.

— Je ne voyais pas d'autre solution et puis vous m'avez donné une autre idée. Je peux devenir une héroïne. La police voulait vous coffrer pour un meurtre, pourquoi pas deux ? Vous êtes entrés par effraction. Vous avez tué Jason et je vous ai abattus pour me défendre.

Lee secoua la tête. Il était prêt à bondir mais le bureau qui les séparait le réduisait à l'impuissance.

— Ils ne vous croiront pas, Elizabeth.

Il fit un pas de côté. Kayla comprit qu'il allait tenter l'impossible. C'était pure folie, sauf si elle parvenait à détourner l'attention d'Elizabeth.

— La foudre a frappé un arbre qui a écrasé une partie de ta maison, Elizabeth.

En même temps qu'elle parlait, elle se rapprocha du bureau.

— Ne bougez pas !

Kayla aurait pu jurer qu'Elizabeth semblait complètement dégrisée.

— Tu ne vas pas nous tuer tous les deux ? protesta Kayla.

Elle se posta devant le corps sans vie de Jason. Sa main avança vers le presse-papiers en cristal. Elizabeth tourna la tête pour la suivre du regard, mais pas le pistolet. Elle savait parfaitement qui était le plus à craindre. L'arme restait braquée sur Lee.

— Elle ne nous tuera pas, intervint Lee.

Kayla se tourna vers lui pour le regarder pendant que sa main se rapprochait de l'objet en cristal. Lee saisit son regard mais il continua à parler.

— Elizabeth sait que les preuves médico-légales désavoueront ses déclarations.

Les doigts de Kayla se refermèrent sur le presse-papiers.

— Et puis, Elizabeth, vous n'avez tué personne. Vous n'avez fait que vous défendre. Vos hématomes le prouvent. Nous vous soutiendrons. Pourquoi ne pas… Kayla !

Kayla comprit le signal. Elle rassembla ses forces pour soulever le presse-papiers. Elizabeth tourna le pistolet vers elle, mais trop tard. Lee s'élança comme un fauve bondissant sur sa proie. Un coup de feu partit, mais en direction du plafond. Le presse-papiers atterrit lourdement sur le tapis à quelques centimètres d'Elizabeth et de Lee qui venaient de rouler au sol. Un bref combat s'ensuivit. Lee n'eut aucun mal à maîtriser Elizabeth et lui prendre l'arme des mains.

— Bravo, Kayla. Tout va bien ?

Tout en parlant, il se releva sans quitter des yeux Elizabeth prostrée à ses pieds.

— Tout va bien. Et toi ?

— Je survivrai.

Lee aida Elizabeth à se redresser. Il la poussa devant lui en direction de la salle à manger où il l'obligea à s'asseoir sur une chaise.

261

— Essaie de trouver un téléphone pour prévenir Hepplewhite.

Kayla n'avait guère envie de s'aventurer seule dans la maison. Elle courut vers la cuisine. Le téléphone était effectivement coupé, mais son bon sens lui indiqua qu'une femme comme Elizabeth possédait forcément un téléphone portable. Elle fouilla partout jusqu'à ce qu'elle ait mis la main sur le sac de la jeune femme.

D'une main tremblante, elle composa le numéro devenu familier.

Quand elle retourna dans le salon, Elizabeth était en train de supplier Lee de lui donner à boire. Son désespoir faisait peine à voir. Après un moment d'hésitation, Lee fit signe à Kayla d'aller chercher son verre dans le bureau de Jason.

Kayla revint poser le verre sur la table basse en prenant garde de rester hors d'atteinte d'Elizabeth et de la ligne de tir de Lee. Elle préféra ignorer l'expression de gratitude qui se peignait sur le visage d'Elizabeth. C'est alors qu'elle vit le sang dans la nuque de Lee.

— Tu es blessé !

Il toucha la base de son crâne.

— J'ai la tête dure.

— Peut-être, mais tu saignes, dit-elle, affolée.

— Comme cela j'aurai des points devant et derrière.

Mais elle n'était pas d'humeur à rire.

— Je vais chercher de la glace.

Lee n'essaya pas de discuter. Kayla retourna dans la cuisine, en quête d'un torchon propre qu'elle remplit de glace. A son retour dans le salon, Lee et Elizabeth étaient en grande conversation.

— Pourquoi avez-vous tué Barney ? entendit-elle Lee demander à Elizabeth.

— C'est Jason qui l'a tué. Il pensait récupérer l'argent de l'assurance en mettant le feu au motel. Il avait demandé à Barney de s'en charger mais celui-ci a refusé. Barney l'a surpris en train de jeter de l'essence dans les bâtiments. Alors il s'est débarrassé de lui pour ne pas qu'il parle.

Kayla tira une chaise dans le dos de Lee.

— Assieds-toi ici, Lee, que je regarde cette blessure.

— Je vais bien, Kayla.

— Assieds-toi !

Lee pinça les lèvres d'un air désapprobateur mais il obtempéra sans cesser de garder Elizabeth en joue.

La plaie était superficielle mais il saignait abondamment. Kayla appliqua la glace contre sa nuque.

— Aïe !

Les mains de la jeune femme tremblaient légèrement, mais elle s'efforçait de cacher sa nervosité.

— Arrête de faire le bébé.

— C'était tout ce que Jason désirait, répéta tristement Elizabeth. Un bébé...

Elle vida son verre et ses yeux se troublèrent. Ses paupières lourdes commencèrent à cligner.

— Quand il est sorti cet après-midi, j'ai trouvé une lettre sur son ordinateur.

— Celle qui flottait dans la piscine ? demanda Kayla.

Mais il sembla qu'Elizabeth n'avait pas entendu la question. Sa voix devint un marmonnement indistinct.

— Il voulait me quitter. J'ai trouvé ses valises en bas de l'escalier. La lettre disait qu'il demandait le divorce. Il m'a traitée de stupide alcoolique. Et il s'est mis à me frapper.

Des larmes coulèrent de ses yeux à demi ouverts. La gorge de Kayla se noua devant cette détresse incommensurable. Elizabeth était pathétique.

— Il ne savait pas que j'avais pris son pistolet pour me tuer. Il est parti dans son bureau en me disant que c'était fini entre nous, que jamais il ne reviendrait.

Elle ouvrit les yeux.

— J'en veux encore.

Elle tendit son verre vide.

— Non, Elizabeth, vous avez assez bu, dit Lee.

— Vous croyez ? demanda-t-elle d'une petite voix.

— Oui.

— Bon.

Elizabeth posa la tête sur un bras du fauteuil et ferma les yeux. Kayla essuya une larme qui roulait sur sa joue.

— Hé ? s'inquiéta Lee, tu vas bien ?

Kayla hocha la tête, en déglutissant plusieurs fois pour ravaler sa peine.

— Quelle terrible histoire ! dit-elle. Jason l'a épousée pour son argent, pour ensuite la rejeter, parce qu'elle ne pouvait pas avoir d'enfant. Il l'a trompée avec une autre femme, il l'a battue, et malgré tout elle l'aimait toujours. Je n'arrive pas à comprendre.

— Moi non plus.

Il abaissa son arme en gardant l'œil sur Elizabeth même si celle-ci ne bougeait plus.

— Lee, il n'y a aucune raison pour que nous parlions à la police des tests ADN que Jason a commandés. Il n'est plus là pour contester ta paternité envers Meredith. Peu importe ce que révèlent ces tests. Meredith ne connaît que toi. Elizabeth n'en parlera pas, et moi non plus.

Lee la regarda droit dans les yeux. Cette histoire avait ébranlé ses certitudes, mais au fond être ou non le père génétique de Meredith ne changeait rien. Meredith était sa fille et le serait toujours. Aucun résultat d'examen ne viendrait remettre cela en question.

— Et cette lettre qu'elle a écrite ?

— Elle n'est pas explicite sur le sujet. Veux-tu que j'aille la chercher ?

Mais l'idée de retourner encore une fois dans ce bureau lui arracha un frisson de dégoût.

Lee fit non de la tête.

— La police s'en chargera.

Il espérait que ce ne serait pas Thad Osher qui serait chargé de cette mission.

Ils attendirent en silence durant plusieurs minutes, écoutant la pluie qui tombait dans le salon. Soudain, une sirène retentit et une voiture se gara dans l'allée. Kayla gagna le hall d'entrée et invita l'officier de police à passer par la porte de derrière. Toute la partie avant de la maison était devenue inaccessible.

Elizabeth ne bougeait toujours pas.

Lee fut soulagé de ne pas voir Osher. Il reconnut Derek Jackstone, l'officier qui, la veille, les avait raccompagnés de l'hôpital à Fools Point. Lee fit un exposé rapide de la situation, trop heureux de confier son arme et toute la responsabilité de l'affaire au jeune policier complètement choqué, qui envoya un message radio pour demander de l'aide.

— Etes-vous les seules personnes dans cette maison ? demanda le policier.

— Oui, apparemment. Mais nous sommes passés par le garage, et je n'ai pas visité le reste de la maison.

Jackstone s'approcha prudemment d'Elizabeth et l'appela plusieurs fois.

— Madame Ruckles ?

Devant son manque de réaction, il lui secoua l'épaule. Son long corps s'affaissa mollement comme une poupée de chiffon.

Alerté, Lee relâcha Kayla. Le sommeil d'Elizabeth n'était pas normal. Il avança pour lui prendre le pouls.

Il étouffa un juron.

— Je ne trouve pas son pouls.

Le policier essaya à son tour.

— Elle est morte, dit-il.

— Ce n'est pas possible ! s'exclama Kayla, terrifiée.

Lee tira le corps pour l'allonger au sol dans le but de lui faire un massage cardiaque. Les mains d'Elizabeth s'affalèrent sur le plancher. Un petit emballage en carton glissa de ses doigts.

— Qu'est-ce que c'est ? demanda Jackstone.

Une boule amère remonta dans la gorge de Lee.

— Des somnifères. Elle a dû les prendre avec son dernier verre. Voilà pourquoi elle tenait tant à boire. Bon sang, je n'y ai vu que du feu !

Le jeune policier et lui se relayèrent pour essayer de la ramener à la vie. Entre les massages cardiaques et la respiration artificielle, rien n'y fit. La drogue mélangée à la quantité d'alcool absorbée avait provoqué un arrêt cardiaque. Le médecin et l'équipe des urgences médicales tentèrent leur chance à leur tour mais sans plus de succès.

— Ce n'est pas ta faute, murmura Kayla à l'oreille de Lee, tu ne pouvais pas deviner.

Mais il ne pouvait pas s'empêcher de se sentir coupable.

— C'est elle qui l'a voulu, Lee.

— Elle était jeune, elle aurait pu refaire sa vie.

— Elle avait tué son mari qu'elle aimait. Jamais ne se le serait pardonné. Comment survivre à une telle tragédie ?

Le médecin remarqua la plaie dans la nuque de Lee et il le fit monter dans l'ambulance pour l'emmener à l'hôpital. Eprouvée par le cauchemar qu'elle venait de vivre, Kayla rentra chez elle.

L'orage avait fait de nombreuses victimes et le personnel de l'hôpital de Frederick était débordé. Le cas de Lee n'étant pas urgent, il patienta un moment avant d'être examiné et de voir un chirurgien qui décida de ne pas lui faire de points.

Lexie, la sœur de Lee, fit son apparition vers 19 heures. Elle n'était pas seule.

— Papa, papa !

La joie de Meredith fit sourire jusqu'aux officiers de police. Lee referma ses bras autour de sa petite fille et eut bien du mal à retenir des larmes de soulagement et de bonheur.

— Ton avocat a fait du bon travail, Lee. Tout a été réglé dans l'après-midi. J'ai pu la récupérer immédiatement.

— Je te revaudrai cela.

— Je n'en doute pas. As-tu une idée du montant d'un billet d'avion entre le Texas et ici ?

Ils échangèrent un sourire et s'embrassèrent par-dessus la tête de la fillette.

— Tu as l'air épuisé.

— J'ai frisé la catastrophe, mais je savais que je pouvais compter sur toi.

— Ils ont dit que tu pouvais partir.

Lee reposa Meredith sur ses pieds.

— Oui. Avant je dois monter à l'étage voir quelqu'un.

Il s'accroupit pour se trouver au niveau de sa fille.

— Ma chérie, reste avec ta tante une minute, je reviens tout de suite.

— Il y a des glaces ici, papa ?

Sa sœur pouffa de rire.

— Elle n'a que cela en tête. Viens, Merry, allons voir à la cafétéria ce qu'ils ont à nous proposer.

Lee trouva Alex Coughlin assis dans son lit. Il semblait abattu et de très mauvaise humeur. Son œil valide indiqua la chaise au chevet de son lit.

— Kayla va bien, le rassura Lee, mais elle n'est pas venue avec moi. Elle n'en pouvait plus. Comment te sens-tu ?

Alex étendit ses jambes nues en dehors du lit.

— Je suis dans un meilleur état que toi. Qu'est-il arrivé ?

Lee raconta rapidement les faits. Alex ne perdit pas une seconde de plus pour sortir ses vêtements et ses chaussures du placard.

— Es-tu certain d'avoir le droit de te lever ? s'inquiéta Lee.

— Oui. Je vais prendre un taxi en bas.

— O.K., je rejoins Merry et ma sœur qui m'attendent en bas. Dis à Kayla que je la verrai demain matin.

Alex s'arrêta dans son élan.

— Tu veux lui rendre service, Garvey ? Sors de sa vie.

— Je ne peux pas.

Alex émit un grognement.

— Tu consens à démissionner de la police ?

Lee hésita avant de faire non de la tête.

— Ma sœur déteste les flics, tout comme elle déteste Washington. Elle finira par ne plus te supporter si tu l'emmènes avec toi là-bas. Réfléchis bien à tout cela.

— Je l'aime.

Alex pouffa de rire.

— Avec tout ton fric, tu trouveras quelqu'un d'autre à aimer. Donne-lui sa chance, laisse-lui du temps. Après ce que vous venez de vivre tous les deux, c'est normal que vous ayez du mal à vous quitter. C'est comme les otages qui tombent amoureux de leurs ravisseurs.

— En l'occurrence, c'est elle qui m'a ravi, plaisanta Lee, ou qui m'a sauvé plutôt, ajouta-t-il pensivement.

— Je te conseille simplement de laisser reposer tout ceci avant de t'emballer. Si tu éprouves les mêmes sentiments plus tard, tu pourras revenir vers elle.

— Je vais y réfléchir, promit-il à Alex, dis-lui juste que je ne la laisse pas tomber.

— Compte sur moi.

Elle était juste habillée lorsqu'elle entendit frapper un coup à la porte. Alex entra sans lui laisser le temps d'ouvrir.

— Que fais-tu ici ? Tu es sorti de l'hôpital ? Où est Lee ?

— Sa sœur est arrivée. Il est avec Meredith.

Kayla poussa un soupir.

— Bon. Ils viendront ici plus tard.

Alex secoua la tête.

— Il m'a chargé de te dire qu'ils rentraient à Washington dès ce soir.

— Mais…

— Il sait où tu habites, Kayla. Il te retrouvera. Ne te fais pas de souci pour lui.

Mais Lee ne revint pas. Il se contenta de téléphoner, plusieurs fois même, mais leurs conversations étaient brèves et impersonnelles. Lee disait être débordé. Il lui expliqua en deux mots que Meredith avait besoin de lui, surtout après ce qui lui était arrivé. Il lui promit qu'il viendrait la voir bientôt, mais il ne se montra pas les jours suivants.

Kayla répondit aux questions de la police, signa les dépositions, eut des insomnies, prit son mal en patience.

Deux semaines passèrent. Lee reçut la visite de ses parents, ce qui l'empêcha de se déplacer. Et Kayla essaya de ne pas se formaliser quand il ne lui proposa pas de venir le rejoindre afin de leur être présentée.

A partir de ce moment, les coups de téléphone cessèrent. Elle savait que le fait de vivre avec sa fille monopolisait beaucoup de son temps, mais elle suspectait aussi Lee de vouloir relâcher les liens en douceur. Elle n'aurait pas dû en être étonnée. N'avait-elle pas prévu que leur histoire se terminerait de cette façon ?

Ce fut Alex qui la consola quand elle pleurait. Et ce fut le même Alex qui finit par lui avouer que c'était lui qui avait incité Lee à prendre ses distances.

— Tu n'avais pas le droit de t'immiscer dans notre relation, lui reprocha-t-elle, au comble de la colère.

— Je sais, je suis désolé, Kayla, je l'appellerai et...

— Non. Ne t'occupe plus de mes affaires. Lee est un grand garçon. S'il tient vraiment à moi, il reviendra. Et si ce n'est pas le cas, je m'en remettrai... Même si cela doit prendre cent ans.

Mais le lendemain matin, alors qu'elle se préparait pour un rendez-vous avec un client, elle décida de mettre Lee au pied du mur. Elle voulait entendre Lee lui avouer de vive voix que tout était fini entre eux.

Elle ne devait rencontrer son client qu'en début d'après-midi, ce qui lui laissait le temps d'un aller et retour à Washington. Au moment où elle prenait ses clés de voiture le téléphone sonna.

Elle décida de ne pas répondre. Mais si c'était Alex ? Ou même Lee ?

— Kayla ? C'est Nan Ridgeway. Cela m'ennuie de vous déranger si tôt le matin, mais j'ai là un jeune couple qui souhaite voir la maison et je dois me rendre à mon club de jardinage pour un cours sur les greffes d'arbres fruitiers. Je me demandais si vous pouviez faire cette visite à ma place. Ils ont l'air emballés par la propriété. Je serais bien restée mais je dois passer prendre Margie et il est trop tard pour prévenir de mon retard.

Frustrée, Kayla essaya de trouver une excuse.

— Dites-leur de passer à mon agence plus tard...

Elle soupira.

— Bon, j'y vais.

La propriété des Ridgeway avait été mise en vente dans son agence quatre jours auparavant. Vendre la magnifique demeure lui rapporterait une commission devant laquelle elle n'allait pas faire la fine bouche. Entendre Lee lui formuler des paroles de rupture pouvait bien attendre encore une petite heure.

En traversant la passerelle au-dessus de Rumble Creek, elle aperçut le coupé sport rouge d'Iggy garé devant la station-service.

Elle avait oublié l'existence de cette voiture. De toute évidence, Iggy avait réussi à lui rendre tout son éclat. Avait-il fait une réclamation auprès de la compagnie d'assurances de la jeune femme ? Le coût des réparations lui revenait puisque la voiture avait été louée en son nom. Elle décida de s'arrêter chez Iggy à son retour en ville pour en discuter avec lui.

Kayla se retrouva devant la vieille demeure avec sa grande terrasse ombragée. Dès qu'elle l'avait vue, elle avait eu un coup de cœur pour cette maison.

Une Jaguar blanche stationnait dans l'allée. Une ravissante jeune femme attendait patiemment sur le pas de la porte. Kayla avisa le tailleur Chanel, très élégant, parfaitement en harmonie avec le standing de la voiture, et elle se dit que malgré sa jeunesse, cette femme avait les moyens de s'offrir la propriété des Ridgeway.

— Bonjour, lança celle-ci avec un grand sourire, vous êtes Kayla ? Je suis Lexie.

Kayla afficha son sourire le plus professionnel et gravit les marches de la terrasse. Lexie était petite et mince avec un visage aux traits réguliers. Ses jolis yeux gris en rappelèrent d'autres à Kayla qui en ressentit une profonde tristesse. Ses cheveux aussi étaient noirs et épais. Quand cesserait-elle de penser à Lee ?

— Nan m'a dit que votre époux vous accompagnait ? demanda Kayla.

— Oui, il jette un coup d'œil dans le jardin. Pouvons-nous commencer à voir l'intérieur en l'attendant ? Je meurs d'impatience de découvrir cette grande maison.

L'enthousiasme communicatif de la jeune femme rendit à Kayla sa bonne humeur habituelle.

— Vous allez l'adorer. Il y a beaucoup de chambres. C'est exactement le genre de maison que je choisirais si j'avais une famille nombreuse.

Kayla ouvrit la porte d'entrée.

— Et il y a plusieurs hectares de terre autour, vous savez, et aussi des écuries si vous aimez les chevaux.

— Bien, bien, c'est parfait.

— Voici le séjour, commença-t-elle.

Soudain, elle s'arrêta en entendant des pas précipités au-dessus de leurs têtes.

— Nan ? Est-ce vous ? appela Kayla.

Les pas dévalèrent l'escalier. C'étaient ceux d'un enfant.

Elle entendit un gloussement enfantin et un petit visage d'ange apparut par-dessus la rambarde. Un visage qu'elle connaissait bien.

— Surprise, Kayla ! Surprise !

Meredith descendit les dernières marches en criant joyeusement son prénom. Mais la silhouette qui la suivait fit faire un bond à son cœur.

La fillette se jeta dans les bras de Kayla qui eut du mal à dissimuler son émotion. Dans les secondes qui suivirent, Meredith l'assaillit de questions et de propositions.

— Quand m'emmènes-tu au parc ? Je veux aller dans ta maison…

— Viens, ma chérie, intervint Lexie, je crois que ton papa et Kayla ont besoin de parler.

— Est-ce que c'est… votre mari ? demanda Kayla avec une terrible appréhension.

— Non, Dieu merci ! C'est mon frère, Lee William Garvey.

— Ah ?

Kayla se tourna vers lui.

— Comment es-tu entré ?

Elle avait l'impression que les battements de son cœur pouvaient s'entendre à des kilomètres de là.

— Tu le croiras si je te dis que la porte de derrière était ouverte ?

Les coins de ses lèvres s'incurvèrent.

— Non, je te taquine. Je me suis arrangé avec Mme Ridgeway. Elle aime les histoires qui finissent bien.

— Les histoires qui finissent bien ?

— Papa ! Papa ! Et ma glace ?

— Nous y allons, Merry.

— Attends ! protesta Kayla.

Elle lui attrapa la manche alors qu'il s'apprêtait à suivre sa fille.

— Nous devons parler.

Elle le dévisagea longuement. De nouvelles rides marquaient son visage, et les cernes sous ses yeux montraient qu'il n'avait guère plus dormi qu'elle ces derniers temps.

— Tu as maigri, dit-elle.

— Toi aussi.

— Pourquoi es-tu là ?

— Pour te parler, justement.

Ses grands yeux gris plongèrent dans les siens avec gravité.

— Ton frère m'a suggéré de te laisser du temps.

— Mon frère est un idiot.

— C'est ce que j'ai fini par conclure.

Son sourire révéla une fossette cachée dans sa joue.

— J'avoue que je suis lent à la détente, comme me l'a fait remarquer ma sœur. Mais ce que je t'ai dit au téléphone était vrai. J'ai mis du temps à me faire à ma condition de père célibataire. Mes parents sont retournés en Floride pour un tournoi de bridge, mais ils reviennent la semaine prochaine pour faire ta connaissance.

La lueur familière revint danser dans ses prunelles.

— Tu m'as manqué.

La jeune femme luttait pour ne pas fondre en larmes.

— Je me demandais ce qui se passait.

— Je suis policier, Kayla.

— Je sais.

— Tu détestes les policiers et je me suis creusé la tête pour trouver un moyen de surmonter cet obstacle sans démission-

274

ner. J'ai finalement décidé que mon métier ne signifiait rien si je devais me passer de toi.

Elle secoua la tête.

— Tu imagines que je vais te demander de quitter un métier que tu adores ?

— Non, mais…

— Tu es le policier qui m'a fait reconsidérer le passé avec d'autres yeux. Je manquais d'objectivité car je n'avais jamais eu d'autres exemples. J'ai tout compris le jour où je t'ai vu à l'œuvre avec cette femme enceinte.

— Tu avais l'air déroutée par mon héritage.

— J'admets qu'apprendre que tu étais aussi riche m'a perturbée sur le moment, mais bon, je ne suis pas Cendrillon et je peux me mettre à aimer les Jaguar.

Il sourit de ce sourire auquel elle était incapable de résister.

— C'est la voiture de location de ma sœur. Que penses-tu des modèles anciens ? J'ai proposé à Iggy de lui racheter celle que nous lui avions transformée en passoire puisqu'on n'a toujours pas retrouvé la mienne.

Le rire frais de la jeune femme se termina sur un sanglot. Il la prit dans ses bras et l'embrassa tendrement.

— Je t'aime, Kayla Coughlin.

— Cela t'a pris du temps de t'en rendre compte.

— Nous crois-tu capables de nous lancer dans cette nouvelle aventure ?

— Quelle aventure ?

— Toi, moi, Meredith. Cette maison. Heureux pour toujours ?

— *Cette* maison ?

Elle se demanda si son étonnement se voyait.

— C'est à une heure de ton travail, Lee. C'est trop loin.

Il secoua la tête.

— Hepplewhite m'a proposé de travailler ici. C'est une autre question que j'ai essayé de régler avant de venir te voir. Il semble que Fools Point croît à la vitesse grand V et le Conseil Municipal a accepté de voter un budget pour engager un nouvel officier.

— Mais, et ton poste à Washington ?

— Je peux travailler n'importe où. Et je choisis de vivre ici. Pour élever un enfant, Fools Point est bien mieux qu'une grande métropole.

Elle étudia son visage pour bien prendre la mesure de ses paroles.

— Tu dois dire oui ou ton frère va me casser la figure.

Elle suivit son regard vers la porte ouverte sur la terrasse et découvrit Alex en train de bavarder avec Lexie pendant que Meredith léchait avec délices une glace au chocolat qu'il lui avait apportée.

— C'est un complot ?

— Oui. Et Meredith en fait partie, elle veut des petits frères et sœurs.

Une expression tendre atténua les traits fatigués de Lee.

— Je suis certain que Merry est ma fille. Fay avait menti à Jason aussi. Les résultats des tests sont arrivés. Il y a quatre-vingt-dix-neuf probabilités sur cent pour qu'il ne soit pas le père. Par ailleurs, il apparaît que c'était lui qui était stérile.

— L'ADN ne donne pas ces précisions.

— Non, mais son médecin de famille l'a confirmé. Jason le savait mais refusait de l'admettre. Et il ne l'a jamais avoué à Elizabeth.

— Pauvre Elizabeth.

Il lui prit le menton entre le pouce et l'index.

— Plus personne ne viendra contester ma paternité. J'avoue que cette histoire m'a tellement ébranlé que j'avais peur pour l'avenir. Je me suis dit que le meilleur moyen de ne plus y penser c'était de faire le test pour tourner la page définitivement.

— Tu as eu raison.

— Prête pour les courses ?

— Les courses ?

— Nous avons une maison, une voiture et déjà un enfant. Que dirais-tu d'aller acheter une bague, une alliance et un morceau de papier pour y consigner tous ces détails ?

— C'est une demande en mariage ?

— Non, la voici.

Il lui prit les deux joues entre ses mains et la serra très fort contre lui.

— Veux-tu m'épouser, Kayla ?

— Je n'aimerais pas que mon frère te fasse du mal, tenta-t-elle de plaisanter malgré son émotion, alors pour maintenir la paix dans la famille…

— Je t'aime, Kayla.

— Je t'aime, moi aussi.

La jeune femme risqua un œil à l'intérieur de la pièce.

— Ils ont mis le temps. Je vais pouvoir retourner au Texas.

— Que diriez-vous d'une petite promenade au parc en attendant que ces deux-là en aient fini avec leurs déclarations ?

— Avec plaisir. Vous êtes marié ?

Chère lectrice,

Vous nous êtes fidèle depuis longtemps?
Vous venez de faire notre connaissance?

C'est pour votre plaisir que nous avons
imaginé un rendez-vous chaque mois
avec vos auteurs préférés, vos
AUTEURS VEDETTE dans les
collections Azur et Horizon.

Les **AUTEURS VEDETTE** vous
donneront rendez-vous pour de
nouveaux livres vedette.

Pour les reconnaître, cherchez
l'étoile... Elle vous guidera!

Éditions Harlequin

HARLEQUIN

LE FORUM DES LECTEURS ET LECTRICES

CHERS(ES) LECTEURS ET LECTRICES,

VOUS NOUS ETES FIDÈLES DEPUIS LONGTEMPS?

VOUS VENEZ DE FAIRE NOTRE CONNAISSANCE?

SI VOUS AVEZ DES COMMENTAIRES, DES CRITIQUES À FORMULER, DES SUGGESTIONS À OFFRIR, N'HÉSITEZ PAS… ÉCRIVEZ-NOUS À:

> LES ENTERPRISES HARLEQUIN LTÉE.
> 498 RUE ODILE
> FABREVILLE, LAVAL, QUÉBEC.
> H7R 5X1

C'EST AVEC VOS PRÉCIEUX COMMENTAIRES QUE NOUS ALLONS POUVOIR MIEUX VOUS SERVIR.

DE PLUS, SI VOUS DÉSIREZ RECEVOIR UNE OU PLUSIEURS DE VOS SÉRIES HARLEQUIN PRÉFÉRÉE(S) À VOTRE DOMICILE, NE TARDEZ PAS À CONTACTER LE SERVICE D'ABONNEMENT; EN APPELANT AU (514) 875-4444 (RÉGION DE MONTRÉAL) OU 1-800-667-4444 (EXTÉRIEUR DE MONTRÉAL) OU TÉLÉCOPIEUR (514) 523-4444 OU COURRIER ELECTRONIQUE: AQCOURRIER@ABONNEMENT.QC.CA OU EN ÉCRIVANT À:

> ABONNEMENT QUÉBEC
> 525 RUE LOUIS-PASTEUR
> BOUCHERVILLE, QUÉBEC
> J4B 8E7

MERCI, À L'AVANCE, DE VOTRE COOPÉRATION.

BONNE LECTURE.

HARLEQUIN.

VOTRE PASSEPORT POUR LE MONDE DE L'AMOUR.

ROUGE PASSION

De fiévreuses histoires d'amour sensuelles!

De provocantes histoires d'amour passionnées et romantiques qu'on lit d'une seule traite. Aventureuses, parfois humoristiques, et sensuelles, elles mettent en vedette des hommes et des femmes d'aujourd'hui.

ROUGE PASSION... quatre nouveaux titres chaque mois.

COLLECTION
HORIZON

Des histoires d'amour romantiques qui
vous mènent au bout du monde!

Découvrez la passion et les vives
émotions qu'apportent à la Collection
Horizon des auteurs de renommée
internationale!

Captivantes, voire irrésistibles, ces
histoires d'amour vous iront
assurément droit au coeur.

Surveillez nos quatre nouveaux titres
chaque mois!

La COLLECTION AZUR

Offre une lecture rapide et

- stimulante
- poignante
- exotique
- contemporaine
- romantique
- passionnée
- sensationnelle!

COLLECTION AZUR . . . des histoires
d'amour traditionnelles qui vous
mènent au bout du monde!
Six nouveaux titres chaque mois.

GEN-AZ

HARLEQUIN

En août, on vous tente avec un livre SUPER PASSION de la série Rouge Passion.

Les livres SUPER PASSION sont un peu plus sensuels et excitants, mais toujours l'amour triomphe des contraintes, de dilemmes et vient réchauffer votre coeur comme une caresse.

Une histoire SUPER PASSION chaque mois, disponible là où les romans Harlequin sont en vente !

RP-SUPER

HARLEQUIN

Lisez Rouge Passion pour rencontrer L'HOMME DU MOIS!

Chaque mois, à compter d'août, vous rencontrerez un homme **très sexy** dans la série Rouge Passion.

On peut distinguer les livres L'HOMME DU MOIS parce qu'il y a un très bel homme sur la couverture! Et dedans, vous trouverez des histoires écrites selon le point de vue de l'homme et de la femme.

Les livres L'HOMME DU MOIS sont écrits par les plus célèbres auteurs de Harlequin!

Laissez-vous tenter avec L'HOMME DU MOIS par une histoire d'amour sensuelle et provocante. Une histoire chaque mois disponible en août là où les romans Harlequin sont en vente!

RP-HOM

HARLEQUIN

COLLECTION
ROUGE PASSION

- **Des héroïnes émancipées.**
- **Des héros qui savent aimer.**
- **Des situations modernes et réalistes.**
- **Des histoires d'amour sensuelles et provocantes.**

**LAISSEZ-VOUS TENTER
par 4 titres irrésistibles
chaque mois.**

RP-1

L'ASTROLOGIE EN DIRECT
TOUT AU LONG
DE L'ANNÉE.

(France métropolitaine uniquement)
Par téléphone 08.36.68.41.01
0,34 € la minute (Serveur SCESI).

Composé et édité
PAR LES ÉDITIONS HARLEQUIN
Achevé d'imprimer en juillet 2003

BUSSIÈRE

GROUPE CPI

à Saint-Amand-Montrond (Cher)
Dépôt légal : août 2003
N° d'imprimeur : 33596 — N° d'éditeur : 10020

Imprimé en France